Die Rothko Fälschung

Andreas Lukoschik wurde in den 1990er-Jahren bekannt mit der TV-Sendung »Leo's Magazin«, für die er den Grimme-Preis bekam. Für den Schweizer Kanton Schwyz etablierte er das Printmagazin »Y-Mag«, für das er beim größten Corporate-Publishing-Wettbewerb Europas den »Best of Corporate Publishing Award in GOLD« erhielt und dessen Chefredakteur er ist. Sein satirisches Kreuzfahrt-ABC »Schläft das Personal auch an Bord?« gilt als der finale Guide zum Thema Kreuzfahrten. »Rothkos Fälschung« ist sein Debütroman.

Dieses Buch ist ein Roman. Handlungen und Personen sind frei erfunden. Ähnlichkeiten mit lebenden oder toten Personen sind nicht gewollt und rein zufällig.

Andreas Lukoschik

Die Rothko Fälschung

Der erste Fall des Anatol Balthasar Trockau

KRIMINALROMAN

emons:

Bibliografische Information der Deutschen Bibliothek
Die Deutsche Bibliothek verzeichnet diese Publikation in der Deutschen Nationalbibliografie; detaillierte bibliografische Daten sind im Internet über http://dnb.d-nb.de abrufbar.

FSC
www.fsc.org
MIX
Papier aus verantwortungsvollen Quellen
FSC® C083411

Umschlaggestaltung: Tobias Doetsch
Gestaltung Innenteil: César Satz & Grafik GmbH, Köln
Druck und Bindung: CPI – Clausen & Bosse, Leck
Printed in Germany 2014
ISBN 978-3-95451-237-9
Originalausgabe

Dieser Roman wurde vermittelt durch die
Michael Meller Literary Agency GmbH, München.

Der Tag davor
Kühlungsborn, Ostseehotel, Lobby

Anatol Balthasar Trockau fuhr frisch geduscht und bester Laune mit dem Lift ins Erdgeschoss und dachte darüber nach, ob der Traum aus der ersten Nacht in einem fremden Bett in Erfüllung gehe. Dieser Satz seiner Mutter war ihm vorhin unter der Dusche wieder eingefallen, weil er sich – merkwürdig genug – an seinen letzten Traum erinnern konnte. Darin war es um einen Maler gegangen, der auf einer Strandpromenade vor seiner Staffelei saß und die See mit Wasserfarben malte. Ein Mann kam von irgendwoher und entlarvte das Bild als Fälschung. In hohem Bogen warf er es in Richtung Meer, aber in der Luft verwandelte es sich in eine Möwe, die ein kühnes Flugmanöver vollführte und sich dann auf Trockaus Schulter setzte. Er lachte laut auf, weil es sich schön anfühlte. Von diesem Lachen war er aufgewacht. Und hatte gute Laune gehabt. Umso mehr, als er im Erwachen realisierte, dass heute der erste Tag seiner »Sommerfrische« war.

Er liebte dieses altmodische Wort. Es klang so herrlich nach Ferien an der See. Deswegen hatte er sich auch in diesem Hotel einquartiert. Es war perfekt für die See – eine Mischung aus dem Charme mediterraner Landhäuser und der kulinarischen Kompetenz eines Feinschmeckerrestaurants. Genau wie er es liebte und so ganz anders als die Hotels, in denen er in seinem Alltagsleben verkehren musste. Meist piekfeine »Leading Hotels of the World«, in denen er millionenschwere Klienten traf, denen ein Kunstwerk, eine Stradivari oder ein wertvoller Foliant »abhandengekommen« war. Er traf sie dort im Auftrag ihrer Versicherungen und klärte mit ihnen die Umstände des Diebstahls, machte sich dann auf und beschaffte das Kunstwerk wieder. Diese Aufgabe machte ihm – man kann es nicht anders nennen – bei allen Schwierigkeiten, die es dabei zu überwinden galt, Spaß.

Er musste dabei nämlich nicht wie ein staatlicher Ermittler miese Ganoven einer Tat überführen, um dann mit anzusehen, dass die Justiz der Gerechtigkeit nicht zum Sieg verhelfen konnte, weil spitzfindige Anwälte die Ergebnisse harter Ermittlerarbeit immer wieder ad absurdum führten. Nein, Trockau musste die Kunst lediglich wiederbeschaffen und bei seinem Auftraggeber abliefern. Wie ihm das gelang, blieb ihm überlassen. Ob er dabei Diebe beklaute oder Betrüger betrog, wollte keiner von ihm wissen. Am Ende musste das vermisste Objekt nur wieder da sein, wo es schmerzlich vermisst wurde.

Er blickte in den Spiegel des Aufzugs und sah einen hochgewachsenen, schlanken Mann von Anfang fünfzig. An den Schläfen wurden seine schwarzen Haare bereits grau, was ihn jedoch nicht alt wirken ließ, sondern ihm in Einklang mit seinen vielen Lachfalten eine verschmitzte Seriosität verlieh. Dank der Gene seiner italienischen Großmutter war er außerdem ganzjährig braun. Wer ihn nicht kannte, dachte leicht, dass er gerade aus dem Urlaub käme. Wer ihn öfter sah, vermutete, dass er genügend Zeit und Geld habe, sich ständig in der Sonne aufzuhalten, was für die meisten gleichbedeutend war mit »Erfolg haben«.

Erfolg aber hatte Trockau keineswegs immer in seinem Leben gehabt. Nein, er kannte auch die dunklen Zeiten, die das Leben bereithalten kann. Und in denen man wächst – oder verzweifelt. Trockau hatte immer versucht, die Wachstumsmöglichkeiten einer Herausforderung zu sehen. Und damit oft genug gewonnen. Seltener Reichtümer, dafür öfter das, was man Erfahrung nennt. Sie verlieh ihm das Wissen um die Tiefen der menschlichen Existenz und wie schnell sich strahlender Sonnenschein in einen heftigen Platzregen verwandeln konnte. Und umgekehrt. Deshalb fühlte er sich dem Wetter auf den Meeren dieser Erde besonders verbunden und hatte sich zum Batterienaufladen für ein paar Tage an die Ostsee zurückgezogen. Nur seine Sekretärin wusste, wo er war – »unerreichbar«, das hatte er ihr gründlich eingeschärft.

Stillvergnügt und mit gutem Appetit auf ein üppiges Frühstück schlenderte er an dem grünen Pavillon aus Gusseisen in der Empfangshalle vorbei. Er hätte von Gustave Eiffel erbaut worden sein und bei den alten »Les Halles« in Paris stehen können. Aber an die konnten sich die meisten Menschen sowieso nicht mehr erinnern, dachte er mit leiser Wehmut. Bis seine Aufmerksamkeit von einem jungen Hotelangestellten absorbiert wurde, der zielstrebig auf ihn zukam.

Er spürte sofort, dass das kein gutes Zeichen war. Der junge Mann murmelte mit einer angedeuteten Verbeugung, dass er eine Nachricht für ihn habe, und drückte ihm einen verschlossenen Briefumschlag in die Hand. *Vor* dem Frühstück. Musste das sein?

Merkwürdigerweise fiel ihm dabei auf, dass »Muße« und »Müssen« ähnlich klangen, aber so ganz Unterschiedliches bezeichneten. Wie auch immer. Jetzt würde das »Müssen« wohl die »Muße« ablösen, die schon zum Greifen nah gewesen war. In der morgendlichen Unschuld nach einer wunderbar durchträumten Nacht hatte er seine Deckung abgelegt und war prompt getroffen worden. Genau zwischen die Augen.

Er setzte sich in einen der Fauteuils in der Lobby und riss den Umschlag auf. »Chef, rufen Sie bitte umgehend Dr. Schmoller an« stand da. Mehr nicht.

Das war's mit dem Urlaub, dachte er und ließ den Zettel sinken.

»Schlechte Nachrichten?«, fragte ihn Hoteldirektor Mayrhuber, ein sympathischer Österreicher, der gerade des Weges kam.

»Wie man's nimmt«, antwortete Trockau lakonisch. »Heutzutage sollte man ja froh sein, wenn der Laden brummt. Aber manchmal wären eben auch ein paar Tage Nichtstun ganz schön.«

»Wem sagen Sie das?« Mayrhuber lächelte verständnisvoll. »Soll ich Ihnen einen Kaffee rausbringen lassen?«, fragte er fürsorglich.

Wann hatte der Hotelchef wohl das letzte Mal Urlaub gemacht?, fragte sich Trockau, während er ihn still anschaute. Und wohin fährt so ein Mann dann? Wieder in ein Hotel? Vermutlich geht's dem viel schlimmer als mir. Und mit diesem Gedanken zog er den für die Dauer der Ferien in seinem Innersten auf einen hinteren Kleiderbügel weggehängten Schutzanzug wieder an, antwortete wacker »Danke, es geht schon« und gab sich einen Ruck. Jetzt hieß es also wieder: »Angreifen statt flüchten!«.

Er ging durch die Drehtür hinaus auf die noch leere Terrasse und schaltete dabei das Handy ein. Die Hoffnung, auf diese

Weise nicht erreichbar zu sein, war nun ohnehin obsolet. Trockau wählte die Nummer von Dr. Schmoller, dem Chef der »Spezialabteilung für die Wiederbeschaffung von Kunstgegenständen«. Diese Abteilung gehörte zu einer Versicherung, die Trockau sehr schätzte. Sie zahlte nämlich pünktlich seine durchaus sportlichen Honorare. Und zwar ohne zu zicken. Außerdem setzte Schmoller ihn immer auf die interessantesten Fälle an; für die langweiligen bemühte er freundlicherweise andere Kollegen.

»Schmoller«, meldete sich seine Stimme am anderen Ende der Leitung.

»Trockau«, erwiderte Trockau und schielte dabei kurz von der sonnenbeschienenen Terrasse durch die großen Fensterscheiben in den Wintergarten des Restaurants »Papageno«. Dort waren die Frühstückstische mit weißem Leinen eingedeckt, und die Gäste trugen die köstlichsten Leckereien zu ihren Plätzen, wo der Kaffee aus vollen Tassen dampfte.

Tapfer fuhr er fort: »Herr Dr. Schmoller, Sie haben mir eine Nachricht zukommen lassen, dass ich mich melden solle. Hier bin ich.« Er versuchte, so locker und entspannt wie möglich zu wirken, und hoffte, Schmoller würde sein Magenknurren nicht hören. Um die Produktion weiterer Verdauungssäfte zu vermeiden, wandte er seinen Blick von den einladenden Frühstückstischen ab und schaute stur auf die Weite der Ostsee, deren Wellen mit unerschütterlichem Gleichmut auf den Sand schwappten.

»Das ist ja prima, dass Sie so schnell zurückrufen«, antwortete Schmoller mit der ihm eigenen Begeisterung für seine Arbeit. »Um gleich zur Sache zu kommen – Sie sind im Urlaub, und da störe ich nur ungern –, es ist nichts gestohlen worden. Und das soll auch so bleiben. Deshalb möchten wir Sie um einen Gefallen bitten. Um unserer guten Zusammenarbeit willen.«

Trockau verstand die Botschaft auch ohne den Zaunpfahl: Er sollte gratis arbeiten.

»Im Kunsthaus Rostock«, fuhr Schmoller geschäftig fort, »soll in den nächsten Tagen eine ziemlich spektakuläre Ausstellung beginnen: Achtundvierzig Werke des amerikanischen Expressionismus, die bislang als verschollen galten, werden dort ausgestellt.

Seit gut vierzig Jahren werden sie zum ersten Mal wieder gezeigt. Das sorgt in der Kunstszene für einigen Wirbel. Wir haben deshalb eine Art Sponsorship für die Ausstellung übernommen, indem wir dem Kunsthaus bei vollem Versicherungsschutz die Versicherungsprämie erlassen haben. Damit dabei nichts schiefgeht, haben wir die Kosten für eine vernünftige Sicherheitsanlage in dem Haus gleich mit übernommen. Sie verstehen, damit schlagen wir zwei Fliegen mit einer Klappe: Wir erhöhen die Sicherheit des Hauses so, dass die Werke optimal geschützt sind, und können uns gleichzeitig als Freunde der Kunstwelt feiern lassen. Hallo? Sind Sie noch da?«

Trockau hatte aufmerksam zugehört. In den Krimis, die er trotz seines Berufes gelegentlich las, genossen die meisten Ermittler das Privileg, ein angespanntes Verhältnis mit ihren Chefs pflegen zu können – und hatten damit jemanden, auf den sie sauer sein konnten. Er dagegen hatte keine Chefs, sondern nur Kunden – und zu denen musste er immer freundlich sein. Laut sagte er: »Herr Schmoller, ich lausche Ihren Ausführungen!«

»Gut. Ich dachte schon, unsere Leitung wäre unterbrochen.«

Voller Elan sprach er weiter: »Ich würde Sie jetzt gern bitten, dort einmal nach dem Rechten zu schauen. Man weiß ja nicht, ob das Geld für die Alarmanlage auch ordnungsgemäß eingesetzt worden ist. Sie müssen wissen, das Kunsthaus Rostock hat bis jetzt nur zeitgenössische Kunst ausgestellt. Schöne Sachen zwar, aber nicht so teuer wie das, was ihnen jetzt ins Haus steht. Ich glaube, die sind ein bisschen nervös. Wäre schön, wenn Sie mal beim Chef des Hauses vorbeischauen könnten – einem gewissen ... warten Sie ... Guggenstrom, Jürgen Guggenstrom. Ein gelernter Anwalt. Also bitte Vorsicht. Solche Kerle können sehr spitzfindig sein. Sagen Sie uns danach, ob wir ruhig schlafen können oder ob wir uns da gerade ein Ei legen. Wenn Sie verstehen, was ich meine.«

»Vollkommen«, antwortete Trockau. »Also nur mal nach dem Rechten schauen, und damit hat es sich? Habe ich das richtig verstanden?«

Jetzt war Schmoller dran, »Vollkommen« zu sagen.

Trockau schloss die Augen, atmete tief durch und verabschiedete sich freundlich aus der Leitung. Die dreißig Kilometer zum Rostocker Kunsthaus würde er gleich nach dem Frühstück mit seinem Auto runterreißen, sich das Ganze anschauen, und das war's dann. Die Ferien konnten also doch beginnen.

Jetzt musste er dringend etwas essen.

Eine Woche davor

Rostock, Ikea-Parkplatz

Der Verkehr brauste wie üblich in beide Richtungen über die Hamburger Straße. Auf dem Parkplatz des Ikea-Einrichtungshauses stand ein Mercedes-Lieferwagen mit laufendem Motor. Am Steuer saß ein gut gekleideter Asiate und wartete. Zwei Landsleute manövrierten einen der üblichen Ikea-Einkaufswagen über den Parkplatz. Sie mussten ordentlich schieben, weil der Wagen gut beladen war. Als der Fahrer die beiden kommen sah, stieg er aus, öffnete die Tür auf der Rückseite des Lieferwagens und half beim Einladen. Allen drei ging die schwere Last schnell von der Hand.

Während der eine danach den Ikea-Wagen zur Sammelstation zurückbrachte, setzte sich der andere zum Fahrer in den Wagen.

»Danke, dass Sie uns helfen«, sagte er.

»Ich habe zu danken, dass ihr das Museum im Auge behaltet.«

»Nein, es ist uns eine Ehre, für Sie zu arbeiten.«

»Danke. Ich weiß zu schätzen, dass mir mein Land vier Ihrer besten Agenten ausleiht. Ist so weit alles bereit?«

»Wenn wir in der Linzer Straße alles eingeräumt haben, beginnen wir mit der ersten Schicht. Nächste Woche übernehmen Thet und Thein, danach wieder wir.«

»Gut, dann fahre ich euch zur Wohnung, helfe beim Ausladen und bringe anschließend den Wagen zurück. Ihr habt sonst alles im Griff?«

»Absolut.«

Der Fahrer nickte. »Gut, ich kann euch nämlich nicht sagen, wie lange ihr dort ausharren müsst, ehe ihr losschlagen könnt.

Vielleicht kommt ihr auch gar nicht zum Schuss«, sagte er gerade, als der dritte Asiate zu ihnen in den Wagen stieg.

»Wir werden sehen«, erwiderte der humorlos.

Der Fahrer schaute ihn stumm an, legte den Gang ein und fuhr los. Nach dreieinhalb Kilometern waren sie bei der konspirativen Wohnung in der Linzer Straße angekommen. Von hier aus hatten sie freie Sicht auf die Rückseite des Kunsthauses.

Der Tag davor

Kühlungsborn, Ostseehotel, Restaurant »Papageno«

Schwungvoll betrat Trockau das »Papageno«. Am liebsten hätte er ein Glas Champagner bestellt, aber er musste ja noch fahren und konnte einen kleinen Morgenrausch nicht im Strandkorb wegdösen. Leider.

So weit sein Auge blickte, sah er auf dem Frühstücksbuffet nichts Abgepacktes. Alles vom Bauern um die Ecke. Das versprach, ein guter Start in den Tag zu werden.

Zum Auftakt wählte er einen goldbraunen Roiboshtee mit Kamille, Anis und Ginseng. Das heiße Wasser aus dem Samowar versüßte er mit einem Löffel Kleehonig und trug die dampfende Tasse an einen von Sonnenlicht beschienenen Tisch im Wintergarten, von wo aus er einen schönen Blick auf die Ostsee im wechselnden Licht der vorbeiziehenden Wolken hatte. Kurz darauf brachte ihm eine junge Kellnerin das bestellte Rührei mit Schnittlauch, Champignons und ein wenig Zwiebeln. Dazu stellte sie einen Teller mit Vollkornbrötchen vor ihm ab sowie ein Schüsselchen mit einem Klacks eines mild gepfefferten, cremigen Ziegenkäses. Genau die Mischung, die er jetzt brauchte.

Als er sich bedankte, sah er die junge Bedienung freundlich an. Sie hatte kurze rote Haare, Sommersprossen und eine etwas – aber wirklich nur etwas – zu groß geratene Nase. Trockau hatte ein Faible für Frauen mit einer etwas – aber wirklich nur etwas – zu groß geratenen Nase. Modell: Anne Hathaway. Sein Faible war entstanden, als ihn Mädchen erstmals zu interessieren begannen. Da hatte es im Mädchengymnasium seiner Heimatstadt eine Madlen gegeben. Groß, sehr sportlich, mit dem Prototyp dieser Nase. Leider befand sich der junge Trockau zu diesem Zeitpunkt gerade in der Wandlung vom hässlichen Entlein zum ungelenken Giraffenbaby, was besagter Madlen nicht entging. Deshalb blieb seine Zuneigung unerwidert. Geblieben war sein Faible für etwas zu große Nasen.

Trockau musste grinsen. Sie grinste zurück, und so merkte er sich den Namen auf dem Schildchen an ihrer Bluse – »Amelie«. Er beschloss, sich für den Rest der Ferien immer dort hinzusetzen, wo Amelie bediente. Damit verband er keine besonderen Absichten, sie machte ihm einfach gute Laune.

Während er sich sein Frühstück schmecken ließ, fiel sein Blick auf ein altes Paar, das sich während des Frühstücks immer mal wieder verstohlen an der Hand hielt. Er Mitte achtzig, sie Mitte siebzig. Die liebevolle Zuneigung der beiden rührte ihn. You made my day, dachte er und bestellte beim Hinausgehen für die beiden diskret einen Champagner. Auf seine Rechnung. Wenn *er* schon nicht dem prickelnden Getränk zusprechen konnte, dann sollten es wenigstens diese beiden tun können.

Derart körperlich und seelisch gestärkt machte er sich auf den Weg nach Rostock. Genauer gesagt, sein 7er BMW machte sich auf den Weg – er saß nur am Steuer.

Fünf Wochen davor

Saigon, Hotel Rex

Der alte Cuong saß in seiner Suite im Hotel Rex im Herzen von Saigon vor einer Tasse Tee. Es war eine Mischung aus den teuersten Ernten seiner eigenen Teepflanzungen in China. Der köstliche Duft erfüllte die Zimmerflucht – und beflügelte seinen Geist.

Er war zu dem Schluss gekommen, dass Hausmann der richtige Käufer für das Bild war. Für Cuong war es *das* Bild, obwohl er es noch gar nicht hatte. Kleiner Bruder, ein Mann seines Vertrauens, würde in Kürze aufbrechen, um es zu beschaffen.

Erich Hausmann lebte in Kubas Hauptstadt Havanna. Nicht als Tourist, sondern als ein von der sozialistischen Regierung sehr gern gesehener Gast. Das lag weniger daran, dass Hausmann als hohes Parteimitglied der ehemaligen SED stets die »Waffenbrüderschaft im Kampf gegen den Kapitalismus« hochgehalten hatte. Viel entscheidender war, dass dieser Mann die SED-Milliarden verwaltete, die nach dem Fall der Mauer auf rätselhafte Weise verschwunden waren – und zwar in Havanna. Denn das kommunistische Kuba war auch heute noch ein weißer Fleck auf dem Globus der Bankenwelt. Der ideale Ort also, an dem man sein Schwarzgeld verschwinden lassen konnte.

Der alte Cuong wusste, dass Hausmann dieses Geld dort nicht mehren konnte. Im Gegenteil. Er lief Gefahr, dass die kubanische Regierung ihre Wirtschaftsprobleme mit einem beherzten Griff in die frühere Parteikasse der ehemaligen »Schwester-Partei« lösen würde, je länger das Geld auf einer staatseigenen Bank in Havanna lag. Zumal es niemanden gab, bei dem sich die verflossenen SED-Bonzen darüber hätten beschweren können.

Mit jeder Überlegung, die er auf Hausmann und »sein« kubanisches Geld richtete, erschien dem alten Cuong der Plan vernünftiger. Er würde Hausmann mit einem Preis von zwanzig Millionen und der Aussicht ködern, mit dem Bild von Mark Rothko später auf dem internationalen Kunstmarkt dreißig Millionen Profit rauszuholen. Cuong bezweifelte zwar, dass Hausmann gerissen genug war, das zu schaffen, aber er würde ihn glauben machen, dass er ihm so viel Geschick zutraute. Er ging davon aus, dass Hausmann eitel genug war, darauf reinzufallen. Cuong fühlte sich wie die Schlange, die sich dem Kaninchen nähert.

Der Tag davor

Rostock, Kunsthaus

Die Häuser in Rostock boten an diesem sonnigen Tag ihre bunte Stirn den Winden und zeigten – sehr hanseatisch – Flagge.

Als Trockau auf der Hamburger Straße einen hellen Sechziger-Jahre-Bau an einem kleinen See bemerkte, geriet auch gleich das Hinweisschild »Kunsthaus« in seinen Blick. Er war es gewohnt, Verkehrsschildern und ihrer organisatorischen Durchdachtheit zu vertrauen, und so folgte er ihm in der Hoffnung, zum Parkplatz des Kunsthauses zu gelangen.

Er fuhr einmal um den ganzen Block. Nichts. Auch bei der zweiten Umrundung zeigte sich kein Parkplatz. Das war fürs Autoabstellen wenig hilfreich, der Sicherheit diente es schon eher.

Wo Fahrzeuge nicht ganz selbstverständlich direkt ans Museum heranfahren können, da kann auf demselben Wege auch nichts wegtransportiert werden, dachte Trockau. Zumindest nicht schnell und ohne dass es auffiel. Der Lkw von Kunstspediteur Hasenfeld stand zum Beispiel sehr nahe dem Museum – aber auf einem Rasenstück ganz prominent und gut sichtbar.

Trockau beschloss, seinen Wagen am Ende der Linzer Straße abzustellen, einer netten kleinen Wohnstraße mit roten Backsteinhäusern.

Trotz des herrlichen Lichts an diesem windigen, aber strahlend schönen Tag glaubte Trockau, dass das Kunsthaus schon bessere Zeiten gesehen hatte. »Bessere« vielleicht nicht, korrigierte er sich, aber zumindest war es früher wohl besser in Schuss gewesen.

Trockau ging auf eine schwere Eisentür an der Rückseite des Museums zu, die einen Spalt weit offen stand. Er steckte seinen Kopf ins Innere, um das Terrain zu erkunden, und betrat vorsichtig den Raum, der offensichtlich als Lagerraum des Museums genutzt wurde. Dort herrschte das typische Gewusel der Aufbauarbeiten einer großen Ausstellung. Eine kleine Heerschar von Männern in weißen Overalls steuerte Spezialwagen mit weißblauen Bilderkisten und dem Schriftzug »Hasenfeld« durch die Räume. Trockau kannte diese auf Maß gefertigten Kisten, die die Bilder nicht nur erschütterungsfrei bewegten, sondern auch unter klimatisch konstanten Bedingungen. Da konnte es draußen fünfzig Grad sein, im Innern blieb das Bild in der optimal eingestellten Temperatur. Diese Klimakisten zeigten Trockau, dass hier hochkarätige Kunst transportiert wurde.

Nachdem er dem geschäftigen Treiben eine Weile zugesehen hatte, baute sich ein Wachmann vor ihm auf und herrschte ihn in sächsischer Mundart und astreinem Verhörton an: »Was suchen Sie hier?«

Im Prinzip fand Trockau es richtig, wenn ein Wachmann wachsam war. Nur erwischte ihn der befehlsgewohnte Wachpostenton dieses zweibeinigen Schäferhunds auf dem komplett falschen Fuß. Und so schnarrte Trockau in befehlsgewohntem Herrschaftston zurück: »Was ich hier suche, geht Sie gar nichts an.« Als sich der Obrigkeitsbüttel gerade wie ein Ochsenfrosch aufblasen wollte, fügte Trockau ausgesucht freundlich hinzu: »Aber Sie können mir helfen – wenn Sie mögen. Ich suche nämlich den Herrn Guggenstrom.«

Diese Taktik von Zuckerbrot und Peitsche hatte er sich im Umgang mit solchen Schranzen zugelegt. Denn das waren die einzigen Tonlagen, die solche Naturen kannten, so seine Erklärung. Wo Vorschriften das Hirn vernagelten, hatte er es sich abgewöhnt, auf Vernunft zu hoffen.

»So! Und wer sind Sie?«, fragte der menschliche Wachhund mit lauter Stimme zurück und versuchte, Überlegenheit zu demonstrieren.

»Trockau«, kam es kurz und scharf zurück. Und dann so leise und geschmeidig, dass es dem legendären Gustaf Gründgens als Mephisto zur Ehre gereicht hätte: »Ich komme von der Versicherung.«

Das änderte die Haltung des Wachmannes schlagartig. War er bislang mit dem Misstrauen des Obrigkeitsvertreters aufgetreten, der gerade einen potenziellen Missetäter erwischt zu haben glaubte, machte er sich jetzt klein und gab sich devot: »Ah ja, da werde ich Sie gleich beim Chef anmelden. Wenn Sie hier ein Momentchen warten wollen!« Und damit verschwand er.

Wann werden wir diese widerlichen Typen endlich los sein?, fragte sich Trockau. Erst hatten wir die Volksgenossen aus der braunen Brühe an der Backe, und gerade als der biologische Faktor dafür sorgte, dass sie auf natürliche Weise final ausdünnten, kam der Nachschub aus der roten Soße! Und als Nächstes dann die rattenkurz rasierten Raufrüpel aus der Neo-Ecke?

Trockau zwang sich, an das schöne Wetter zu denken und daran, dass er im Urlaub war, sonst wäre ihm die Magensäure in die Kehle gestiegen.

»Wenn Sie mir bitte folgen wollen. Herr Guggenstrom erwartet Sie«, flötete das Sicherheitsfaktotum jetzt sehr manierlich und schritt eilfertig voran.

Sie gingen durch einen Flur, der mindestens einen, wenn nicht zwei Anstriche hätte vertragen können, und hielten vor einer klapprigen Tür mit der Aufschrift »Direktor«. Klar, dachte Trockau, die Funktion ist wichtiger als der Name des Individuums, der dieses Museum leitet. Trockaus Geleitschutz klopfte, und schon flog die Tür auf.

»Guten Tag, lieber Herr Trockau«, dröhnte ein aufgeräumter Enddreißiger mit sonorer Stimme und nahm dabei fast die ganze Türfüllung ein. »Sie sind mir schon avisiert worden.« Damit trat Guggenstrom beiseite und ließ Trockau eintreten. »Ich hoffe, Sie sind von unserem Sicherheitschef, Herrn Stufenhag, gut durch unser kleines Chaos geführt worden. Danke, Herr Stufenhag.« Damit entließ die sonore Stimme den Wachmann, der noch kurz » ...*barg*, Stuven*barg*« vor sich hin murmeln konnte, ehe die sich schließende Tür Trockau die Sicht auf ihn nahm.

»Lieber Herr Trockau, ich hoffe wirklich, dass Sie unser Herr Stuvenhag ordentlich behandelt hat. Sie kennen das ja: Während der Aufbauzeiten neuer Ausstellungen sind alle Museen dieser Welt in einer Art Ausnahmezustand, und gerade die Sicherheitsleute sind ganz besonders aus dem Häuschen – damit ja nichts schiefgeht. Aber das kann ja nur in Ihrem Interesse sein. Und dem Ihrer Versicherung. Darf ich Ihnen einen Kaffee anbieten?«, dröhnte Guggenstrom weiter.

Gegen einen Kaffee in zwangloser Atmosphäre hatte Trockau in der Tat nichts einzuwenden. Schließlich war er weder zum Verhör noch zur Ermittlung hier.

Auf sein Nicken reagierte der Direktor mit einem erfreuten: »Ja? Dann gehen wir doch in unser Café, da gibt's nämlich einen vortrefflichen Espresso.«

Sie gingen auf demselben Flur – den nun keine menschliche

Bulldogge mehr verunzierte – weiter, öffneten eine Holztür und standen in einem angenehm gestylten Café, hinter dessen Tresen eine chromblitzende Carimali-Kaffeemaschine thronte.

»Donnerwetter, Ihr Haus ist ja bestens bestückt«, bemerkte Trockau.

»Ja, beim Kaffee verstehe ich keinen Spaß«, erwiderte Guggenstrom unvermindert laut. »Wissen Sie, ich hasse diese braune Brühe, die im Schneckentempo durch Filtertüten tröpfelt und aus dem Kaffeebrei alles rauswäscht, wovon man Sodbrennen bekommt. Ich will das würzige Aroma eines knackfrischen Espressos, der mit Hochdruck durch das Kaffeepulver gejagt wird. Das weckt meine Lebensgeister.«

Sehr dynamisch, der Mann, dachte Trockau und sagte jetzt ebenso laut wie er: »Ja, ein kleiner Pusher wäre nach dem Frühstück im Hotel jetzt gar nicht schlecht.«

Das irritierte Guggenstrom. Vermutlich war nur einer hier befugt, laut zu reden: er. Aber er bemerkte Trockaus Absicht und dämpfte seine Stimme, als er fortfuhr: »In welchem Haus sind Sie denn abgestiegen, wenn man fragen darf?«

Die Zimmerlautstärke nahm ihm ganz entschieden seine dynamische Ausstrahlung. Vermutlich wusste er das. Doch als er merkte, dass das bei Trockau besser ankam, blieb er dabei und machte sich fachgerecht an der Maschine zu schaffen.

»Man darf: etwas außerhalb, im Ostseehotel in Kühlungsborn«, sagte Trockau, wieder in normaler Lautstärke.

»Im Ostseehotel! Da wohnt auch unser Herr Ko Chan Tha. Muss ein prima Haus sein. Er spricht nur in den besten Tönen davon.«

»Sie kennen es nicht?«

»Na, Sie wissen doch, wie das ist: Da, wo man wohnt, kennt man sich mit den Hotels nicht aus. Warum auch, man hat ja sein eigenes Zuhause.«

Guggenstrom hatte die Maschine so weit präpariert, dass sie zu zischen begann, um einen Espresso zu brauen, wie er sein musste – heiß, schwarz und konzentriert.

»Ja, ich finde dieses Hotel auch ganz ausgezeichnet«, hielt Trockau das Gespräch im Gang und dachte, dass dieser familiäre

Ton der richtige sei, um Guggenstroms Auskunftsbereitschaft am Laufen zu halten.

»Sie kennen Herrn Ko Chan Tha?«, fragte der und balancierte die inzwischen gefüllten Tassen um den Tresen herum. »Ich hab gleich mal Doppelte gemacht.« Er setzte eine Tasse vor Trockau ab.

»Nein, ich hatte noch nicht das Vergnügen.«

»Er ist der Eigentümer dieser wunderbaren Exponate, die wir bald ausstellen werden. Und noch so jung! Fünfunddreißig Jahre ist er erst alt.« Damit schob er Trockau den großen Zuckerpott rüber.

»Wie hoch war doch gleich die Versicherungssumme, die unser Haus als Sponsorship übernommen hat?«, fragte Trockau, als er zwei gehäufte Löffel in die Tasse gab.

»Die Ausstellung ist auf einen Wert von zweihundert Millionen Euro versichert«, antwortete Guggenstrom. »Wussten Sie das nicht?«

»So genau nicht«, erwiderte Trockau wahrheitsgemäß. »Ich bin eher der Mann für die Sicherheit. Unter diesen Umständen muss natürlich alles ganz besonders gut funktionieren.« Er nahm einen Schluck des heißen Konzentrats. »Woher kommt dieser Herr eigentlich? Wie heißt er noch?«

»Ko Chan Tha. Er ist aus Burma geflohen.«

»Burma! Geflohen! Und mit fünfunddreißig schon Kunstsammler? Ist ja sagenhaft.« Trockaus Interesse war geweckt. Nicht so sehr in professioneller Hinsicht. Eher wie solche Leute es schafften, in Nullkommanix gewaltige Reichtümer anzuhäufen. Er selbst verdiente zwar nicht schlecht, aber für eine eigene Kunstsammlung hatten seine Einnahmen bislang noch nicht gereicht. Irgendetwas machte er verkehrt, dachte Trockau. Zumindest wirtschaftlich. Ansonsten war er mit seinem Leben ganz zufrieden.

»Herr Guggenstrom«, fuhr er fort, »ich bin wie gesagt wegen der Sicherheit hier. Darf ich deshalb zuallererst die Frage nach der Herkunft der Bilder stellen. Ist sie lückenlos nachweisbar?«

»Selbstverständlich. Ich habe Herrn Ko Chan Tha vor einiger Zeit in Zürich besucht, wo die Bilder im Keller einer Bank in

Klimakisten eingelagert waren. Da stehen übrigens noch mehr. Wenn ich das richtig gesehen habe, hat er noch Exponate für vier bis fünf Ausstellungen in seinem Bestand. Wir haben uns aber erst einmal auf diese achtundvierzig geeinigt – abstrakter Expressionismus aus den USA und Pop-Art. Das wird mit Sicherheit ein Renner werden.«

»Bestimmt«, erwiderte Trockau bewusst zuversichtlich.

»Als ich zum ersten Mal gesehen habe, was das für unglaubliche Stücke sind«, fuhr Guggenstrom fort, »wollte ich selbstverständlich wissen, ob das nicht Fälschungen sein könnten, zumal ja die Initiative zu der Ausstellung von Ko Chan Tha ausging. Da stellt man sich natürlich als Erstes die Frage nach der Echtheit, vor allem weil alle Bilder – alle! – noch nie gezeigt wurden. Sie verstehen: Ich will ja nicht ins offene Messer rennen und achtundvierzig Bilder ausstellen, von denen die Legende geht, sie seien vierzig Jahre lang verwahrt gewesen, die in Wirklichkeit aber Neuanfertigungen sind. Auf solche Geschichten sind schon ganz andere reingefallen.«

Tja, dachte Trockau, auch solche Fälle sind mein täglich Brot. Versonnen blickte er in seine Tasse und nickte lächelnd.

»Deshalb haben wir«, berichtete Guggenstrom in Erwartung, Eindruck für sein kühnes Engagement zu schinden, »unter Aufbietung unserer sämtlichen wirtschaftlichen Ressourcen einen ganzen Stab von Experten nach Zürich geflogen, damit die sich die Exponate anschauen konnten. Und das Verblüffende war und ist: Alle Bilder sind zweifelsfrei echt. Das war nicht nur das Urteil unserer Kunsthistoriker. Herr Tha konnte die Echtheit zum großen Teil sogar noch durch die Originalkaufbelege und Rechnungen belegen. Und die Bank zeigte uns auf Anordnung von Herrn Tha die Benutzerprotokolle dieses Schließfachs. Die Bilder wanderten nachweislich von der Galerie direkt in den Tresorraum der Bank, und dort schaute sich diese Meisterwerke niemand mehr an.«

»Ja, es gibt merkwürdige Menschen. Kaufen sich Kunst und verstecken sie dann im Dunkeln«, sagte Trockau.

»Und jetzt kommen diese geradezu jungfräulichen Werke seit Jahrzehnten zum ersten Mal wieder ans Tageslicht. Bei uns! Ist das nicht toll?«

Stolz schwang unverkennbar in Guggenstroms Worten mit. Dann setzte er in eher vertraulichem Ton hinzu: »Wenn Sie sich auf den Rechnungen anschauen, was der Erwerber auf Kunstmessen und bei Galerien damals dafür bezahlt hat und was die Bilder heute wert sind – da verschlägt's einem die Sprache. Aber Respekt! Der Käufer hatte nicht nur ein sehr geschicktes Händchen in wirtschaftlichen Fragen, sondern auch einen sicheren Geschmack.«

»Hm. Und wann sind die Bilder gekauft worden?«

»Die meisten Ende der sechziger bis Ende der siebziger Jahre.«

»War da Herr Tha schon auf der Welt?«

»Nein, die hat er von seinem früheren Chef geerbt, für den er wohl so etwas wie ein Sohn war. Er hat mir die notariell beglaubigten Erbenpapiere gezeigt, die er auch der Schweizer Bank als Beweis vorlegen musste, dass diese Bilder nun ihm gehören. Das ist alles hundertprozentig wasserdicht.«

Drei Tage davor

Tokio, Narita Airport

Der kleine, drahtige Mann war ganz in Schwarz gekleidet und zog seinen Handgepäcktrolley wie viele andere auch hinter sich her. Die Augen hatte er hinter einer großen Sonnenbrille verborgen, damit ihm niemand den Kater ansehen konnte. Er fürchtete, dass er immer noch eine heftige Fahne hatte und die Dame am Check-in-Schalter ihn deshalb womöglich nicht mitnehmen würde.

Kleiner Bruder, wie ihn sein Auftraggeber einschmeichelnd nannte, tröstete sich damit, dass auch andere männliche Japaner nach der Arbeit gerne einen über den Durst tranken und er vielleicht nicht auffiel, wenn er sich zusammenriss. Der Haken war nur: Um siebzehn Uhr hatte noch kein japanischer Arbeitnehmer Zeit, sich einen hinter die Binde zu kippen. Und Kleiner Bruder war überdies Vietnamese. Unterwegs im Auftrag seines Chefs, dem »alten Cuong«.

Er lenkte seine Schritte zum All-Nippon-Airways-Schalter, wo er nur mit Handgepäck für den Flug um achtzehn Uhr zehn nach Shanghai einchecken wollte. Dieser späte Flug war seine Rettung gewesen, denn das Saufgelage mit seinem alten japanischen Kumpan aus der Einzelkämpferausbildung hatte erst heute Morgen gegen fünf Uhr mit einem fürchterlichen Absturz geendet.

Als sie beide wieder ansprechbar gewesen waren, waren sie zum Bahnhof Akihabara im Stadtteil Kanda gefahren, wo sie einen kleinen Laden aufsuchten, in dem sie sehr spezielle elektronische Bauteile kauften. Er hatte bar bezahlt und sich dann schweren Herzens von seinem alten Freund verabschiedet. Mit dem Narita Express war er die sechzig Kilometer zum International Airport gefahren und befand sich jetzt auf dem Weg zum Check-in.

Als er vor dem First-Class-Counter stand, zeigte er sein strahlendstes Lächeln, sprach sein deutlichstes Englisch und war die Freundlichkeit in Person. Die gut aussehende junge Frau am Counter schaute ihn zunächst prüfend an, doch dann wünschte sie ihm einen guten Flug, da er einer der wenigen Passagiere der First Class war. Vermutlich hielt sie ihn für einen Typen aus der Musikindustrie. Die hatten ja auch gerne einen im Tee. Bei der Gepäckdurchleuchtung und der Body Control lief alles planmäßig. Um zwanzig Uhr fünfzehn würde er in Shanghai ankommen und um dreiundzwanzig Uhr vierzig weiter nach München fliegen.

Der alte Cuong hatte ihm diesen First-Class-Flug nach Shanghai spendiert, weil in keinem anderen Flug zu dieser Zeit ein Platz frei gewesen war. Kleiner Bruder ging davon aus, den Rest des Rausches bis Shanghai ausgeschlafen zu haben. Dann würde er sich ein bisschen den Shanghai Pudong Airport anschauen und sich gegen eins ein spätes Abendessen oder ein »frühes Frühstück« im Flugzeug kommen lassen. Er freute sich auf den Flug, nicht nur weil er gerne flog, sondern auch weil es eine angenehme Abwechslung zu dem ständigen Einerlei seines Lebens an der Grenze zwischen Vietnam und Laos war.

Der Tag davor
Rostock, Kunsthaus

»Hatte der Erblasser alle diese Bilder selbst gekauft?«, fragte Trockau und behielt den interessierten Ton bei.

»Das legen die Rechnungen nahe«, erwiderte Guggenstrom.

»Haben Sie die vorliegenden Rechnungen mit denen der Galerien verglichen?«

»Äh, weniger. Wir haben uns eher auf die Expertisen der Kunsthistoriker verlassen. Warum?«

»Auch Rechnungen kann man fälschen. Verstehen Sie mich nicht falsch. Ich bin hier, um nach dem Rechten zu sehen. Und da gehören solche Fragen dazu.«

»Hm. Aber auch für Kunstgalerien gilt, dass sie ihre Unterlagen für die Steuerbehörden nur zehn Jahre aufheben müssen. Außerdem gibt es mehrere der Galerien nicht mehr, in denen die Bilder damals gekauft wurden.« Der bislang so aufgeräumte Direktor wirkte etwas kleinlaut.

»Haben Sie auf der Seite des Sammlers die Frage nach dem Geld klären können, mit dem die Bilder gekauft wurden?«

»Nun, auch das ist mehr als vierzig Jahre her. Da gibt es keine Belege mehr bei den Banken. Und wenn, dann zeigen sie uns die nicht. Sie verstehen: Schweizer Bankgeheimnis. Außerdem vermute ich mal – aber das muss bitte streng vertraulich bleiben …« Guggenstrom machte eine Pause. »Kann ich mich darauf verlassen?«

»Selbstverständlich!« Diskretion war Trockaus dritter Vorname.

»Also, soweit ich Herrn Tha verstanden habe, hat sein Chef die Einnahmen aus einer Provinz in Burma, die er als eine Art Ministerpräsident kontrollierte, seit den siebziger Jahren in diesen Bildern angelegt.«

Trockau schaute den Direktor verblüfft an; dem wiederum dämmerte, dass er sich da gerade ein bisschen verplappert hatte. Er biss sich auf die Lippen und blickte angestrengt aus dem großen Fenster.

Vorsichtig fragte Trockau: »Kann es sein, dass diese Provinz an der Grenze zu Laos und Thailand liegt?«

Guggenstrom blinzelte kurz und heftete seinen Blick auf die Spitzen seiner Schuhe. Dann hob er die Schuhspitzen, machte eine Schnute, schnalzte mit der Zunge, sog ganz leicht Luft durch die Zähne ein und senkte die Schuhspitzen wieder auf den Boden.

Trockau half noch ein bisschen nach: »Stichwort ›Goldenes Dreieck‹?«

»Das … ist nicht auszuschließen. Aber«, und damit hob der Direktor Stimme und Augen und sah Trockau mit professionellem Anwaltsblick an: »Was ändert das? Die Bilder sind korrekt gekauft, gut gelagert und gehören ganz legitim jetzt demjenigen, der sie hier zum ersten Mal seit vierzig Jahren wieder der Öffentlichkeit zugänglich macht. Das sind sehr rare Exponate, meist aus den frühen Schaffensperioden der ganz Großen. Und allesamt eine Sensation.«

Guggenstrom machte eine Pause und änderte den Tonfall wieder zu »vertraulich«: »Der muss damals bei der Marlborough Gallery und bei Leo Castelli ein und aus gegangen sein: mit Koffern voller Geld rein und leeren Taschen wieder raus – aber toller Kunst unterm Arm. Damals hatte doch noch niemand eine Idee davon, dass man mit Kunst schmutziges Geld waschen kann. Ich vermute, dass der Chef von Herrn Tha irgendwie Spaß am Kunstsammeln hatte, sonst wären mehr Blindgänger in der Sammlung. Also Sachen, die ihm die Kunsthändler aufgeschwatzt hatten. Sind es aber nicht. Der hatte ein gutes Gespür für das, was wir heute ›gute Kunst‹ nennen. Deshalb sollten wir uns jetzt nicht den Kopf über seine Finanzierungsquellen zerbrechen. Diese Geschäfte sind vor vier oder fünf Jahrzehnten abgeschlossen worden. Und mehr muss man dazu nicht wissen.«

Jetzt deutete Trockau eine Schnute an und gab damit zu verstehen, dass er hier nicht ganz der Meinung von Guggenstrom war: »Ich weiß nicht so recht …«

Das brachte Guggenstrom dazu, sich zu ereifern: »Ja, sollen wir diese Meisterwerke jetzt wegen der Finanzierung durch angebliche Drogengelder verbrennen? Dann müssten wir auch die Kathedrale von Sevilla einreißen. Die besteht nämlich aus dem Blutgold, das die Spanier bei ihrer Conquista aus den Ureinwohnern Südamerikas rausgepresst haben. Und die meisten

Schlösser in unserem hehren Europa sind auch nicht aus purer Menschenliebe, sondern mit dem Geld der Armen erbaut worden. Vom Petersdom ganz zu schweigen. Also lassen wir die Kirche im Dom … äh … Rom … na! … Dorf – und diese Bilder in unserer Ausstellung.« Damit stand er auf und ging an Trockau vorbei zur Tür.

Als er dort angelangt war, hatte er sich wieder gefangen. »Wissen Sie was, wenn Sie möchten, dann kommen Sie doch morgen Abend zu unserem Essen im Ostseehotel dazu. Meine Frau und ich haben den Herrn Tha eingeladen. Dann können Sie ihn kennenlernen und sich Ihre eigene Meinung bilden. So gegen neunzehn Uhr?«

»Ich bin da.« Mit einem Lächeln fügte Trockau hinzu: »Ich hab's ja nicht weit.«

»Prima. Und jetzt zeige ich Ihnen unsere Sicherheitstechnik.« Damit schritt Guggenstrom voran.

»In jedem Ausstellungsraum des Museums«, begann er, jetzt wieder ganz Direktor, seine Führung durch das Aufbaugewusel, »sind Infrarot-Bewegungsmelder, Kameras und Wärmesensoren installiert, die sowohl menschliche Bewegungen als auch Wärmekonzentrationen wahrnehmen. Sämtliche Informationen dieser Rezeptoren werden drahtlos in mein Büro übermittelt, wo alle Kamerabilder auf einer Festplatte aufgezeichnet werden. Durch diese drahtlose Übermittlung – das ist so eine Art WLAN – konnten wir das System ohne großes Aufstemmen der Wände installieren. Außerdem«, führte er weiter aus, »sind alle Fenster elektronisch so gesichert, dass in der nahen Polizeiwache die Sirenen losgehen, wenn jemand von außen eindringt. Und dorthin gehen natürlich auch alle Alarmmeldungen der Bewegungssensoren während der Nacht. Diese Verbindung beruht allerdings in bewährt klassischer Technik auf einer soliden Kabelverbindung. All das haben wir Ihrem Hause zu verdanken. Und das tun wir auch – Ihnen danken.«

Trockau lächelte verbindlich, als ob er für diese Großzügigkeit persönlich verantwortlich wäre.

»Übrigens habe ich das alles auch Herrn Ko Chan Tha gezeigt, damit er beruhigt ist«, fuhr der Direktor fort. »Es wurde ihm sogar en détail von dem Ingenieur der Sicherheitsfirma erklärt, der die

Anlage installiert hat. Sonst hätte er uns seine Sammlung nämlich gar nicht zur Ausstellung übergeben. Aber das versteht man ja auch. Bei den Werten. Tja, und wenn Sie sonst keine Fragen mehr haben, dann würde ich mich jetzt wieder über meinen Schreibtisch hermachen.«

»Keine weiteren Fragen«, sagte Trockau.

»Dann sehen wir uns morgen Abend um neunzehn Uhr«, verabschiedete sich der Direktor und überließ es Trockau, sich die Sicherheitstechnik noch einmal allein und gründlicher anzuschauen. Doch der war lediglich von den gezeigten Geräten an den Wänden beeindruckt. Zu mehr Sachkenntnis reichte es bei ihm nicht. Schließlich war er weder ein Nerd noch ein Sicherheitsingenieur, sondern Kunsthistoriker mit einem Faible für Psychologie.

Er beschloss, Dr. Schmoller zu empfehlen, sich ein detailliertes Protokoll von der Sicherheitsfirma zusenden zu lassen, damit er etwas Konkretes in Händen hatte. Mehr konnte er jetzt nicht tun. Ein professioneller Einbrecher, der sich mit so was auskannte, hätte ihm bestimmt mehr sagen können.

Als ihm dieser Gedanke durch den Kopf ging, wurde ihm wieder einmal klar, dass sein Mitarbeiterstab eine eklatante Lücke aufwies: Es fehlte ein mit allen Wassern gewaschener Langfinger. Bislang hatte er einen genialen Fälscher, eine Expertin, die sich in den Auktionshäusern und Museen dieser Welt auskannte, einen Kunsthistoriker und dessen Bruder, der ein elektronisches Tüftelgenie war, in seiner »Wurmbüchse« – wie er sein Team gerne nannte. Es wurde wirklich Zeit, dass er einen kunstfertigen Dieb fand.

Viereinhalb Wochen davor

Saigon, Hotel Rex

»Hausmann!«

Nach schier endlosen Wahlwiederholungen hatte Cuong Hausmann endlich auf dessen Cubacell-Handy erreicht.

»Hier spricht Cuong«, meldete er sich in dem ihm eigenen Deutsch. Wenn Hausmann ein Kind mit Vorliebe für animierte Filme gehabt hätte, hätte ihm auffallen können, dass der alte Cuong auf die gleiche Art Deutsch sprach wie King Julien – »der König der Lemuren« aus »Madagascar«. Doch selbst wenn er solche menschliche Bindungen gehabt hätte, wäre ihm die komische Seite an Cuongs Sprache mit Sicherheit nicht aufgefallen, weil Hausmann komplett humorfrei war.

»Buenos Dias«, sagte Hausmann mit leicht schnarrender Stimme, um Cuong – den er nicht wirklich leiden konnte und noch aus den alten Zeiten der politischen Zusammenarbeit kannte – zu zeigen, dass er mehr als nur Deutsch sprach.

»Meinetwegen«, antwortete Cuong und befürchtete, dass er Hausmann auf dem falschen Fuß erwischt hatte. Aber weil das der vierunddreißigste Versuch war, einen Telefonkontakt mit ihm herzustellen, wollte er nicht länger warten, seinen Köder auszuwerfen.

»Verehrter Genosse – oder sagt man bei dir ›compadre‹?« Diesen kleinen Ausflug ins Spanische konnte sich Cuong nicht verkneifen.

»Wie es Euch gefällt, Genosse Cuong!«

»Lassen wir das Spiel«, kam der alte Vietnamese zum Wesentlichen. »Du hast doch immer Spaß an guten Geschäften. Wie sieht es bei dir aus mit Investments in Kunst? Bist du angesichts des galoppierenden Währungsverfalls an so etwas möglicherweise interessiert?«

An der Pause merkte Cuong, dass Hausmann auf Empfang geschaltet hatte. Ein Mann, der die SED-Milliarden nicht nur verwalten, sondern auch mehren sollte, musste bei dem heutigen Zustand der Finanzmärkte auch Kunst in seinem Portfolio haben, wenn er nicht als total weltfremd gelten wollte. Und Cuong wusste, dass Hausmann genau das nicht sein wollte, »weltfremd«. Er war immer noch der alte Streber, der auch in diesem Punkt vor seinen ehemaligen Parteikollegen zu brillieren versuchte. Oh, wie Cuong solche Typen hasste. Dennoch war er weiterhin freundlich. Schließlich wollte er, dass der ehemalige SED-Mann ihm auf den Leim ging.

»Kunst ist eine renditestarke Anlage«, sagte Hausmann. »Neben Immobilien.«

Der Kerl konnte es einfach nicht lassen, ständig zu demonstrieren, dass er mehr weiß, dachte Cuong. »Natürlich«, gab er Hausmann recht, »aber Kunst kann man unter den Arm nehmen und damit zu seinen potenziellen Käufern fahren, um es gegen Bargeld einzutauschen. Das fällt einem bei Immobilien schon schwerer.« Er machte eine Pause. »Zumindest in meinem Alter.« Er hoffte, dass er mit diesem kleinen Scherz Hausmann auf die richtige Fährte gesetzt hatte. Das Stichwort war »Bargeld« gewesen.

Er lag richtig. Denn Hausmann fragte sogleich: »Wie groß?«

»Transportabel«, war Cuongs Antwort.

»Wie groß?«, wiederholte Hausmann.

»Lieber Freund«, holte Cuong aus, »es handelt sich um einen Rothko. Das ist kein Spitzweg, den du in einen Aktenkoffer bekommst. Aber das ist dir sicherlich bekannt. Ebenso wie der enorm hohe Kurs, mit dem die Rothkos weltweit gehandelt werden. Wenn man überhaupt einen bekommt.«

Pause. Cuong ließ den Satz wirken.

»Aber du hast einen?«, fragte Hausmann mit hörbarem Interesse.

»So ist es.«

»Wie viel?« Hausmann wollte es wissen.

»Einen.« Cuong spürte, wie Hausmann langsam Fahrt aufnahm, und wollte ihn ein bisschen zappeln lassen, um zu zeigen, dass er weiterhin der Herr im Ring war.

»Genosse, ich rede vom Preis«, belehrte ihn Hausmann humorlos wie immer.

»Dreißig.«

»Millionen?«

»Euro.«

»Wert oder Preis?«

»Preis. Der Wert liegt bei achtundvierzig bis siebenundfünfzig Millionen.«

»Warum verkaufst du ihn dann nicht zu diesem Preis?«

Jetzt schoss der alte Cuong die Kugel für seinen Blattschuss ab: »Weil ich im Gegensatz zu dir nicht solche Verbindungen habe.«

»Aha.«

Treffer. Cuong unterdrückte seine Freude, als Hausmann fragte: »Kannst du mir mehr darüber erzählen?«

Doch Cuong wollte nicht mehr erzählen. Schließlich war der Rothko noch nicht in seinem Besitz. Deshalb antwortete er: »Ich erzähle dir mehr, wenn du mir gesagt hast, dass du daran interessiert bist. Bis dahin sage ich allen Interessenten nicht mehr als das, was ich dir eben gesagt habe. Im zweiten Schritt hinterlegt der Interessent die halbe Summe als Bankgarantie bei einer Bank meines Vertrauens, und dann erzähle ich mehr.«

»Na schön«, gab Hausmann zurück. »Bis wann brauchst du eine Entscheidung?«

»Wer zuerst kommt, mahlt zuerst.« Dieses alte deutsche Sprichwort konnte sich Cuong an dieser Stelle nicht verkneifen.

Der Tag davor

Kühlungsborn, Ostseehotel, Turmsuite

Als Trockau wieder in seiner Suite angekommen war, schaute er auf seine IWC Portugieser, die er sich als kleine Belohnung nach der Lösung des letzten Falles geschenkt hatte. Es war gerade noch Zeit, Dr. Schmoller anzurufen, ehe der zu einem ausgedehnten Lunch außer Haus gehen würde.

»Schmoller«, rief der in seinem üblichen rheinischen Singsang in den Hörer.

»Ja, hier Trockau.«

»Na, was hat die Besichtigung ergeben, großer Meister?«

»Ich habe mir die von Ihnen bezahlte Sicherheitsanlage angeschaut. Sieht alles ganz okay aus. Ich habe nichts entdecken können, was Ihnen den Schlaf rauben müsste, aber ich bin kein wirklicher Experte in diesen Fragen. Ich würde Ihnen deshalb empfehlen, sich von der Sicherheitsfirma eine detaillierte Aufstellung geben zu lassen. Denn Sie wissen ja, Superprofis mit hoher krimineller Energie kriegen immer, was sie wollen.«

»Da haben Sie natürlich recht. Das machen wir auch noch. Ich wollte nur eine Art Zwischenbericht von Ihnen, ob das Kunsthaus unser Geld tatsächlich in die Sicherheit gesteckt hat. Manchmal haben solche Häuser sehr viele Defizitlöcher, die sie stopfen müssen, wenn Sie verstehen, was ich meine. Außerdem wissen Sie vielleicht nicht, dass es hier um eine Versicherungssumme von dreihundertvierzig Millionen geht.«

»Ups. Ich hatte was von zweihundert gehört.«

»Zweihundert ist ja auch nicht falsch. Aber eben nicht alles. In diesem Zusammenhang eine Frage: Sie haben doch Ihre ganz eigenen und etwas ungewöhnlichen Experten für Fälschungsfragen, richtig?«

»Warum?«, fragte Trockau und bemühte sich, einen konsternierten Eindruck zu erwecken. »Vertrauen Sie den Experten von Direktor Guggenstrom nicht?«

»Jeder Kunstexperte ist irgendwelchen Interessen verpflichtet. Diese Leute leben ja auch nicht im luftleeren Raum. Ihre ›Handwerker‹ – wenn ich sie mal so nennen darf – sind da anders. Bei denen vermute ich so etwas wie Sportsgeist – nach dem Motto ›Erwisch ich dich oder nicht?‹. Das wäre in diesem Fall eine zusätzliche Sicherung. Ich bitte Sie darum, weil ich immer gerne eine zweite Meinung einhole. Könnten Sie also Ihre Fälschungsexperten von der Leine lassen, damit sie der Sammlung auch noch mal von dieser Seite auf den Grund gehen? Wir würden nämlich Herrn Tha gerne als Kunden gewinnen und ihm seine Sammlung versichern. Ohne Fälschungen, wenn Sie verstehen, was ich meine.«

»Aha. Das wäre dann die dritte Fliege, die Sie mit einer Klappe schlagen, oder?«, erwiderte Trockau.

»Die dritte?«

»Ja, erstens haben Sie durch das Sponsoring der Sicherheitstechnik die Kontrolle über das Haus – und einen langjährig dankbaren Museumspartner im Osten des Landes. Zweitens können Sie sich durch die Übernahme der Versicherungskosten bei den großen Sammlern als Wohltäter und seriöse Versicherung präsentieren. Und drittens versuchen Sie auf diesem Wege, Herrn Tha als Kunden an Land zu ziehen, ohne einem Versicherungsagenten Provision zahlen zu müssen.«

»Lieber Herr Trockau, Sie sind scharfsinnig wie immer. Anyhow: Schauen sich Ihre Fälschungsexperten die Bilder nun an oder nicht?«

»Das wird aber eine hübsche Menge Arbeit werden«, wandte Trockau ein, denn er wollte nicht, dass seine Leute gratis arbeiteten.

»Das geht schon in Ordnung. Zum üblichen Satz?«

»Das fände ich fair.«

»Sagen Sie, lieber Trockau«, Schmollers Stimme wurde einschmeichelnd, »wie lange sind Sie noch da oben im Urlaub?«

»Ich hatte an ein, zwei Tage gedacht«, log Trockau. Nicht ohne Berechnung. »Warum?«

»Nun, mir wäre wohler, wenn Sie noch die nächsten vierzehn Tage in der Nähe bleiben könnten. Nur für den Fall der Fälle. Wir übernehmen auch gerne die Kosten für Ihr Ferienhotel. Bei der Summe, die wir bis jetzt in die Rostocker Ausstellung gesteckt haben, schlägt das nicht wirklich zu Buche. Und mir wäre es das wert, wenn ich dadurch ruhig schlafen könnte.«

»Lieber Dr. Schmoller«, sagte Trockau jetzt ausgesprochen fröhlich und hoffte, sein Gesprächspartner würde die leise Ironie deutlich hören, »Disziplin und Pflichtgefühl sind wichtige Eigenschaften in meinem Beruf.«

»Dann sind Sie ja mal wieder der richtige Mann am richtigen Ort«, sagte Schmoller lachend und legte auf.

Manchmal mochte Trockau diesen Schmoller. Zwei Wochen bezahlter Urlaub waren eine ausgesprochen angenehme Wendung in diesem Fall. Obwohl es natürlich noch kein »Fall« war. Doch falls es zu einem werden sollte, war Trockau sehr nah dran und hatte den Auftrag so gut wie in der Tasche.

So erfolgreich hatte er sich seine Sommerfrische gar nicht vorgestellt: Das Hotel wurde von der Versicherung bezahlt, ein Auftrag für die Echtheitsrecherche war auch im Kasten, und er hatte die Möglichkeit, vorab Insiderwissen zu sammeln. Schlussendlich konnte er dabei noch einen höchst potenten Sammler näher kennenlernen, der für einen weiteren Auftrag gut sein konnte. Gleich morgen Abend beim Essen mit den Guggenstroms würde er seine Beziehungen zu ihm vertiefen.

Trockau bestellte sich einen Kaffee und einen Apfelkuchen auf seine Suite und fand, dass sich der morgendliche Schock aufs Angenehmste gewandelt hatte.

Vier Wochen davor

Kuba, Villa in Miramar

Hausmann hatte bei dem Gespräch mit Cuong Blut geleckt. Der Rothko interessierte ihn. Nicht so sehr als Geldanlage, sondern als Geschäft. Auf eigene Rechnung. Denn obwohl er immer ein loyaler Parteisoldat gewesen war, dämmerte ihm, dass er etwas für sein Alter zurücklegen musste. Da kam ihm der Rothko gerade recht. Er würde den Kauf aus der Parteikasse zwischenfinanzieren und den Gewinn aufs eigene Konto transferieren. Den Parteigenossen würde das nicht auffallen, denn Hausmann war der Einzige, der Einblick in die detaillierte Buchhaltung hatte. Seinen alten Genossen im fernen Deutschland genügte es, wenn sich das Vermögen unterm Strich von Jahr zu Jahr mehrte. Oder zumindest nicht weniger wurde. Deshalb stand das Bild seit dem Telefonat mit Cuong ganz oben auf seiner Akquisitionsliste.

Jetzt saß er an seinem Schreibtisch in der exzellent renovierten alten Villa mitten im Diplomatenviertel Miramar der kubanischen Hauptstadt und nippte an einem guatemaltekischen Rum. Er hätte zwar einen kubanischen »Methusalem« vorgezogen, doch war der kubanische Staat nicht mehr fähig, dieses feine Getränk zu produzieren, und der im Handel gängige kubanische Schnaps war ihm zu spritig.

Hausmann wählte zum achtzehnten Mal die Nummer von Schnitzler, einem ehemaligen »informellen Mitarbeiter« der Stasi. Er hatte sich in den glorreichen Zeiten der DDR seine

Sporen bei der KoKo verdient – der Abteilung, die durch den Ausverkauf von Kunstgegenständen westliche Devisen für die SED-Regierung beschafft hatte. Inzwischen war dieser IM eine anerkannte Größe in der internationalen Kunstwelt geworden und hatte einen exzellenten Ruf als Sachverständiger für Bilder von Mark Rothko erlangt. Ihn wollte Hausmann mit der alten Stasi-Akte, die er immer noch über ihn hatte, »motivieren«. Er sollte ihm bei der Suche nach dem Rothko helfen.

Endlich meldete sich am anderen Ende der Leitung eine Stimme: »Schnitzler?«

»Guten Tag, Paul«, begrüßte Hausmann Schnitzler mit seinem IM-Namen. Er hörte deutlich, wie Schnitzler schluckte, bevor er sagte:

»Ich glaube, Sie haben sich verwählt.«

»Ich glaube nicht«, setzte Hausmann nach, ehe Schnitzler auflegen konnte.

»Mit wem spreche ich?«

»Hausmann. Sie werden mich nicht kennen. Aber Ihr Führungsoffizier hat an mich Ihre meist sehr ausführlichen Informationen weitergeleitet. Schöne Arbeiten. Nachträglich noch mal meinen Dank. Ich konnte ihn ja früher nicht so richtig zum Ausdruck bringen.«

Schnitzler sagte nichts. Dann nach einer längeren Pause: »Was wollen Sie?«

»Sie sind doch als Kunstsachverständiger tätig.«

»Und?«

»Ich frage Sie, ob zurzeit ein Rothko am Markt zu kaufen ist.«

»Nicht dass ich wüsste«, antwortete Schnitzler vorsichtig und wischte sich den Schweiß von der Stirn, der dort perlte, seitdem er mit seinem IM-Namen angesprochen worden war.

Hausmann hörte das Rascheln eines Taschentuchs. »Keine Angst, Ihnen passiert nichts. Das ist nur eine reine Informationsfrage. Wissen Sie, ein Freund aus den alten Tagen des glorreichen Sozialismus hat mir erzählt, es wäre einer zu haben, und nun möchte ich mich bei Ihnen als Fachmann nur erkundigen, ob das sein kann.«

Schnitzler schluckte erneut, sammelte sich und antwortete

ruhig: »Es ist ein Rothko aufgetaucht, der bislang als verschollen galt. Aber der ist nicht zu kaufen.«

»Das ist ja eine wunderbare Neuigkeit. Möchten Sie mir verraten, *wo* er aufgetaucht ist?«

»Bei einem Sammler aus Asien.«

»Vietnam?«

»Nein. Burma.«

»Burma! Sie sind, verehrter Herr Schnitzler, wie immer gut informiert. Darf ich fragen, woher Sie das wissen?«

»Ich habe in Europa inzwischen einen gewissen Ruf als Rothko-Experte.« Schnitzler ahnte nichts Gutes, aber über kurz oder lang würde dieser Hausmann ohnehin alles über ihn rausfinden. Er kannte die kalte Hartnäckigkeit dieser ehemaligen »Genossen«.

»Da habe ich ja richtig Glück!« Hausmann beabsichtigte nicht, seine Freude zu verheimlichen. »Sie sagen ›Europa‹. Befindet sich denn der Rothko in Europa?«

»Soweit ich weiß, soll er bald in einer Ausstellung in Deutschland gezeigt werden.«

Schnitzler hoffte, dass er damit genug erzählt hatte. Inzwischen lief ihm nämlich der Schweiß den Rücken herunter und färbte sein T-Shirt an mehr als einer Stelle dunkel.

»Und in welchem Museum wird diese sicherlich sehr schöne Ausstellung gezeigt?« Hausmann hatte einen Lauf und wollte ihn nicht unterbrechen. Noch nicht.

»Im Rostocker Kunsthaus.«

»Was halten Sie davon, wenn wir uns demnächst in der Schweiz auf einen Kaffee treffen. Ich denke, ich hätte da ein interessantes Angebot für Sie. Es geht um Ihre Akte. Die wollen Sie doch sicherlich wiederhaben, oder?«

»Ja.«

»Na, dann bringe ich sie doch mal als Begrüßung mit nach Zürich. Ich schicke Ihnen eine SMS, wann wir uns dort treffen können.« Hausmann legte unvermittelt auf, um klarzumachen, dass es sich dabei nicht um einen Vorschlag handelte, sondern um einen Befehl.

Er schlug mit der flachen Hand auf den Schreibtisch und rief enthusiastisch: »Hausmann, du bist ein Teufelskerl!« Dann genehmigte er sich einen weiteren guatemaltekischen »Anniversario«.

Er lehnte sich mit dem Glas zurück, hielt es sich unter die Nase und dachte: Wenn ich schon weiß, wo der Rothko ist, werde ich doch nicht warten, bis der alte Cuong ihn mir für zwanzig Millionen verkauft. Nein, dachte er weiter, er würde den Rothko genau da abgreifen, wo ihn sich auch der alte Cuong besorgte. Dazu bräuchte er nur noch ein paar weitere Informationen. Dann würde Plittwitz den »Eigentumstransfer« besorgen.

Der Tag davor

Kühlungsborn, Ostseehotel, Turmsuite

Nachdem Trockau das Gespräch mit Schmoller beendet hatte, wählte er die Nummer seiner Team-Zentrale. Seine Mitarbeiter sollten sich auf den Weg machen.

Obwohl keiner seiner Experten jünger als Mitte sechzig war, waren sie nicht nur sehr flexibel, sondern auch extrem schnell einsetzbar. Wenn es der Fall erforderte. Und dieser Fall war so ein Fall. Sie versprachen, sich in kürzestmöglicher Zeit vom Headquarter in Berlin auf den Weg zu machen.

Trockau war ein bisschen stolz auf »seine Leute«. Es waren alles erfahrene Kenner der Kunstwelt, die aus Altersgründen von ihren Institutionen in den Vorruhestand geschickt worden waren. Für Trockau ausgemachter Schwachsinn, weil diese Experten auf einen Erfahrungsschatz zurückblicken konnten, den niemand sonst sein Eigen nannte. Aber mit Blick auf seine eigenen Interessen war er natürlich froh um die merkwürdige Personalpolitik der großen Institutionen. Denn so konnte er all die wunderbaren Spezialisten nun für seine Arbeiten engagieren. Und er hatte dafür nur die Besten unter Vertrag genommen.

Trockau konnte sich ein solches Team leisten, nicht nur weil er gut verdiente, sondern weil er auch bereit war zu teilen. Das war aber nicht der einzige Grund, weshalb seine »senior experts«

höchst loyal für ihn arbeiteten. Sie waren ihm vor allem dankbar, dass er sie aus dem Loch der »Ruhestandslangeweile« geholt hatte, wie es seine Provenienz-Expertin Hedwig einmal formuliert hatte.

Hedwig war die Lady seiner kleinen Spezialeinheit. Sie hatte einen wild wuchernden Haarschopf, um den sie viele jüngere Frauen beneideten – von Männern ganz zu schweigen –, und war einen halben Kopf größer als Trockau. Sie musste sich deshalb zu den meisten Menschen ein wenig herabbeugen, was ihr etwas huldvoll Aristokratisches gab. Viele, die sie zum ersten Mal sahen, hielten sie für eine norddeutsche Herzogin. Ihre erlesenen Freizeitbeschäftigungen – von Reiten über Bridge bis zu gelegentlichen Auffrischungen ihrer Schießkunst bei der Jagd – befeuerten diese blaublütige Aura noch. Doch schwieg sie eisern über ihre Herkunft. Aus welchen Gründen auch immer.

Ihr Spezialgebiet waren Auktionshäuser und deren Abläufe. Außerdem kannte sie alle Museumsdirektoren diesseits und jenseits des Nullmeridians und hatte feinste Drähte in die »upper classes«: von der Hochfinanz bis in die europäischen Königshäuser. Sie war darüber hinaus die »Experten-Expertin« in Trockaus spezieller Eingreiftruppe.

Jeder Künstler hat einen oder mehrere besonders intime Kenner seines Œuvres, die wissen, ob ein Bild von diesem Künstler gemalt worden ist oder nicht. Wann immer Trockau den passenden Experten für einen bestimmten Künstler suchte, fragte er Hedwig. Sie wusste immer, wer der Richtige war. Falls nicht, wusste sie, wer den Richtigen kannte. Ihre Kollegen nannten sie – wenn sie außer Hörweite war – deshalb »die Spinne«: weil sie überallhin Verbindungen hatte. Dieses Gespinst pflegte sie sowohl mit konventionellen als auch mit unkonventionellen Mitteln.

Wer über sie wusste, dass sie von Kindesbeinen an das schwarze Schaf ihrer Sippe gewesen war, wunderte sich darüber nicht. Auch nicht darüber, dass Hedwig niemals die Absicht gehabt hatte, zu einem weißen Schaf zu mutieren. »Viel zu langweilig«, pflegte sie darauf mit ihrer tiefen Stimme zu sagen und sich eine Zigarette anzuzünden.

Die Zweiten im Bunde, die Trockau aus der Zentrale angefordert hatte, waren die »Zwillinge«. Sie gab es nur im Doppelpack. August war der Elektronikfachmann und damit für Trockau so etwas wie der »Medizinmann« der Truppe. Denn er selbst konnte nur staunen über das, was August auf seinem »Hackbrett« – wie er seine Computertastatur nannte – zuwege brachte.

Sein Bruder Ernst, ebenso lang und dünn wie August, war Kunsthistoriker. Spezialgebiet: 20. Jahrhundert. Ihn interessierte das Schöne und Edle der abendländischen Kultur, während er für die Technikverehrung der Gegenwart nur Mitleid empfand. Dabei spielte zweifelsfrei eine gewisse brüderliche Rivalität mit. In jedem Fall war Ernst der Wissende, während August der Tüftelnde und damit Suchende war. Beiden gemeinsam war eine prominente Nase, die sie ihren »Riecher« nannten. Dazu kamen eine hohe Stirn und sehr gutmütig in die Welt blickende, strahlend blaue Augen.

Der Grund für ihre äußere Ähnlichkeit war einfach: Sie hatten nicht nur dieselben Eltern, sondern waren auch »aus demselben Ei geschlüpft«, wie sie es umschrieben. Wer meinte, er müsse dieser Erklärung das Wort »eineiig« hinzufügen, bekam die stereotype Antwort zu hören: »Nein, jeder zwei!« Das war ein alter Spruch, aber die beiden bemühten ihn immer wieder. Vermutlich war es ihnen wichtig. Trockau kannte die Gründe dafür nicht und wollte sie auch gar nicht wissen.

Ein Zwillingsforscher, der die zwei in die Finger bekommen hätte, müsste nach Trockaus Einschätzung viele seiner Hypothesen in den Eimer treten: Die beiden waren nämlich so unterschiedlich, wie zwei Brüder nur sein konnten. Er erklärte sich das mit einem Gedanken, den er einmal in einem Buch gelesen hatte. Demnach müssten sich Zwillinge »ein Schicksal teilen«, wobei August das Yin und Ernst das Yang übernommen hatte. Oder umgekehrt.

Aber genau das zeichnete sie aus: Sie waren so gegensätzlich wie Tag und Nacht – und genauso unzertrennlich. Obwohl: Das Letzte würden sie immer weit von sich weisen. Unisono.

Drei Wochen davor

in Marc Schnitzlers Hosentasche

Das Handy in seiner Hosentasche vibrierte zweimal und zeigte ihm an, dass er eine SMS erhalten hatte.

Als er es herausnahm, stand dort kurz und bündig, wovor er sich seit dem Telefonat mit Hausmann fürchtete: »Treffen uns übermorgen, siebzehn Uhr im ›Bona Dea‹, Zürcher Hauptbahnhof. Ich sitze hinten links. Ihre Akte liegt auf dem Tisch.«

Es blieb ihm nichts anderes übrig, als am übernächsten Tag in Zürich zu sein. Wenn seine Vergangenheit als IM bekannt würde, wäre seine mühsam aufgebaute Legende und Reputation in der Kunstwelt obsolet. Er musste diese Seiten in seinen Besitz bringen. Koste es, was es wolle.

Der Tag davor

Kühlungsborn, Ostseehotel, Turmsuite

Trockau hatte es sich mit dem Apfelkuchen samt Kaffee auf dem Balkon seiner Suite gemütlich gemacht. Während er diesen »Lunch« zu sich nahm, blickte er über eine dunkelgrüne Ostsee, auf der winzige Schaumkronen wie von einem englischen See- und Schiffsmaler hingetupft waren, der gerade »Frühling auf See« malte.

Ein lebhafter Wind bewegte die Wolken und ließ immer wieder einzelne Streifen der See in hellem Sonnenlicht erstrahlen, während andere Bereiche im dunklen Tiefengrün des Schattens verblieben und der Szenerie eine dramatische Note gaben. Trockau bewunderte dieses für die Jahreszeit ungewöhnliche Schauspiel. Er vermutete, dass es ein Zeichen für einen nahenden Wetterumschwung sein könnte. Aber so, wie er bei den Jahreszeiten den Frühling und den Herbst am schönsten fand – weil sich vielfältige Veränderungen zeigten –, so fand er auch Wetterveränderungen immer viel interessanter als dauerhaften

Sonnenschein oder ewigen Schnee. Deshalb folgte er interessiert den Metamorphosen des Seewetters und lobte sich im Stillen für die Wahl seines Urlaubsortes.

Gerade als das letzte Stück Apfelkuchen von seinem Teller vertilgt war, klingelte das Telefon. Sein Expertenteam meldete sich früher als geplant und ließ ihn wissen, dass es in einer Stunde beim Rostocker Kunsthaus sein könne und dort auf ihn warten würde.

Trockau trank den Kaffee aus, warf noch einen Blick auf die Ostsee im Wandel des Lichtes und stellte das Geschirr vor der Zimmertür auf dem Hotelflur ab. Entspannt machte er sich erneut auf den Weg gen Rostock.

Der Tag davor

Posen

Der Flug von München nach Posen hatte nur eineinhalb Stunden gedauert. Jetzt hieß es bis zum nächsten Morgen in einem Hotel abzusteigen, das möglichst viele Gäste beherbergte, damit Kleiner Bruder unter ihnen nicht auffiel.

Er fragte den Taxifahrer nach dem Hotel, in dem die besten Prostituierten verkehrten, und ließ sich dorthin fahren. Nicht weil er ein Abenteuer suchte, sondern weil Hotels mit den besten Prostituierten immer kooperationsbereite Angestellte an der Rezeption hatten. Wäre das nicht so, könnten die Damen nicht einen einzigen Schritt in die Hotelhalle setzen. Außerdem waren solche Rezeptionisten empfänglich für ein standesgemäßes Trinkgeld, legten ihrerseits Wert auf Diskretion und sorgten dafür, dass der Ruf ihres Hauses ein gewisses Niveau nicht unterschritt. All das kam den Bedürfnissen von Kleinem Bruder perfekt entgegen.

Die Hundert-Dollar-Note in seinen falschen Papieren sorgte trotz fehlender Reservierung denn auch für ein reibungsloses Check-in. Der Zimmerpreis von fünfhundert Dollar tat ein Übrigens. Hier würde er sich ungestört auf seinen Auftrag vorbereiten können.

Als Nächstes musste er nach einem Parkhaus Ausschau halten, wo er ein Auto finden konnte, das für seine Zwecke geeignet war. Es sollte in Deutschland nicht auffallen und durfte daher nicht zu klapperig, aber auch nicht zu protzig sein. Sein Auftraggeber hatte ihm einen Skoda Octavia empfohlen. Der war in Deutschland verbreitet, obwohl er in Tschechien gebaut und in Polen überall gerne genommen wurde.

Der Tag davor
Rostock, Kunsthaus

Nachdem Trockaus Expertenteam die M-Klasse und ihren Mercedes Kombi in der Linzer Straße geparkt hatte, liefen eine in ein dunkelblaues Kostüm gekleidete Dame und zwei weniger gut gekleidete Herren – der eine in Jeans mit Holzfällerhemd (August), der andere in Jeans mit Leinensakko (Ernst) – ins Museum ein.

Wachmann Stuvenbarg glaubte seinen Augen nicht zu trauen. Drei unbefugte Personen! In *seinem* Museum! Fast hätte er einen Schreianfall bekommen.

Mit hochrotem Kopf baute er sich vor der weißhaarigen Gefahr auf. Doch die drei ließen sich davon nicht im Geringsten beeindrucken. Mit dem Daumen nach hinten zeigend marschierten sie an ihm vorbei und verwiesen auf – Trockau. Der trat als Letzter durch die Tür und sagte jovial: »Na, Stuvenbarg! Alles im Griff?«

Stuvenbarg war einerseits hocherfreut, dass ihn endlich mal einer mit dem richtigen Namen anredete. Er ließ es sich aber nicht anmerken. Denn andererseits war er beunruhigt, dass so viele ihm unbekannte Wesen in sein Museum eindrangen, obwohl es momentan doch für den Publikumsverkehr geschlossen war.

»Machen Sie sich mal keinen Kopf«, beruhigte ihn Trockau in

volksnahem Ton. »Das ist mein Team, das soll noch einmal alle Bilder unter die Lupe nehmen. Sie können sich aber gerne bei Herrn Guggenstrom erkundigen, ob alles seine Ordnung hat. Nur zu. Ich nehme es Ihnen nicht übel.«

Damit überließ er dem Wachmann die Entscheidung, ob er seinen Chef stören wollte oder nicht. Am Ende einer mittelkurzen Denkpause entschloss sich Stuvenbarg, die Verantwortung für die »potenzielle Gefahr« in kommunistisch bewährter Strategie nach oben zu delegieren, und verschwand in einen Nebenraum, um mit Guggenstrom zu telefonieren.

Als er wieder herauskam, war er verwirrt. Nicht weil der Chef grünes Licht gegeben hatte, sondern weil er gar nicht da war. Am Telefon hatte sich stattdessen eine Frau Guggenstrom gemeldet, von der er noch nie etwas gehört hatte. Er hatte den Direktor immer für schwul gehalten, was ihn nicht weiter gestört hatte, weil ihn das auch gar nichts anzugehen hatte. Und jetzt das. Was sollte er tun? Das Museum wurde zwar jetzt »nach privatwirtschaftlichen Gesichtspunkten organisiert«, so hatte er es gelernt, aber was bedeutete das in diesem Fall?

Ihm fiel ein Stein vom Herzen, als die Dame jetzt aus dem Büro des Direktors zu ihm kam. »Herr Stufenheck, mein Mann hat mir schon gesagt, dass ich als Erstes Sie informieren sollte. Ich bin aber erst kurz vor Herrn Trockau und seinen Leuten hier angekommen, sodass ich das noch nicht tun konnte. Sie waren nämlich nicht hier.« Geschickt hatte sie diesen kleinen Hinweis an den Schluss ihrer Worte gesetzt, um ihm ein schlechtes Gewissen zu machen – was auch prompt funktionierte.

»Was soll ich denn machen, wenn mich ein menschliches Bedürfnis plagt? Soll ich dann erst das ganze Kunsthaus abschließen? So was kann schnell in die Ho … Sie wissen schon, was ich meine. Nicht wahr.«

»Klar! Herr Stufensarg.«

»S t u v e n b a r g!«

»Entschuldigung. Stuvenbarg sagten Sie?«

»Ja, seit sechsundfünfzig Jahren!«

»Also, Herr Stuvenbarg, das mit dem Herrn Trockau und seinen Spezialisten hat seine Ordnung. Mein Mann ist bei einem wichtigen Termin, deshalb übernehme ich heute Nachmittag seine Aufgabe hier.«

»Gut«, sagte Stuvenbarg und machte dabei ein Gesicht, dem deutlich zu entnehmen war, dass er nicht hier war, um der Ehefrau des Leitenden seinen Namen beizubringen. Sondern um der Hausordnung Geltung zu verschaffen. Jawohl.

Zweieinhalb Wochen davor

Zürich, Hauptbahnhof, Restaurant »Bona Dea«

Als Schnitzler das vegetarische Restaurant im Zürcher Hauptbahnhof betreten hatte, sah er im hinteren Bereich einen Mann um die sechzig, der für die Jahreszeit viel zu braun war, als dass er in Europa leben konnte. Dabei sah er keineswegs vital aus. Im Gegenteil. Die etwas altmodische randlose Brille verlieh ihm zusammen mit der hohen Stirn und den tiefen Furchen rechts und links des Mundes etwas Blutleeres. Dazu passte sein freudloser Blick und eine schwer greifbare Ausstrahlung, die den Eindruck erweckte, als ob er mehr gesehen hätte, als ihm lieb war. Nichtsdestotrotz wirkte er gefährlich. Und auf unangenehme Weise vorwurfsvoll.

Auf dem Tisch vor ihm lag ein Aktenordner, der nagelneu aussah und deshalb unmöglich die original Stasi-Akte sein konnte, auf die Schnitzler scharf war. Deshalb ging er schnurstracks zu dem Tisch und sagte grußlos: »Das ist nicht meine Akte.«

»Völlig richtig. Die liegt in einem Banksafe unweit von hier. Man weiß ja nie, wozu verzweifelte Menschen imstande sind. Aber nehmen Sie doch Platz«, säuselte Hausmann, und während sein Mund lächelte, blieben seine Augen kalt. »Diese Akte hier«, er legte seine weichliche Hand auf den Aktendeckel, »ist eine Kopie der schönsten Stellen Ihrer Arbeiten. Alle mit Ihrer Unterschrift. Herrlich, oder? Aber keine Sorge. Sie bekommen das Original – ohne weitere Kopie –, wenn ich habe, was ich will.«

»Und? Was wollen Sie«, fragte Schnitzler vorsichtig, nichts Gutes ahnend.

Hausmann schaute auf den Aktendeckel und machte eine kunstvolle Pause. Dann sah er ihn an: »Den Rothko.«

Schnitzler verschlug es die Sprache. Mit ausdruckslosem Gesicht starrte er Hausmann an, während ihm der Schweiß auf die Stirn trat. »Das kann ich nicht machen«, flüsterte er mühsam. »Ich weiß doch gar nicht, wie so was geht.« Dann stierte er auf den Aktendeckel und sackte mit jedem Atemzug mehr in sich zusammen.

Hausmann schaute diesem langsamen Zerfall interessiert zu und sagte schließlich: »Das brauchen Sie auch nicht. Sie geben mir nur alle Informationen, die ich brauche. *Alle!* An diese Handynummer. Den Rest erledigt ein Spezialist. Wenn die Sache erfolgreich gelaufen ist, bekommen Sie Ihre Akte.« Damit erhob er sich und ging. Seine Handynummer stand auf dem Aktendeckel. Mehr musste Schnitzler nicht wissen. Alles Weitere würde Plittwitz erledigen.

Der Tag davor

Rostock, Kunsthaus

Die netten älteren Herrschaften, die eben auf so ungebührliche Weise durch »Stuvenbargs Hintertür« ins Museum gekommen waren, schauten sich inzwischen ein wenig um.

Genau wie Frau Guggenstrom.

Sie war eine sportliche Erscheinung mit kurzen braunen Haaren und wachem Blick, die sich vom Hausfrauendasein unterfordert fühlte und sich freute, heute Nachmittag etwas Anregendes zu tun zu bekommen.

Ernst und August, die sich die Liste der auszustellenden Bilder von ihr geben ließen, merkten das sofort. Genauer gesagt: Ernst merkte es sofort. Und weil er immer gern ein Schwätzchen hielt, ging er freudig drauf ein.

August schnappte sich derweil die Liste der Bilder mit allen Angaben und entschwand in die M-Klasse, wo eine mobile Datenstation installiert war. Mit ihrer Hilfe durchforstete er die Werksverzeichnisse der ausgestellten Künstler.

»Darf ich fragen, was Sie jetzt genau machen?«, wandte sich Frau Guggenstrom interessiert an Ernst.

Der wusste, dass sein Bruder August bei seiner Arbeit gerne ungestört blieb, und betrachtete es als seine Pflicht, seinem Bruder den Rücken frei- und die »Frau Direktor« in Schach zu halten.

»Als Erstes schauen wir in den Werksverzeichnissen nach«, begann er ihr seine Arbeit zu erklären. »Da werden alle Bilder aufgelistet – meist mit Abbildungen –, die der betreffende Künstler gemalt hat. Taucht ein Bild im Markt auf, das nicht darin verzeichnet ist, hat es meistens ... jemand anderer gemalt. Zum Beispiel ein Schüler, ein Kopist, ein anderer talentierter Künstler. Oder ...« Ernst machte eine dramatische Pause. Er schaute Frau Guggenstrom bedeutungsvoll an und sagte dann: » ... ein Fälscher. Auf jeden Fall aber nicht derjenige, dessen Name auf dem Bild als Signatur steht – respektive dem es zugeschrieben wird.«

»Das klingt ja richtig aufregend«, rief Frau Guggenstrom.

»Nein, aufregend ist es überhaupt nicht. Eher langweilig. Deswegen lass ich das auch gerne meinen Bruder machen.«

»Ja, aber was ist denn, wenn Sie ein solches falsches Bild gefunden haben? Informieren Sie dann die Polizei?«

»Immer langsam mit die jungen Pferde«, lachte Ernst. »Wenn wir ein Bild entdecken, das in dem Werksverzeichnis *nicht* enthalten ist, dann beginnt erst die eigentliche Arbeit. Mit den Werksverzeichnissen ist das nämlich so eine Sache. Die meisten Künstler malen, weil sie ›müssen‹. Aus einem inneren Antrieb heraus. Sie malen ›aus Druck‹, und die Guten unter ihnen finden aus dem, was aus ihnen herausdrängt, im Laufe ihrer Arbeit stilistisch auch ihren ganz eigenen ›Ausdruck‹.«

Ernst schaute Frau Guggenstrom an, um zu sehen, ob sie sein Wortspiel »aus Druck« und »Ausdruck« verstanden hatte.

Sie hatte.

»Sie suchen also einen Weg«, fuhr er fort, »das, was sie zu sagen haben, auf eine authentische und noch nie da gewesene

Art auszudrücken. Naheliegenderweise sind sie dabei ganz mit sich und dem beschäftigt, was sie der Welt zu sagen haben – und dass die Kunstwelt sie und ihre Botschaft zur Kenntnis nimmt. Das geht einher mit vielen Zweifeln und Fragen und was weiß ich noch allem. Auf jeden Fall denken sie an alles Mögliche, nur nicht an eine lückenlose Archivierung ihrer Arbeiten. Sie malen oder kleben oder formen, aber die bürokratische Organisation ihres Lebens spielt dabei eine untergeordnete bis gar keine Rolle.«

»Das kann ich mir ganz gut vorstellen.« Frau Guggenstrom nickte. »In der Praxis, in der ich früher gearbeitet habe, hatten wir einen Bildhauer als Patienten. Der hatte noch nicht mal eine Krankenversicherung. Den hat der Doktor immer gratis behandelt, weil ihm seine Arbeiten so gut gefallen haben.«

»Na, da kennen Sie sich ja mit den Herrschaften aus. Ein Künstler steht morgens nicht auf und sagt ›Heute male ich ein Meisterwerk‹«, fuhr er fort. »Sein Leben und Arbeiten ist ein Suchen – und manchmal auch Finden. Dabei entstehen in jedem Fall viele Arbeiten, die noch nicht fertig sind, an denen er später noch einmal weiterarbeiten will oder die in seinen Augen misslungen sind. Manche Arbeiten findet er vielleicht auch gut, aber ein Außenstehender – wie sein Galerist – findet sie ganz schrecklich. Oder umgekehrt. Wie auch immer. So ein Atelier ist meist voll mit guten, mittelguten und unfertigen Arbeiten. Jetzt stellen Sie sich vor, ein Künstler mit einem so vollen Atelier und einem großen Namen stirbt. Dann beginnen in der Kunstszene sofort sämtliche Alarmlampen zu leuchten. Denn: Ab sofort ist das Œuvre dieses Künstlers limitiert.«

»Wie?«

»Na ja, er malt nicht mehr, weil er ja tot ist.«

»Natürlich ... Und?«

»Es sind wie erwähnt viele unbekannte Arbeiten des Künstlers in seinem Atelier vorhanden. Wer jetzt den Zugriff auf diese Arbeiten bekommt, der ist ein gemachter Mann. Denn der kann die Wertsteigerung dieses Künstlers steuern.«

»Wie das?«

»Indem er versucht, die Nachfrage zu steigern und das Angebot zu verknappen. Das hört sich einfach an, ist es aber nicht. Denn dazu muss man das Spiel mit den Museen, den Sammlern und den Spitzen der Kunstwelt beherrschen. Und der verstorbene Künstler muss mit seinen Arbeiten natürlich auch auf der Höhe der Zeit gewesen sein.«

Ernst war in seinem Element. »Ein Beispiel«, führte er begeistert aus, »Mark Rothko – ein Vertreter des abstrakten Expressionismus, von dem hier auch eine Arbeit ausgestellt werden soll – wurde am Ende seines Lebens von der aufkommenden Pop-Art in zunehmendem Maße verdrängt. Nach seinem Tod 1970 stieg das Interesse an seinen Bildern aber dennoch so stetig an, dass sein Bild ›White Center‹ von 1950 bei einer Auktion von Sotheby's in New York im Jahr 2007 für – und jetzt halten Sie sich fest – fünfundsechzig Millionen Dollar versteigert wurde. Das war zu diesem Zeitpunkt der höchste Preis für ein Gemälde eines fast noch zeitgenössischen Künstlers, der bis dahin jemals bei einer Auktion erzielt werden konnte. Dieser Rekord ist zwar inzwischen überboten, aber es zeigt: Wer das Geschäft richtig versteht, erzielt unglaubliche Gewinne.«

»Und was hat die Witwe von solch horrenden Preisen?«, warf Frau Guggenstrom zu Recht ein und holte Ernst damit wieder auf den Boden der Realität zurück.

»Meist wenig. Um nicht zu sagen, gar nichts. Es sei denn, sie hat den alleinigen Zugriff auf die Arbeiten ihres Mannes. Dann muss sie aber auch noch die besten Galerien und Auktionshäuser kennen und das Spiel des Marktes beherrschen. Wenn sie das draufhat, ist sie eine wohlhabende Frau. Aber die meisten sind einfach wundervolle Partnerinnen, die an der Seite ihres Mannes seinen Kampf mit sich und der Kunstwelt begleiten und manchmal auch nur ertragen haben. All die Vermarktungstricks beherrschen sie in den wenigsten Fällen. Da wundert es nicht, wenn sie von gewieften Kunsthändlern übers Ohr gehauen werden. Aber natürlich gibt es da solche und solche. Sowohl bei den Frauen als auch bei den Kunsthändlern.«

»Und was hat das alles mit den Werksverzeichnissen zu tun?« Frau Guggenstrom hatte offensichtlich gut zugehört und blieb am Ball.

Ernst seufzte einmal tief. »Ja, genau. Der Bestand eines solchen Ateliers sollte natürlich gründlich archiviert sein – plus all derjenigen Arbeiten, die verkauft oder verschenkt wurden. Und genau der letzte Teil ist meist sehr schwierig, denn nicht immer wissen die Hinterbliebenen, wer ein Bild vom Verblichenen hat. Besonders dann nicht, wenn der großzügig mit seinen Arbeiten umgegangen ist. Wie zum Beispiel der eben erwähnte Rothko. Steht aber erst einmal ein Werksverzeichnis, ist es der Schlüssel zur Echtheit eines Bildes. Was darin verzeichnet ist, ist echt. Was nicht, ist … zumindest fraglichen Ursprungs. Und das wirkt sich natürlich auf seinen Wert aus. Deshalb schauen wir zuerst in den Werksverzeichnissen nach. Und genau das tut mein Bruder gerade. So, und jetzt muss ich mich zu ihm begeben. Sonst wird er sauer. Bis später.«

Ernst verabschiedete sich und eilte hinaus zu August, der an seiner mobilen Datenstation im Fond der M-Klasse saß und die Werksverzeichnisse von Rothko, Bacon und dem »amerikanischen Expressionismus« scannte.

Zur gleichen Zeit wie Ernst traf auch Trockau bei der M-Klasse ein, sodass August ihrem gemeinsamen Chef die ersten Ergebnisse seiner Nachforschungen erläutern konnte.

»Alle Bilder der Ausstellung sind in den entsprechenden Werksverzeichnissen aufzufinden. Sogar der Rothko«, begann er. »Allerdings umgibt den eine etwas mysteriöse Geschichte. Er gehört nämlich zu drei Bildern, die am Todestag von Mark Rothko aus seinem Atelier verschwunden waren und erst eine Zeit danach von einem unbekannten Mann wieder zurückgebracht wurden. Rätselhafterweise hat niemand die Identität des Mannes festgestellt, sondern die Bilder nur dankend in Empfang genommen. Der Mann konnte so unerkannt verschwinden. Diese Rothkos wurden zwar ins Gesamtverzeichnis aufgenommen, doch weiß niemand, ob sie in der Zeit, in der sie verschwunden waren, kopiert wurden oder nicht.«

Trockau ließ ein ratloses »Hm« hören, dann fragte er: »Und sonst ist alles okay?«

»Bei den anderen Bildern sieht alles sauber aus. Beim Rothko ja auch, nur dass sich die Geschichte etwas komisch anhört.«

»Verstehe«, sagte Trockau und verabschiedete sich, um Hedwig aufzusuchen, die ebenfalls zügig mit ihrer Arbeit vorangekommen war.

Sie hatte die Rechnungen der großen New Yorker Galerien durchgeschaut und die Belege unter die Lupe genommen, die auf der Art Basel und anderen Kunstmessen ausgestellt worden waren, und hatte dabei nichts Verdächtiges gefunden.

Danach war sie die Liste der Expertisen durchgegangen und hatte geprüft, welcher Experte zu welchem Bild seine Meinung abgegeben hatte. Vor allen Dingen mit welcher Begründung er sich für »echt« entschieden hatte. Dabei war ihr Augenmerk ebenfalls auf den einzigen Rothko der Ausstellung gefallen. Der zuständige Experte Marc Schnitzler hatte die vorliegenden Kaufbelege und Rechnungen nicht mal erwähnt. Stattdessen hatte er nur kunsthistorische Einschätzungen dieser Arbeit von Mark Rothko im Allgemeinen und dieses Bildes im Besonderen abgegeben.

Zunächst hatte sie gedacht, dass Schnitzler die Kaufbelege vielleicht nicht kannte, und hatte bei Guggenstron telefonisch nachgefragt, ob er den Experten für deren Provenienzbestimmung auch die Kaufbelege zur Verfügung gestellt hatte.

»Selbstverständlich«, beschied sie Guggenstrom und erklärte, dass für einige Experten die Kaufbelege eine besonders wichtige Rolle spielten. Für Schnitzler aber offensichtlich nicht. Im Gegenteil, er hatte kein gutes Haar an dem Bild gelassen und es nahezu in den Verdacht einer Fälschung gerückt. Der Kaufbeleg deutete jedoch darauf hin, dass das Werk nach Rothkos Tod in der Marlborough Gallery legal erworben worden war. Und zwar zu einem Zeitpunkt, zu dem Rothko noch lange nicht den Ruf genoss, der ihm später zuteilwerden sollte.

Warum sollte jemand die Arbeiten eines Künstlers fälschen, der zum Zeitpunkt der Fälschung keine hohen Preise erzielte? Das ergab keinen Sinn.

Nachdem Hedwig Trockau ihre Sicht der Dinge dargelegt hatte, bat er sie, sich noch einmal in der Kunstwelt umzuhören, was man dort von diesem Marc Schnitzler hielt.

Hedwig telefonierte daraufhin mit langjährigen Freunden aus

der Museums- und Expertenszene. Dabei formte sich das Bild eines Mannes, der charakterlich über eine gewisse Flexibilität verfügte. Einige ihrer Gesprächspartner gebrauchten den Ausdruck »schmierig« für ihn, andere »verschwitzt«, und wieder andere bezeichneten Schnitzler als »hochintelligent, aber moralisch wendig«.

In Hedwig keimte der Verdacht, dass ihr in Schnitzler wieder einmal ein Experte über den Weg gelaufen war, der zwar sachlich außerordentlich kenntnisreich war, diese Sachkenntnis aber gern dem Meistbietenden zur Verfügung stellte – zum Beispiel, indem er bei dem Verkäufer eines Werkes ein Bild für eine wahrscheinliche Fälschung ausgab, damit ein eventueller Käufer es günstiger erwerben konnte.

Hedwig seufzte. Eigentlich wusste immer nur der Künstler selbst, ob er das Bild gemalt hatte oder nicht. Aber auch da gab es Ausnahmen. Picasso hatte wegen der Fülle seines Werkes schon sehr früh den Überblick verloren.

Als sie Trockau, der in der Cafeteria saß, das erzählte, wurde er noch nachdenklicher. Sollten sie hier auf ein Bild gestoßen sein, das der Versicherung viel eher Kopfschmerzen bereiten müsste als die frisch installierte Alarmanlage?

Ihm war klar, dass sich am nächsten Tag als Erstes ihr Fälschungsexperte Otto Boiern – von allen nur Boi genannt – den Rothko vorknöpfen musste. Das Bild war mit knapp fünfzig Millionen Euro versichert und das Highlight der Ausstellung. An ihm durfte unter keinen Umständen auch nur der kleinste Makel haften.

Fünf Tage davor

Köln, Severinsviertel

»Plittwitz!«

Mit einem scharfen Zischlaut am Ende des Namens meldete sich eine Stimme am Telefon, die äußerst unwillig klang.

»Hausmann!«, gab die andere Stimme zurück, und sogleich wurde die Plittwitz'sche Stimme freundlich.

»Ah, das ist ja eine Überraschung. Lange nichts mehr von Ihnen gehört. Was macht die Kunst?«

»Der geht es gut«, antwortete Hausmann humorlos wie immer. »Ich habe einen Auftrag für Sie.«

»Wie schön. Was darf's denn dieses Mal sein?«

»Sie müssen nach Rostock. Zum Kunsthaus und eine Frucht ernten, die Ihnen dort bald reif in den Schoß fallen wird.«

Hausmann erläuterte dem Mann mit dem preußischen Namen und rheinischen Wohnort seinen Plan.

Am Ende sagte Plittwitz: »Verstanden. Wann soll ich los?«

»Am besten gleich.«

Der Tag selbst

Rostock, Kunsthaus

Trockau war gerade in der Cafeteria und holte sich seinen Morgen-Espresso, als er tumultartige Geräusche am Hinterausgang hörte. Er wusste nicht, dass Boi, der früher ein genialer Fälscher gewesen war und sich dank Trockaus Hilfe zum Fälschungsexperten geläutert hatte, schneller als erwartet aus Berlin eingetroffen war. Jetzt versuchte er, hineinzukommen, was Stuvenbarg jedoch verhindern wollte.

Boi fühlte sich durch den Wachmann an die Schließer der »staatlichen Kuranstalt« erinnert, in der er eine Zeit lang eingesessen hatte, und reagierte wenig besonnen. Und so ging es innerhalb kürzester Zeit zwischen den beiden hoch her. Trockau kam gerade noch rechtzeitig, um zu verhindern, dass sich die beiden Streithähne richtig in die Haare kriegten.

»Ho, Brauner, gaaanz ruhig«, sagte er zu Stuvenbarg, der endlich seine Stunde gekommen sah, einen Eindringling festzunehmen, um die Berechtigung und Wichtigkeit seines Wachauftrages zu beweisen. »Ganz ruhig, Herr Stuvenbarg. Sie haben recht, ich hätte Ihnen sagen sollen, dass ich noch einen Mitarbeiter erwarte. Also: Der Mann gehört zu mir. Sie können ihn reinlassen.«

»Und die Frau?«

»Welche Frau?«

»Na, dieses junge Ding, das draußen vor der Tür eine raucht!«

Trockau stutzte. »Boi, haben Sie jemanden mitgebracht?«

»Äh … ja. Das ist meine Tochter. Ich wollte sie Ihnen vorstellen. Warum, würde ich Ihnen gerne erklären. Allerdings nicht hier.« Boi schaute Stuvenbarg dabei so abfällig an, als wäre der ein randvoller Mülleimer.

»Gut, wenn sie fertig ist mit ihrer Zigarette, lassen Sie sie bitte ebenfalls herein, Herr Stuvenbarg.«

»Das könnte allerdings etwas länger dauern«, schob Boi vorsichtig ein. »Sie hat gesagt, bis ich hier fertig bin mit diesem … ›Herrn‹«, wieder dieser Blick, »setze sie sich auf die Bank am Teich und rauche eine … Zigarre.«

»Oh«, kam's Trockau über die Lippen. Eine Frau, die seine Leidenschaft für gerollte Tabakblätter teilte. Das klang sympathisch. »Gut, Herr Stuvenbarg, Sie wissen Bescheid. Wenn sie reinwill, lassen Sie sie rein. Okay?«

»Wenn *Sie* das sagen!« Stuvenbarg wandte sich zum Gehen. Er hatte seine Pflicht ordnungsgemäß erfüllt, und dieser Trockau würde die Verantwortung für alles Weitere übernehmen müssen. Damit hatte für ihn alles seine Ordnung. Ein wichtiger Zustand für seine Sicht der Welt.

Der Tag selbst

Autobahn E 65 Posen–Stettin

Kleiner Bruder hatte es geschafft, sich einen Skoda Octavia Kombi zu besorgen. Er betrachtete es als ein gutes Omen, dass ihm das so problemlos gelungen war. Diese Fügung, die manche Glück nennen, war für ihn ein Zeichen, dass die Sterne auf seiner Seite standen. Hätte sonst neben dem Skoda ein Wagen mit deutschem Kennzeichen geparkt? Eben. Er hatte nur die Kennzeichen vertauschen müssen. Jetzt fuhr er einen deutschen Wagen. Das Gleiche würde er in Rostock machen. Diese Taktik war erprobt und stürzte die echten Besitzer regelmäßig in Verwirrung. Doch bis sie dahinterkamen, verging viel Zeit. Oftmals fuhren die Autobesitzer tagelang mit dem fremden Kennzeichen herum, bis sie es bemerkten. Wer schaut schon bei jedem Einsteigen, ob sein Auto immer noch dasselbe Kennzeichen hat? Davon geht man einfach aus. Zumal wenn der Schlüssel passt. Und seitdem es die Zündschlüssel gab, mit denen man per Fernbedienung das Auto öffnet, schaute sowieso niemand mehr aufs Kennzeichen, weil jeder zu dem Auto ging, dessen Blinkanlage leuchtete.

Etwas schwieriger war es gewesen, ein Auto ohne Navigationssystem zu finden. Denn dadurch wussten nicht nur die Autos, wo sie waren. Auch das GPS am Himmel wusste, wo das Auto war. Das hatte sich als effektive Diebstahlsicherung erwiesen. Aber da er sich den Wagen in Polen genommen hatte, hatte er recht einfach einen finden können, der nicht über diese Hightech-Diebstahlsicherung verfügte.

Das war auch der Grund gewesen, warum sein vietnamesischer Auftraggeber Cuong darauf bestanden hatte, dass er in Posen landen sollte statt in Hamburg: um sich das richtige Fluchtfahrzeug in Polen zu besorgen. Ein kluger Mann, dieser Cuong, dachte Kleiner Bruder voller Respekt.

Der Tag selbst

Rostock, Kunsthaus

»So. Was sagt unser Meisterfälscher zu dem Rothko? Echt oder nicht?«

Boi, der völlig in seine Arbeit versunken gewesen war, nahm die Vergrößerungsbrille ab und rieb sich die Augen. »Dieser Rothko hier ist sauber. Wenn ich mir die Ränder anschaue, also hier …«, er zeigte auf den Bereich, wo die Leinwand von den alten Nägeln gehalten wurde, »... und hier sehen Sie die ungrundierte Leinwand und hier die Grundierung. So wie es Rothko zu tun pflegte. Wenn wir es genauer untersuchten, würden wir vermutlich auch den Kaninchenleim isolieren können.«

»Kaninchenleim?«

»Ja, damit hat er seine Grundierungen gebunden.«

»Woran sehen Sie das?«, wollte Trockau wissen, der sich schon immer für solche Kniffe interessiert hatte.

»Das weiß ich einfach. Aber ich kann Ihnen einen weiteren Hinweis geben. Es handelt sich bei dieser Arbeit eindeutig um eine Originalleinwand. Hier, wenn wir uns die Leinwand gegen das Licht anschauen«, die beiden gingen um das Bild herum, damit Trockau die Leinwand von hinten sehen konnte, »dann sehen Sie keine helleren Stellen in der Leinwand, durch die das Licht mehr hindurchscheint als durch andere. Das würde nämlich darauf hinweisen, dass das Gewebe an diesen Stellen dünner ist, weil die ursprüngliche Farbe abgekratzt wurde, um eine alte Leinwand aus den sechziger Jahren als Grundlage zu haben. Das kriegt man nicht immer gleichmäßig hin, sondern schabt an einigen Stellen tiefer als an anderen, und dann wird auch immer das Leinwandgewebe ein Stück weit abgetragen, und damit wird sie an dieser Stelle dünner. Wir haben es also mit einer jungfräulichen Leinwand zu tun. Nicht mit einer wiederverwendeten.«

Trockau hörte Boi aufmerksam zu. Er war einmal mehr froh, ihn vor Kurzem in sein Team geholt zu haben. Er schloss genau die Lücke, die sein Vorgänger durch seinen allzu frühen Tod hinterlassen hatte.

»Außerdem«, fuhr Boi in seiner Analyse des Bildes fort, »hat Rothko immer sehr viel Wert darauf gelegt, besonders hochwertiges Material zu verwenden – sowohl bei den Farben als auch bei den Leinwänden. Es hat ihm zwar meistens an den nötigen finanziellen Mitteln gefehlt, aber dafür gab er sein letztes Geld aus. Oder er hat es sich geliehen. Auf jeden Fall ist die Leinwand von ebendieser hohen Qualität.«

»Sie kennen sich tatsächlich mit Rothkos aus, mein lieber Boi«, sagte Trockau anerkennend.

»Am klarsten sagt aber der Holzrahmen, auf den die Leinwand

aufgezogen ist, dass es sich um ein Bild aus den späten sechziger Jahren handelt. Das Holz ist hochwertig und mindestens vierzig, fünfzig Jahre alt. Und hier sehen Sie auch Bleistiftnotizen und den Stempel mit Anmerkungen der Marlborough Gallery in New York. Die hat damals sehr viele Rothkos aus dem Nachlass verkauft. Sie war sogar lange Zeit die einzige, die Rothkos verkauft hatte.«

»Zusammen mit der Rechnung der Marlborough Gallery«, schlussfolgerte Trockau, »die dem Urteil von Ernst, August und Hedwig nach einwandfrei ist, klingt das alles recht stimmig.«

»Jetzt gehen wir noch mal zur Vorderseite des Bildes.«

Boi nahm Trockau beim Arm und führte ihn wieder um das sehr große und unhandliche Format herum. »Nun lassen Sie einmal die Farben auf sich wirken.«

Trockau tat wie ihm geheißen.

»Und?«, fragte Boi. »Spüren Sie diese Intensität, diese Kraft und gleichzeitige Leichtigkeit und Transparenz der Farben? Das hat dieses Mystische, was er immer auszudrücken versuchte. Deshalb sage ich Ihnen: Das ist ein echter Rothko, so wahr ich hier stehe.«

Trockau war aufrichtig beeindruckt. Aus Bois Worten klang tiefe Gewissheit.

»Gute Arbeit, Boi.«

Gemeinsam hoben sie das Bild wieder in die Klimakiste Nummer 36, wo es auf den Moment der Probehängung am nächsten Tag warten sollte.

»Gut«, sagte Boi, als sie das Bild verstaut hatten. »Jetzt zu meiner Tochter.«

Der Kelch würde also nicht an Trockau vorübergehen. Er sah sich mit etwas konfrontiert, was nicht zu seinen Spezialgebieten zählte: Familienangelegenheiten. Er verkniff sich ein Seufzen, verlagerte es nach innen und versuchte, dem besorgten Vater zu lauschen.

»Meine Frau ist vor fünfzehn Jahren gestorben, da war unsere Tochter siebzehn. Seitdem kümmere ich mich allein um sie. Sie ist mein Augenlicht – auch wenn sie mit ihren zweiunddreißig schon lange ihre eigenen Wege geht.«

»Dann können Sie sie doch auch sicherlich schon alleine zu

Hause lassen«, warf Trockau mit leiser Ironie ein. »Oder warum haben Sie sie mitgebracht?«

Boi lachte auf. »Das kann ich. Ja. Aber …« Er machte eine lange Pause, in der sein Lachen verschwand und einer nachdenklichen Miene Platz machte. »Sie arbeitet in demselben Geschäft, in dem ich früher gearbeitet habe. Bis zu meinem letzten ›Kuraufenthalt‹ bei Vater Staat.«

Na, dachte Trockau, da war der Apfel ja nicht weit vom Stamm gefallen. Und drohte jetzt geradewegs in seinen Garten zu kullern. Unvorsichtigerweise sagte er: »Verstehe.«

»Und nicht nur das. Sie ist vielleicht noch besser als ich. Sie macht Kopien, dass es einem den Atem verschlägt.«

»Aha …«, machte Trockau und wusste nicht so recht, was er mit diesen Enthüllungen anfangen sollte.

»Aber damit nicht genug«, schob Boi nach. »Sie ist auch noch eine außergewöhnlich geschickte …«, hier zögerte er, dann sagte er leise: »Einbrecherin.« Das letzte Wort ging ihm offensichtlich nicht leicht über die Lippen. »Ich weiß nicht genau, womit sie im Moment ihren Lebensunterhalt verdient«, fuhr er fort, »aber ich habe den Verdacht, dass sie auf Bestellung Bilder erstklassig kopiert, dann in Museen eindringt und die Originale mit ihren Kopien vertauscht – ohne dass jemand etwas merkt. Natürlich macht sie das nicht in den Museen mit der teuren Sicherheitstechnik. Das braucht sie auch gar nicht. Gerade in den kleinen Museen hängen oft kostbarste Bilder mit lächerlich einfacher Sicherung.«

»Eigentlich will ich solche Dinge gar nicht wissen«, wandte Trockau ein. »Und Sie müssen mir das auch gar nicht erzählen.« Er schaute Boi an. »Also weshalb tun Sie es?«

»Nun, ich versuche, zwei Fliegen mit einer Klappe zu schlagen. Denn sie kann Ihnen wertvolle Tipps geben, was die Sicherheitstechnik dieses Kunsthauses betrifft. Einerseits. Und dann fände ich es nicht schlecht, wenn sich dabei für sie die Möglichkeit böte, mit ihren Fähigkeiten einer ehrlichen Arbeit nachzugehen. Ich würde ihr gerne meinen Lebensweg ersparen.«

Trockaus aus Schlesien stammende Mutter pflegte in solchen Momenten zu sagen: »Nachtigall, ick hör dir trapsen.« Aber natürlich behielt er das für sich und sagte stattdessen zu Boi: »Das ehrt Sie. Aber wenn ich mal den Therapeuten spielen darf, dann würde ich als Erstes den besorgten Vater fragen, ob seine Tochter das *auch* will? Oder ob sie nicht viel lieber so weitermachen möchte wie bisher?«

Boi zögerte einen Moment und kam dann auf die letzten Jahre seines Lebens zu sprechen, die er hinter Gardinen aus schwerem Eisen mit faustgroßem Karomuster verbracht hatte. »Ich glaube, das hat bei ihr was angestoßen. Ob das reicht, weiß ich nicht. Können Sie nicht mal mit ihr reden?«

Na toll, dachte Trockau – Professor Dr. Trockau, Facharzt für Psychiatrie und umkehrwillige Eierdiebe, sollte seine Sprechstunde öffnen. Er spürte überhaupt kein Verlangen danach, dennoch war ihm klar, dass Boi ihm mit dieser Bitte einen Beweis seines großen Vertrauens entgegenbrachte, das er nicht enttäuschen sollte. Und wollte.

Also grinste er Boi spitzbübisch an und sagte: »Hat sie denn noch eine zweite Zigarre dabei? Wenn ja, dann setz ich mich zu ihr aufs Bänkchen, und wir rauchen uns eins.«

Ein Zigärrchen wäre in der Tat nicht schlecht, fand er, als er wenig später den kurzen Weg zur Bank am kleinen Schwanenteich hinabschritt. Während seine Experten ihrer Arbeit nachgingen, hatte er sowieso nichts Besseres zu tun. Fast wäre er deshalb schon zurück ins Hotel gefahren, wo er in Ruhe nachdenken wollte. Aber das konnte jetzt warten.

Trockau hoffte, Bois Tochter hätte Geschmack und was Kubanisches im Köcher.

Er sah sie von der Seite auf der Bank sitzen und war ob der langen Beine beeindruckt, die sie geradewegs in die frühlingshafte Natur des kleinen Parks streckte. Sie steckten in dunkelblauen engen Jeans und endeten in weißen Turnschuhen. Die obere Hälfte der Tochter war in ein weißes T-Shirt gekleidet, das auf Trockau ebenfalls einen sehenswerten Eindruck machte.

Als er an der Bank angekommen war, drehte sie sich zu ihm herum. Lange braune Haare umrahmten ein Gesicht, mit dem sie auch auf Zeitschriften ihr Geld hätte verdienen können. Die hohen Wangenknochen gaben ihren ebenmäßigen Zügen eine interessante Mischung aus Sportlichkeit und Klasse. Ihre Nase war leider nicht ein bisschen zu groß, sondern nichts anderes als einfach nur perfekt. Gekrönt wurde das Ganze durch atemberaubend blaue Augen.

Fast hätte Trockau spontan gefragt: »Sind die echt, oder tragen Sie blaue Kontaktlinsen?« Aber dann besann er sich seiner Kinderstube und fragte nicht besonders originell: »Darf ich?«

Als sie knapp nickte, setzte er sich neben sie.

Er spürte sofort, dass er das nicht hätte tun sollen. Aber er hörte wieder mal nicht auf die Warnsignale seines Großhirns, sondern folgte einfach seinem Instinkt. Wie so oft in seinem Leben. Das hatte ihm einerseits viel Ärger und Mühen eingebracht, andererseits hatte er dadurch viel gelernt. Was er wohl auch sollte. Zumindest glaubte er das, denn letztlich waren alle auf diesem Globus, um etwas zu lernen. So sein Credo.

Er setzte sich also neben sie und spürte diese eigene Spannung seit dem Unfall seiner Frau vor zehn Jahren zum ersten Mal wieder.

Nun macht ein Mann ja selten einen besonders souveränen Eindruck, wenn er genau das sein will – souverän. Und Trockau fürchtete, dass sie das gleich bei dieser ersten Begegnung gemerkt hatte. Frauen merken immer mehr als Männer. Das wusste er schon lange. Deshalb ging er solchen Begegnungen auch gerne aus dem Weg.

Das Ganze hätte noch eine andere Wendung nehmen können, wenn sie jetzt mit vorgeschobenem Unterkiefer breitestes Mannheimerisch zum Besten gegeben hätte. Das war allerdings ganz und gar nicht der Fall, wie er hörte, nachdem er freundlich gefragt hatte: »Haben Sie für mich auch eine?«

Mit leicht provokantem Lächeln antwortete sie in makellosem Hochdeutsch: »Wenn sie Ihnen nicht zu stark ist«, holte aus ihrer Prada-Tasche ein ledernes Etui heraus, klappte es auf und ließ zwei makellos seidig glänzende Cohibas Behike 52 sehen.

»Donnerwetter«, sagte er, als er eine aus dem angebotenen Lederfutteral zog und am Druck spürte, dass sie phantastisch weich war. Das bedeutete: Sie hatte die perfekte Feuchtigkeit.

Die Havanna. Dabei sah Trockau aber auch, dass die Hände von Bois Tochter den strapaziösen Umgang mit Pigmenten, Ölen und Terpentinen gewohnt waren, obwohl sie durchaus gepflegt wirkten.

Er blickte sie mit echtem Respekt an. »Siebenundzwanzig Euro das Stück. Das nenne ich großzügig.«

»Ich glaube, ich muss wohl auch ein bisschen Eindruck schinden, oder?« In der entstehenden Pause konzentrierte sie sich ganz darauf, das Etui zu verschließen und in ihrer Tasche zu verstauen, ehe sie fortfuhr: »Auf jeden Fall freut es mich, dass ich mit diesen Tabakrollen überhaupt Eindruck schinden kann. Wäre doch schade, solche Gewächse an einen Gelegenheitsraucher zu verfeuern, der sie nach zwei Zügen im Aschenbecher ausdrückt.«

Als Trockau darauf die Augenbrauen zusammenzog und einen leicht angewiderten Zug um den Mund zeigte, fügte sie hinzu: »Alles schon erlebt.«

Sie bot ihm ihren Schneider an, doch er lehnte freundlich ab.

»Ich hoffe, Sie finden das nicht widerlich, aber ich knibbel die Kappe gerne mit den Fingern ab.«

Er machte das wirklich gerne. Aber vor allem hatte er damit eine Beschäftigung für seine Hände, um die ersten nervösen Momente des Gesprächs zu überbrücken. Dabei genoss er das leichte Prickeln und dass sie gesagt hatte, *sie* müsse wohl etwas Eindruck schinden. Das machte ihn etwas ruhiger.

Als die Zigarre am Mundstück geöffnet war, holte er sein Feuerzeug aus der Tasche und brachte das teure Stück gemächlich zum Vorglühen. Als sie rundum gleichmäßige Glut zeigte und die ersten Rauchfähnchen emporstiegen, setzte er die weiche, saftige Zigarre an und tat den ersten Zug.

Er behielt den Rauch kurz im Mund und ließ ihn mit Muße entweichen – mit geschlossenen Augen in Gottes freien Luftraum hinein. »Hm, das ist aber wirklich was Köstliches!«

»Freut mich. Ich heiße übrigens Katharina.«

»Oh, Verzeihung. Ich bin ein bisschen aus der Übung. Trockau.«

Sie lachte leise. Und das klang sehr schön in seinen Ohren. Sie rauchten eine Weile still und genossen die Wirkung des milde schwelenden Tabaks, der bei kubanischen Zigarren diesen unvergleichlichen Geschmack im Rauch entfaltet und sich früher oder später zu dem kleinen Flash verdichtet, den jeder Havanna-Raucher liebt. Bis dahin fand Trockau es ausgesprochen angenehm, mit ihr zu schweigen. Er hätte auch nichts wirklich Sachdienliches sagen können, weil sich in seinem Kopf ein kleiner Dialog entspann:

Was heißt hier mit *ihr schweigen. Du kennst sie doch gar nicht.*

Korrekt.

Vielleicht schweigt sie ja, weil sie weiß, was jetzt kommt.

Vielleicht auch nicht.

Hallo?

Vielleicht ist sie einfach entspannt und genießt es, hier zu sitzen.

Das hat sie auch schon getan, als du nicht da warst.

Eben. Eine Genießerin.

Und welche Rolle spielst du dabei?

Zumindest störe ich sie nicht.

Das ist ja ein bescheidener Ansatz.

Na ja, vielleicht findet sie es ja auch angenehm.

Zu schweigen?

Neben mir zu sitzen.

Erde an Trockau! Bitte landen! Du bist gute zwanzig Jahre älter. Du Sugardaddy!

Das war natürlich ein Argument. Und so tat Trockau, was ihm seine Vernunft gebot. »Okay«, fing er an, in genau dem Moment, in dem auch sie gerade etwas sagen wollte. Doch sie schluckte es herunter und sagte: »Nach Ihnen!«

»Okay«, wiederholte er, »Ihr Vater hat mit mir gesprochen.«

Ganz blöde Eröffnung, jetzt stellst du dich altersmäßig auf eine Stufe mit ihrem Vater. Ganz toll gemacht!

»Ja. Das wollte er. Und? Hat er Ihnen meine Dienste angeboten?« Dabei schaute sie bolzengerade auf den Schwanenteich.

Das Thema scheint sie ja sehr zu erfreuen und dich so richtig sympathisch zu machen.

»Äh … ja, er meinte, Sie könnten mir etwas Hilfreiches zur Qualität der Sicherheitsanlage hier sagen.«

Wie großartig. Du verschiebst das Ganze auf die geschäftliche Ebene. Amateur!

»Schon möglich. Hat er noch etwas gesagt?«

Sie kennt Papas Pläne – und ihre Wirkung, wenn sie die Unnahbare gibt. Da beißt du gerade auf Granit. Den magischen Moment hast du ja nun erst mal ausgebremst.

»Ja«, gab er zurück und ließ das Wort in der angenehmen Maienluft stehen. Er würde jetzt nicht wieder als Erster reden, nahm er sich vor. Und hielt sich erstaunlicherweise dran. Coolheit ist die Kunst der Pause, sagte er sich.

Das fällt dir aber reichlich spät ein.

Er war nicht nur »ein bisschen« aus der Übung. Seit dem Tod seiner Frau hatte er das Thema Frauen nicht unbedingt ad acta gelegt. Es hatte sich einfach so ergeben. Ihm war nicht nach Eroberungen gewesen, und so war er – gar nicht mal ungewollt – allein geblieben.

Nach einer kleinen Ewigkeit fragte sie: »Und?«

»Nur wenn Sie es wirklich wollen.«

»Das weiß ich noch nicht.«

»Das habe ich mir schon gedacht. Und ihm auch gesagt.«

»Woher wollen Sie wissen, was ich ... Sie kennen mich doch –«

»Gar nicht«, ergänzte er ihren Satz. »Wer drei Zigarren für knapp einhundert Euro in der Handtasche mit sich herumträgt, um sie in köstlich blaue Wölkchen aufgehen zu lassen, nagt nicht am Hungertuch. Und in einer solch komfortablen Situation ist der Mensch generell nicht gewillt, gravierende Änderungen in seinem Leben vorzunehmen. Das verstehe ich nur zu gut.« Mit einem Lächeln fügte er hinzu: »Es sei denn, er heißt Winston Churchill und erklärt Hitler gerade den Krieg. Aber dann raucht er Doppelcoronas, ist übergewichtig und unansehnlich. All das kann ich bei Ihnen nicht erkennen.«

Na endlich! Den Lebensweisen geben. Das könnte klappen.

Nach einer Pause fügte er hinzu: »Danke für dieses herrliche Rauchwerk.«

Sie schaute ihn an. »Na, dann gehe ich wohl mal rein und schaue mir diese Sicherheitsanlage an.«

Siehste!

»Sie haben Ihre Zigarre aber noch gar nicht zu Ende geraucht.«

»Ich rauche sie immer nur bis zur Hälfte. Soll gesünder sein.« Und damit lächelte sie ihn zum ersten Mal an, nahm ihre Tasche und ging.

Trockaus innerer Dialogpartner hielt dankenswerterweise endlich seinen Mund.

Im aufrechten Zustand sah sie noch attraktiver aus, fand er – als sie an ihm vorbeistrich. Er verkniff es sich mit sehr viel Disziplin, hinter ihr herzuschauen. Jetzt war es an ihm, bolzengerade auf den Schwanenteich zu starren. Dabei entging ihm, dass sie sich kurz vor dem Gebäude noch einmal umdrehte und zu ihm hinuntersah. Und zwar alles andere als unfreundlich.

Als er nach einer guten Viertelstunde auf seinem einsamen Aussichtspunkt merkte, dass die Tabakkonzentration der Havanna so stark geworden war, dass sie ihm nicht mehr schmeckte, legte er die Zigarre beiseite, erhob sich und schlenderte zum Kunsthaus zurück. Zu seiner Verwunderung kam ihm Katharina entgegen.

»Schon fertig mit der Inspektion?«, fragte er.

»Das war keine große Sache. Sie interessieren sich sicher nicht für die Details, oder doch?«

»Die würde ich gar nicht verstehen«, stapelte er nicht wirklich tief. Für technische Zusammenhänge hatte er ja August.

»Also«, fuhr sie ganz geschäftsmäßig fort, ohne ihn dabei anzuschauen, »innen ist alles so weit okay. Die Schwachstelle ist die Stromzufuhr. Kommen Sie mal mit.«

Er folgte ihr zur Rückseite des Hauses. Dabei versuchte er, nicht auf ihre Rückseite oder ihren geschmeidigen Gang zu schauen, die in der Kombination sehr verführerisch wirkten. Stattdessen sah er angestrengt auf das Grün des Rasens, der das Kunsthaus umgab.

Als sie hinter dem Haus angekommen waren, zeigte sie auf vier Verteilerdosen, die in zwei Metern Höhe außen an der Wand montiert waren.

»Sehen Sie diese Verteiler? Sie sind offensichtlich nachträglich montiert. Da stehen zwar Markennamen drauf, die den Eindruck erwecken sollen, es handele sich um die Brandüberwachung. Stimmt aber nicht. Wenn Sie die Kabel in den Dosen durchtrennen, herrscht im Inneren Grabesruhe. Bei der man gut arbeiten kann, wenn man ansonsten das Tageslicht scheut.«

»Und was bleibt zu tun?«

»Die Stromzufuhr unter Putz verlegen. Oder anderweitig unzugänglich machen. Auf jeden Fall vermeiden, dass man von außen drankommt. Mir wäre ein solches Vorgehen zwar ein bisschen zu primitiv, weil man dabei sofort erkennt, dass hier einer der Sicherheitsanlage Ruhe verordnet hat. Aber manche Typen sind stark ergebnisorientiert und haben keinen Anspruch auf ein – wie soll ich sagen – elegantes Finishing ihrer Arbeit.« Jetzt sah sie Trockau an.

Obwohl es keinen sachlichen Anlass gab, verkniff sie sich ein leises Lächeln nicht. Wollte es anscheinend auch nicht.

Trockau sah diese leichte Andeutung in ihren Augenwinkeln und musste auch lächeln. Trotzdem kam es ihm ein bisschen blöde vor, wie sie da unter vier Stromanschlussdosen standen, auf die Wand starrten und lächelten.

Trockau fand als Erster seine Stimme wieder und bemühte sich um Sachlichkeit. »Ich danke Ihnen für Ihre Einschätzung, Katharina.«

Er sagte tatsächlich diesen blöden Satz, den jeder Nachrichtenmoderator mehrmals am Abend zu seinen Korrespondenten sagt. Aber ihm war in diesem Moment einfach nichts Besseres eingefallen.

»Müssen Sie jetzt gleich schon wieder heim«, versuchte er seine Ungeschicktheit zu überspielen, »oder bleiben Sie noch ein bisschen und genießen die Zeit mit Ihrem Vater?«

»Wie Sie mögen. Ich kann auch noch ein bisschen bleiben.«

»Na, das wäre doch ganz prima, ein paar Tage im Frühling an der Ostsee zu verbringen«, erwiderte er, vielleicht eine Idee zu erfreut. Aber warum sollte er ihr eigentlich nicht zeigen, dass er sich darüber freute? Die Spielchen zwischen Mann und Frau hatte er schon mit dreißig nicht richtig beherrscht, und sein innerer Dialogpartner war ohnehin der Meinung, dass er sie auch jetzt noch nicht beherrschte. Warum also sollte er damit weitermachen?

»Sie werden sehen, hier blühen überall die Rapsfelder wunderschön gelb. Ich lade Sie gerne ein, noch ein bisschen zu bleiben. Werden Sie ein Teil des Teams, und verbringen Sie die Tage mit Ihrem Vater. Um den Rest kümmere ich mich.«

Sie lächelte ihn kurz an, drehte sich dann – nur in der Hüfte – von ihm ab, als ob sie ungestört denken wollte, und dann wieder zu ihm hin.

»Sie haben recht, nach dem langen Kuraufenthalt meines Vaters könnten wir eigentlich jetzt ein paar Tage hier oben zusammen verbringen.« Mit einem strahlenden Lächeln fügte sie hinzu: »Danke. Ich nehme Ihr Angebot an.«

Damit drehte sie sich um und ging federnden Schrittes zur Eingangstür des Museums zurück. Trockau kam nicht umhin festzustellen, dass die Jeans perfekt saß. Und dass ihn genau das interessierte.

Der Tag selbst

Rostock, Kunsthaus

Kleiner Bruder fuhr mit dem Rennrad, das er in der Altstadt »gefunden« hatte, die Hamburger Straße entlang. Zwischen dem Rostocker Straßenbahndepot und dem Kunsthaus bog er in die Linzer Straße ein, schwang sich vom Sattel und schob das Rad an den parkenden Autos vorbei zu einem Zaunpfahl, der im Schatten eines Gebüsches als Fixierpunkt geeignet schien. Er kettete es an, packte den Fahrradhelm in die Satteltasche und ging zum Kunsthaus. Billiger und unauffälliger konnte er nicht hierherkommen.

Den Skoda hatte er im Parkhaus am alten Getreidesilo gleich bei der Zentrale der AIDA Cruises eingestellt. Schließlich hatte er keinen Schlüssel, um den Wagen abzuschließen, deshalb schien er ihm im Parkhaus am sichersten. Zudem hatte er dafür gesorgt, dass der Wagen so wirkte, als sei er verschlossen: Er hatte die Knöpfe an allen Türen runtergedrückt und den der Fahrertür hochgezogen und mit einer einfachen Beißzange abgezwickt. Jetzt sah er genauso viel – oder wenig – aus der Türfüllung heraus wie die heruntergedrückten Knöpfe. Außerdem hatte er auf seinem Weg nach Rostock noch einmal die Nummern getauscht. Wer also sollte in sein Auto einsteigen? »Aus Versehen« bestimmt keiner. Und absichtlich? Deutschland war nicht Polen, sagte er sich. Nein, die Sterne standen gut. Punkt.

Der Kauf des Fahrradhelms samt Brille, Kettenschloss und Satteltasche war ebenfalls ein kluger Schachzug gewesen. So brauchte er nur noch ein herrenloses Rad zu finden, die Satteltasche dranzuhängen, und schon konnte er wendig durch die Stadt kreuzen.

»In einer Stadt mit so vielen Studenten findet man immer ein Rad«, hatte der alte Cuong gesagt und wieder einmal recht behalten.

So weit, so gut. Jetzt aber half kein alter Cuong mehr. Jetzt musste er sehen, wie er unbemerkt in das Kunsthaus kam. Das Museum war wie üblich während der Aufbauzeiten der neuen Ausstellung für den Publikumsverkehr geschlossen. Deshalb war auch der Haupteingang versperrt. Aber den hätte Kleiner Bruder sowieso nicht genommen. Wohl aber den Hintereingang, durch den die Arbeiter der Speditionsfirma ein und aus gingen.

Du hast nur einen Versuch, rief er sich in Erinnerung.

Der Tag selbst

Kühlungsborn, Ostseehotel, Bar

Trockau wählte einen schwarzen Anzug und dazu eine gestreifte Krawatte. Beides von Giorgio Armani. Der Mann wusste einfach, wie man festlich und dennoch nicht steif aussah. Trockau schätzte diesen Designer deshalb sehr. Nicht weil seine Stücke teuer waren, sondern weil er selbst in Kleidungsfragen immer ein bisschen unsicher war. Früher war er bei der Auswahl seiner Garderobe regelmäßig ästhetischen Irrungen und Wirrungen erlegen. Bis er sich einen Grundstock an Kleidungsstücken aus dem Hause Armani zugelegt und immer wieder ergänzt hatte. Seitdem konnte er alles aufs Vortrefflichste miteinander kombinieren und sah immer »angezogen« aus.

Das kleine Geheimnis von Trockaus stilsicherem Auftritt waren jedoch seine Maßhemden. Er hatte irgendwann begriffen, dass der Hemdkragen zum Gesicht passen musste. Genauso wie der Haarschnitt. Beides – Haare und Kragen – bildeten den Rahmen für das Gesicht. In einem alten Fachbuch für Werber hatte er vor Jahren den passenden Claim dazu gefunden: »A face is a piece of art. It needs the right frame.« – »Ein Gesicht ist ein Kunstwerk. Es braucht den richtigen Rahmen.« Der Spruch stammte aus der Kampagne für eine Brillenmarke und spielte mit der doppelten Bedeutung des englischen Wortes »frame« für »Bilderrahmen« und »Brillengestell«. Trockau zitierte diesen Satz gerne und erntete dafür hin und wieder anerkennendes Nicken. Der angenehme Nebeneffekt: Jeder dachte von Stund an, er sei Experte in Stilfragen – und schwieg. Was ihm ganz und gar nicht unlieb war.

Mit sicheren Schritten ging er nun auf die Bar des Ostseehotels zu.

Gemeinhin kommen die Gäste, deren Anreise die kürzeste ist, ja häufig als Letzte. Trockau gehörte nicht dazu. Er war immer gerne als Erster am »Tatort«. Und so stand er auch heute Abend als Erster an der Bar. Er wollte die Zeit nutzen, um eine Frage zu klären, die er schon immer mal mit einem Mann vom Fach erörtern wollte.

Er wandte sich an Sven, den Barkeeper. »Was hat es eigentlich mit dem James-Bond-Spruch auf sich, er wolle den Wodka-Martini ›geschüttelt, nicht gerührt‹? Ist das nur so dahingesagt, oder macht das aus der Sicht eines Barkeepers wirklich Sinn?«

Sven, dessen Haarwachstum so übersichtlich war, dass man mit Fug und Recht sagen konnte, dass er eine veritable Glatze sein Eigen nannte, erklärte trocken: »Beim Schütteln können – die Betonung liegt auf ›können‹ – die Eiswürfel zu viel Wasser an den Gin abgeben. Beim kurzen Rühren nicht. Ein gerührter Wodka-Martini ist also stärker.«

»Und warum liegt die Betonung beim Schütteln auf ›können‹?«

»Man kann einen Cocktail ›London hard style‹ schütteln und hat dann den gleichen Effekt wie beim Rühren.«

»Aha«, täuschte Trockau Verständnis vor und schaute offensichtlich so unwissend aus seinem Maßhemdkragen, dass Sven Erbarmen hatte. »Also – es gibt drei Arten, einen Cocktail zu schütteln: Die klassische Methode ist horizontal von sich weg, meist auf Schulterhöhe. Das macht den Cocktail kalt und verdünnt ihn deutlich. Dann gibt es ›twoside‹, das heißt einmal horizontal und einmal nach unten – im Wechsel. Das macht ihn kalt und verdünnt ihn weniger. Und ›London hard style‹. Dabei wird der Shaker sehr kräftig im Bogen nach unten geschlagen. Das macht den Inhalt fast nur kalt und verdünnt ihn minimal. Warum das so ist, fragen Sie am besten einen Physiker. Ich weiß nur, dass es funktioniert.«

Das wollte Trockau schmecken und bestellte vier Wodka-Martini: »Einen gerührt und die anderen drei auf diese unterschiedlichen Arten geschüttelt.«

Während er fasziniert dem rührenden und schüttelnden Sven zuschaute, trat ein Asiate mit Handy am Ohr und angespanntem Ausdruck im Gesicht aus dem Fahrstuhl. Gleichzeitig betrat das Ehepaar Guggenstrom die Eingangshalle. Als die drei Trockau an der Bar sahen, steuerten sie gemeinsam auf ihn zu. Der Asiate beendete sein offensichtlich unerquickliches Telefongespräch.

Guggenstrom übernahm die Vorstellung und Trockau die Erklärung, was gerade an der Bar für sie geschah. »Ich habe von jedem einen bestellt. Wir machen mit diesen vier Martinis jetzt eine Blindprobe, und jeder sagt, welcher ihm am besten schmeckt.«

So wurde es gemacht. Das Ergebnis war für Trockau sekundär. Wichtiger war ihm, dass das Abendessen nicht zu einem Arbeitsessen geriet, sondern in gelockerter Atmosphäre verlief. Als die Wodka-Martini in ihren neuen Besitzern Platz genommen hatten, war die erste Etappe dieses Ziels erreicht. Denn alle vier glitten sehr geschmeidig von ihren Hockern.

Der Tag selbst

Rostock, Lagerraum der Bilder im Kunsthaus

Kleiner Bruder hatte die Rückwand der Bilderkiste wenige Zentimeter vor der Nase und schwitzte. Nicht aus Angst, sondern weil die Position mehr als unbequem war – und die Luft in dem Raum stickig und warm. Seit mehr als einer Stunde stand er schon zwischen einer dieser klimatisierten Bilderkisten und der Wand eingezwängt.

Ehe er in den engen Spalt eingestiegen war, hatte er einen hauchdünnen silbernen Spezialoverall über seinen Anzug gezogen. Der würde erstens dafür sorgen, dass seine Kleidung für die Flucht sauber blieb. Zweitens hinterließ er keine verräterischen Faserspuren am Tatort. Und drittens reduzierte der Anzug die Wärmeausstrahlung des Körpers, wodurch eventuelle Wärmesensoren der Sicherheitsanlage ihn schlechter erkennen konnten. Als Viertes kam die hohe Temperatur in diesem Raum dazu. Sie erschwerte den Wärmesensoren die Erkennung einer Person. Vielleicht hatte irgendwer die Heizung hochgedreht. Kleiner Bruder wusste es nicht. Auf jeden Fall lief alles weiterhin nach Plan.

Auch das Betreten des Kunsthauses war ihm auf rätselhafte Weise problemlos gelungen. Er hatte schon seinen Presseausweis griffbereit in der Tasche gehabt, den er zücken wollte, um sich als vietnamesischer Pressevertreter auszugeben, falls er aufgehalten worden wäre. So wäre er zumindest ohne Probleme aus dem Kunsthaus wieder rausgekommen. Und ohne Polizei. Aber das war alles gar nicht notwendig gewesen. Ganz so, wie es ihm der alte Cuong eingeschärft hatte: »Sei gegen sechs am Kunsthaus und geh rein. Zügig in den Raum, den ich dir auf der Lageskizze markiert habe. Und warte dort.« Und genau so war es auch geschehen.

Einer der Männer auf dem Flur hatte zwar gegrüßt und ihn »Herr Tha« genannt, worauf Kleiner Bruder nur freundlich genickt hatte. Aber ansonsten hatte keiner auf ihn geachtet, als er durch den Flur gegangen und dann in den Raum mit den Klimakisten gelangt war. Nach ihm hatte keiner mehr diesen Raum betreten. Er fragte sich, ob er sich nicht die mühselige Stellung hinter der Klimakiste hätte ersparen können. Aber hinterher ist man immer klüger.

Als seine Armbanduhr achtzehn Uhr dreißig angezeigt hatte, waren die letzten Angestellten aus dem Museum verschwunden. Er sollte laut Plan danach zwanzig Minuten in seinem Versteck warten und erst dann mit der Arbeit beginnen.

Noch dreißig Sekunden, bis es so weit war. Achtundzwanzig … neunundzwanzig … dreißig. Und go!

Ganz langsam schob er sich aus dem schmalen Spalt. Durch das Oberlicht drang mildes Abendlicht in den Raum und sorgte für ausreichend Helligkeit, damit er seine Arbeit tun konnte.

Mit leicht angewinkelten Beinen wartete er neben seinem Versteck, bis er spürte, wie die Energie aus dem Boden in ihn hineinfloss. Alles, was nun kam, tat Kleiner Bruder mit absoluter Langsamkeit. Die jahrelange Praxis in Tai-Chi verlieh ihm die Kraft und Geschmeidigkeit, um diese Langsamkeit praktizieren zu können, ohne dabei das Gleichgewicht zu verlieren oder eine unbedachte hastige Bewegung zu machen. Der Sinn dieses gespenstisch langsamen Balletts war, dass der Bewegungsmelder keine Bewegung ausmachen konnte und ruhig blieb.

Wie ein Schatten in Ultra-Slow-Motion floss Kleiner Bruder auf eine der Kisten, nahm mit einer ebenso weichen und langsamen Bewegung die kleine Tokioter Spezialklemme aus der Tasche und klemmte sie an dem Kabel fest, das in die Wand führte. Es gab keinen Ton, keinen Funken. Es passierte gar nichts. Und das sollte es auch nicht. Dieses kleine Wunderwerk der Technik unterbrach auf elektronischem Weg die Leitung. Der Diensthabende in der nahe gelegenen Polizeiwache würde nicht bemerken, dass kein Kontakt mehr zum Museum bestand. Mit Absicht: Die Polizei war auf Alarm trainiert, nicht auf Stille. Und jetzt herrschte absolute Funkstille in den Leitungen zur Wache.

Der Tag selbst

Kühlungsborn, Ostseehotel, Restaurant »Papageno«

Die Guggenstroms hatten für sich und ihre Gäste ein Menü vorbereiten lassen: ein Bärlauch-Schaumsüppchen vorweg, dann einen geräucherten Hecht von der nahe gelegenen Fischräucherei und eine geschmorte Ochsenbacke in Vanillejus an Selleriepüree im Hauptgang. Das Dessert sollte jeder für sich aussuchen.

All das konnte die Abendgesellschaft zu diesem Zeitpunkt auch gut gebrauchen, zumal Amelie gleich einen Pfälzer Chardonnay-Riesling mit dem Namen »Delvino« von Lergenmüller ausschenkte. Die Guggenstroms hatten den Einsatz dieses Tropfens wohl aus demselben Grund eingeplant wie Trockau sein Martini-Tasting. Allerdings hatten sie nicht mit seiner »heavy infusion« an der Bar gerechnet.

Als die Bestellung aufgegeben, die Gläser gefüllt und die Sicht auf die Ostsee im Abendlicht genügend bestaunt worden war, fragte Ko Chan Tha äußerst charmant: »Liebe Frau Guggenstrom, welches Bild aus meiner bescheidenen Sammlung gefällt Ihnen am besten?«

»Hm, das ist schwierig zu sagen«, antwortete sie. »Sie haben da ja einige ganz großartige Arbeiten. Sagen wir mal so: Ich habe zwar erst einige gesehen, aber das Werk von Francis Bacon hat mich sehr beeindruckt. Er war ja wohl – wenn ich da richtigliege, falls nicht, wird mich mein Mann sicher gleich korrigieren – seit den späten Fünfzigern bei Marlborough Fine Art unter Vertrag. Zu dieser Galerie hatte Ihr Mentor sicherlich eine gute Beziehung, oder?«

Trockau wäre von der Sachkenntnis der Frau Guggenstrom beeindruckt gewesen, hätte ihm nicht Ernst erzählt, dass er sie in die Geheimnisse des Kunstmarkts eingeweiht hatte. Ko Chan Tha wusste davon nichts und *war* fasziniert. Und ihr Gemahl traute offensichtlich seinen Ohren nicht.

»Tja«, antwortete Ko Chan Tha mit geschickt verzögerter Pause, »wenn ich mir die Rechnungen ansehe, nehme ich mal an, dass Marlborough auch eine gute Beziehung zu meinem Mentor hatte.«

Die Antwort bewirkte bei Trockau einen Sympathiezuwachs für den Burmesen. Reichtum und Bescheidenheit treten selten als Paar auf, dachte er und achtete gespannt darauf, was der Burmese als Nächstes von sich geben würde.

»Aber ganz im Ernst«, fuhr Tha fort. »Mein ehemaliger Chef, der so etwas wie ein Vater für mich war, kaufte jedes Jahr dort ein – aber auch bei Stable, Pace und dem alten Leo Castelli –, immerhin für mehrere Millionen Dollar. *Jedes* Jahr. Das war damals keineswegs üblich. Und für diese Summe bekam man nicht nur *ein* Bild, wie heute. Nein, damals konnte man Pakete schnüren und dann um den Preis feilschen. Zumindest hat er mir das mal so erzählt.«

Der Tag selbst

Rostock, Lagerraum der Bilder im Kunsthaus

Nachdem er die Verbindung zur Polizeistation zum Schweigen gebracht hatte, musste Kleiner Bruder als Nächstes die Aufzeichnungsgeräte innerhalb des Museums ausschalten.

Wie ihm sein Auftraggeber mitgeteilt hatte, wurden die Daten der Kameras und Bewegungsmelder nach dem neuesten Stand der Technik drahtlos auf eine Festplatte im Büro des Direktors übertragen. Kleiner Bruder stellte einen starken Störsender auf, der die drahtlose Informationsübertragung durch weißes Rauschen überlagerte. Auf der Festplatte würde ab sofort nur noch Flimmern zu sehen sein.

Es war gut gewesen, dass er in Tokio diese kleinen Wunderwerke der Technik erstanden hatte. Der alte Cuong hatte nämlich darauf bestanden, alles mit höchster Eleganz und Sicherheit zu realisieren. Er wollte Ko Chan Tha damit demonstrieren, dass er ihm abnehmen konnte, was immer er wollte. Dass der Rothko so groß und unhandlich war – immerhin zwei mal einen Meter –, passte sehr gut in diese Machtdemonstration. Schließlich wäre es einfacher gewesen, ein kleines Bild zu stehlen.

In jedem Fall konnte sich Kleiner Bruder jetzt frei bewegen. Die gespenstisch langsamen Bewegungen fielen von ihm ab wie ein weiches Kleid, das eine verführerische Frau vor ihrem Geliebten zu Boden gleiten lässt.

Mit derselben Geschmeidigkeit wie zuvor, aber sehr viel schneller suchte er die Klimakiste 36, öffnete sie und nahm das Bild heraus. Er riskierte einen kurzen Blick auf die Leinwand – und sah leuchtendes Rot und strahlendes Gelb über Orange schweben im warmen Licht des Abends, das immer noch, wenn auch schon deutlich weniger hell, durch das Oberlicht drang. Die kraftvolle Melancholie des Bildes berührte ihn. Es gefiel ihm.

Mit einigen gezielten Schlägen klopfte er den Keilrahmen, auf den die Leinwand gespannt war, aus dem Bilderrahmen und schob den Bilderrahmen wieder in die Klimakiste zurück, damit der Diebstahl so spät wie möglich entdeckt wurde.

Jede Sekunde zählte. Er legte den Keilrahmen mit dem Bild nach oben auf den Boden und zog das Teppichmesser aus der Tasche. Mit kräftigen Bewegungen schnitt er auf der schmalen Kante des Keilrahmens an den Nägeln entlang und trennte so geschickt die Leinwand vom Rahmen.

Als er fertig war, rollte er die Leinwand behutsam auf und nahm die Kuriertasche aus strapazierfähigem Nylon ab, die er unter der Jacke um den Körper gewickelt getragen hatte. Er entfaltete sie und steckte die Rolle hinein. Sie passte genau. Wieder ein Zeichen der exzellenten Vorbereitung durch den alten Cuong.

Er verschloss die Klimakiste lautlos und rollte sie an ihren Platz zurück. Jetzt blieb nur noch der leere Keilrahmen, den er laut Plan außerhalb des Museums entsorgen sollte. Er zog die Keile aus dem Rahmen und legte die Latten zusammen.

Keine seiner Bewegungen war bis jetzt überflüssig gewesen. Wenn jemand sie hätte sehen können, wäre er ob ihrer ästhetischen Effizienz entzückt gewesen. Doch war die superbe Exzellenz dieses geschmeidigen Körpers ohne Publikum verschenkt. Wenn auch nicht umsonst. Denn sein Auftraggeber zahlte ihm für dieses kleine Nachtballett – wenn er es erfolgreich zu Ende brachte – hunderttausend Dollar plus Spesen. Das sollte reichen, damit sich Kleiner Bruder seinen Traum erfüllen konnte: ein eigenes kleines Hotel in Vietnam zu eröffnen.

Doch er gestattete es sich jetzt nicht, einer solchen Zukunftsmusik zu lauschen, sondern konzentrierte sich auf seine Arbeit. Er verließ den Lagerraum, durchquerte den Flur und schlüpfte zum Büro des Direktors. Die Tür gab auf seinen kurzen, kräftigen Druck mit der Schulter nach, und Kleiner Bruder fand mühelos den Festplattenrekorder. Mit wenigen Griffen löschte er die Aufzeichnungen der letzten zwei Stunden. Was ab jetzt aufgezeichnet wurde, war nur noch das Flimmern des weißen Rauschens, das der Störsender noch gut eine halbe Stunde produzieren würde.

Er schaute sich noch einmal um. Die Sonne war schon fast verschwunden. Die letzten Strahlen warmen Lichts fielen durch das vergitterte Fenster auf den Schreibtisch des Direktors. Es war ein guter Abend gewesen. Bis jetzt.

Mit einem leisen »Hasta la vista« verließ Kleiner Bruder das Büro.

Der Tag selbst

Kühlungsborn, Ostseehotel, Restaurant »Papageno«

Trockau mischte sich mit einer Frage an Ko Chan Tha in das Tischgespräch, das er bislang still verfolgt hatte: »Ich frage mich – und jetzt Sie –, woher Ihr Mentor dieses erstaunliche Gespür für gute Kunst hatte? Er kam doch aus einer ganz anderen Kultur. Viel mehr auf Tradition und Bewahren ausgerichtet. Und dann kauft er einen Jackson Pollock! Zur damaligen Zeit dachte ein unerfahrener Betrachter doch bestimmt: ›Das kann ich auch, so ein bisschen mit Farbe rumklecksen!‹. Stattdessen hat Ihr Mentor die Einnahmen aus seiner Provinz dafür hingeblättert. Wieso?«

»Mein Mentor war zwar von Beruf General«, hob Ko Chan Tha an, »er war aber nicht wirklich ein Militarist. Ihm war die klassische Aufgabe des Militärs – durch Präsenz potenzieller

Gewalt andere in ihrem Status quo zu halten – zu wenig. Er wollte etwas bewegen. Gut, was die reibungslosen Abläufe betraf, dachte er vielleicht wie ein Soldat. Aber er plante in größeren Zusammenhängen. Außerdem kam er – wie ich – aus einfachen Verhältnissen und hatte schon früh erkannt, dass man es im Burma der sechziger Jahre nur durch das Militär zu etwas bringen konnte. In erster Linie dachte er eher wie ein Geschäftsmann, hatte aber nicht das notwendige Kapital, um erfolgreich sein zu können. Das machte erst das Militär möglich.«

Frau Guggenstrom wollte etwas sagen und machte bereits den Mund auf, als Trockau deutlich das »Klock« von Guggenstroms Schuh gegen ihr Bein hörte. So schloss sie den Mund wieder und schwieg. Herr Guggenstrom kannte seine Frau offensichtlich sehr gut.

Ko Chan Tha fuhr unbeirrt in seiner Legendenbildung fort. »Mein Mentor wollte sich ein zweites Standbein aufbauen. Ein Wirtschaftliches. Er wusste aber nicht richtig, in welchem Bereich.«

Trockau verkniff sich, das Stichwort »Drogen« auszusprechen, aber dachte es und lauschte weiter.

»Irgendwann erfuhr er bei seinen Auslandsreisen von der Familie Wildenstein und sah, wie sie mit Kunst operierte. Das hat ihn sehr bewegt, denn die Wildensteins dachten – und denken heute sicherlich immer noch so – in dynastischen Dimensionen. Das war meinem Mentor eine Art Vorbild. Denn in diesem Punkt fühlte er wie ein Chinese, der er ja auch war. Von seinen Wurzeln her bis in die Zweige, die später erblühen sollten.«

Guggenstrom ging auf die blumenreiche Sprache nicht ein, sondern blieb beim Sachlichen und fragte: »Sie meinen, die New Yorker Wildensteins inspirierten Ihren Mentor?«

»Ja, die aber ursprünglich aus Frankreich kamen. Er hat mir einmal erklärt, dass sich diese Familie auf besondere Weise entwickelt habe: Der Großvater – ich glaube, er hieß Nathan – hatte wohl ein sehr gutes Händchen für die Kunst des 18. Jahrhunderts. Sein Sohn Georges konzentrierte sich auf die Impressionisten und vertrat mit einem Kollegen bis Ende der dreißiger Jahre sogar Pablo Picasso. Weltweit exklusiv. Georges

Wildensteins Sohn Daniel wiederum gründete später das Wildenstein Institute, das für die Erstellung der Werksverzeichnisse vieler Künstler zuständig ist. So hatte jede Generation nicht nur einen eigenen Spezialbereich, sie ergänzten sich auch zu einem dynastischen Gesamtgebilde. ›Weißt du‹, hat mir der General einmal gesagt, ›die Wildensteins machen das genau richtig. Erst waren sie Sammler, dann Händler, und als krönenden Abschluss erstellten sie die Werksverzeichnisse bedeutender Künstler. Wer die Werksverzeichnisse kontrolliert, kontrolliert die Echtheit der Werke und damit die Preise bei Auktionen.‹ Dieser systemische Geschäftssinn über drei Generationen hinweg hat ihm sehr imponiert.«

Der Tag selbst

Rostock, Kunsthaus

Die Arbeit war getan. Kleiner Bruder zog den metallischen Overall aus und einen dunklen mit der Aufschrift »Fahrradkurier« auf dem Rücken an. Er schulterte die Tasche und nahm die Latten des Keilrahmens unter den Arm. Behutsam schlich er zur schweren Eisentür, die er von innen problemlos mit zwei Handgriffen öffnete, und lauschte in die milde Mailuft hinaus. Nichts rührte sich.

Lautlos glitt er in den beginnenden Abend und ließ die Tür leise ins Schloss klicken. Im Schutz der Mauer schlich er behände zu den dichten Sträuchern, die unweit des Museumsgebäudes ein Ensemble bildeten. Er schob die Latten des Keilrahmens unter das Gebüsch und huschte in der Deckung von Bäumen und Büschen zur Linzer Straße.

***

Schon die Ankunft des Asiaten am späten Nachmittag hatte Plittwitz elektrisiert. Hinter den getönten Scheiben seiner Mercedes-R-Klasse, die unauffällig zwischen anderen Fahrzeugen am Straßenrand geparkt war, hatte er das Museum seit Tagen beharrlich beobachtet. Für den Fall, dass das Fahrzeug Aufmerksamkeit bei den Bewohnern der Linzer Straße erregte, klebte eine kleine Plakette der Polizeigewerkschaft an der Windschutzscheibe. Ein Hinweis, dass der Besitzer des Wagens wusste, was er tat – oder zumindest irgendwelche berechtigten Gründe hatte, genau dort zu stehen.

Bislang war nichts Auffälliges geschehen. Arbeiter gingen ein und aus. Einmal war eine Gruppe von vier älteren Herrschaften angekommen, ein andermal saßen ein Mann und eine Frau auf der Bank am Teich.

Es war immer ein reges Kommen und Gehen gewesen, doch erst heute Nachmittag, als der Asiate mit dem Rennrad auf der Linzer Straße angekommen war, hatte Plittwitz Witterung aufgenommen.

Beinahe hätte der Asiate ihn gesehen. Aber Plittwitz saß bei seinen Beobachtungen immer im Fond des Autos, wo er durch die dunkel getönten Scheiben von außen nicht erkennbar war. Um halb sieben hatten die Museumsleute das Kunsthaus verlassen und alle Türen hinter sich verschlossen, doch der Asiate war nicht wieder aus dem Museum herausgekommen. Spätestens seit diesem Zeitpunkt war Plittwitz hellwach gewesen. Jetzt hieß es, das Fahrrad im Auge zu behalten, mit dem der Asiate bestimmt fliehen wollte.

Plittwitz brauchte nicht lange zu warten, was ihm sehr lieb war, denn Geduld war nicht seine Stärke.

In diesem Augenblick kam der Asiate mit einer großen Umhängetasche auf dem Rücken von der Rückseite des Museums angeschlichen. Nur noch einen kurzen Moment, und Plittwitz würde sich das Bild aus der Tasche schnappen. Sein Blasrohr würde den Dieb dank des starken Betäubungsmittels, den der kleine Pfeil in seinen Blutkreislauf befördern würde, zu Boden fallen lassen wie eine reife Frucht. Dann würde er, der raffinierte Plittwitz, die Ernte einsammeln und sich zum Erntedankfest nach Kuba aufmachen.

Bevor der Asiate wieder munter wäre, hätte Plittwitz der Polizei einen anonymen Hinweis gegeben, damit sie den kleinen Dieb in Gewahrsam nehmen konnte. So liebte Plittwitz seine Arbeit – leicht in der Durchführung und mit Niedertracht gewürzt.

***

Als Kleiner Bruder aus dem Schatten des Gebüschs trat, veränderte er seinen Gang, um keine Aufmerksamkeit zu erregen. Er ging jetzt wie ein normaler Fußgänger auf das Fahrrad zu, mit dem er am Nachmittag gekommen war.

Aus der Satteltasche nahm er flink Fahrradhelm und Schutzbrille, setzte sie auf und verdeckte so sein Gesicht weitgehend. Im Zwielicht der Abenddämmerung war er nichts weiter als ein behelmter Radfahrer mit Brille und einem dunklen Overall mit der Aufschrift »Fahrradkurier« auf dem Rücken.

Kleiner Bruder ging in die Hocke, um die Kette aufzuschließen, als er das Summen eines Autofensters vernahm, das heruntergelassen wurde. Aus den Augenwinkeln registrierte er eine Bewegung hinter sich. Als er ein sirrendes Geräusch hörte und einen Luftzug spürte, rollte er sich blitzschnell zur Seite. Mit einem Satz war er im Gebüsch verschwunden, wo er reglos hocken blieb, alle Sinne in Alarmbereitschaft.

Im Schutz der Blätter versuchte er irgendeine verdächtige Bewegung auszumachen. Doch in der fortgeschrittenen Dämmerung konnte er nichts erkennen – bis auf den kleinen Pfeil, der direkt vor seinen Augen in einem Zweig des Busches steckte. Es war ein Pfeil aus einem Blasrohr. Vermutlich mit Gift an der Spitze. Er zog ihn mit einem Ruck heraus, bohrte die Pfeilspitze in den Boden, damit das Gift da blieb, wo es jetzt war – außerhalb seines Körpers.

Im Schutz der Blätter und der herabsinkenden Dunkelheit zog er sich rückwärts kriechend von der Linzer Straße zurück in Richtung Kunsthaus.

Der Tag selbst

Kühlungsborn, Ostseehotel, Restaurant »Papageno«

Während Guggenstrom und seine Gäste gerade den geräucherten Hecht serviert bekamen, klingelte Ko Chan Thas Handy. Er entschuldigte sich und verließ den Tisch.

Nach weniger als drei Minuten kehrte er zurück und setzte seinen Monolog fort: »Und noch etwas hat mir der General über die Wildensteins gesagt. Die Devise des alten Nathan soll ›Kühnheit beim Kauf, Geduld beim Verkauf‹ gewesen sein. Eine Devise, die sich auch der General auf die Fahnen geschrieben hatte. Deswegen lagerte er alle seine Kunstkäufe in Schweizer Tresoren. Mir hat er in unserem letzten Gespräch – da lag er schon auf dem Sterbebett – mit auf den Weg gegeben: ›Ich habe den Grundstock der Sammlung aufgebaut. Du bist die zweite Generation. Mehre sie. Und denk dabei an die großen Märkte in Asien.‹ Sehen Sie, ich bin dabei, zu lernen. Mit Ihrer freundlichen Hilfe kann ich die erste Ausstellung in einem Museum machen. Und so den Kunstmarkt kennenlernen.« Darauf erhob er sein Glas. »Auf das Rostocker Kunsthaus!« Alle stießen mit ihm an.

Der Tag selbst

Rostock, im Park des Kunsthauses

Kleiner Bruder wühlte sich aus dem Gebüsch und lief tief geduckt zum Kunsthaus zurück, umrundete es und schlidderte auf dem Gras der abschüssigen Wiese dem Schwanenteich zu. In dieser Senke konnte er von der Linzer Straße aus nicht gesehen werden. Sein Atem raste. Was tun? Wo war sein Widersacher, der Blasrohrjäger? Den Göttern sei Dank wurde es immer dunkler, sodass ihm wenigstens die hereinbrechende Nacht Schutz bot. Er entschloss sich, vor dem Schwanenteich nach Norden auf die Hamburger Straße zu fliehen. Seinen Helm hatte er noch auf dem Kopf, die Schutzbrille musste irgendwo im Gebüsch liegen geblieben sein. Es würde ihn schon keiner erkennen. Vielleicht fand er irgendwo auf der Hamburger Straße ein anderes Fahrrad, mit dem er fliehen konnte.

***

Plittwitz' anfängliche Siegessicherheit war blanker Wut gewichen. Da saß er nun in der hereinbrechenden Nacht, hatte seinen Pfeil verschossen und kein Bild in der Hand.

Diese kleine gelbe Natter, dachte er, hatte ihn an der Nase herumgeführt. Aber du entkommst mir nicht. Zu Fuß magst du flinker sein als ich, aber ich habe ein Auto, und damit werde ich dich so lange jagen, bis ich dich habe. Und dann gnade dir Gott.

Er wusste auch schon, wo er suchen musste: auf der Hamburger Straße, da wo die Straßenbahn fuhr.

Natürlich wusste Plittwitz, dass er selbst den Schuss versiebt hatte. Aber das konnte und wollte er vor sich nicht zugeben. Und vor Hausmann schon lange nicht.

Der Tag selbst

Rostock, Beethovenstraße

Als Kleiner Bruder die Anhöhe vom Schwanenteich zur Hamburger Straße in geduckter Haltung hinaufgerannt war, warf er einen vorsichtigen Blick über den kleinen Kamm auf die Straße. Ein Strom von Autos fuhr zügig stadteinwärts. Nur ein silbergrauer Mercedes R-Klasse rollte langsam auf der rechten Spur und wurde unter Hupkonzerten überholt. Der Fahrer lenkte mit nur einer Hand, lehnte sich auf den Beifahrersitz und blickte suchend auf den Park des Kunsthauses.

Wer war das bloß?, fragte sich Kleiner Bruder. Es konnte niemand vom Museum sein, denn der hätte die Polizei alarmiert. Es musste jemand sein, der wusste, dass er etwas gestohlen hatte – etwas, das er ihm abnehmen wollte.

Kleiner Bruder änderte den Plan. Er stieg die Anhöhe wieder hinab, umrundete in der kleinen Senke den Schwanenteich und verließ die Schwanenwiese gegenüber dem Kunsthaus, wo er die Kuphalstraße kreuzte. Mit leisen Schritten bog er in die Beethovenstraße ein, eine ruhige Wohnstraße.

Er schlüpfte hinter einen Fahrradschuppen, zog den schwarzen Overall aus und stopfte ihn zusammen mit dem Fahrradhelm in eine der dort stehenden Mülltonnen. Ehe er sich die Kuriertasche mit der aufgerollten Leinwand wieder über die Schulter warf, fingerte er aus der Sakkotasche eine schwarz geränderte Brille heraus und schob sie sich auf die Nase.

Später sollte ein Bewohner der Beethovenstraße sagen, er habe seinen Augen nicht getraut. Denn da wäre doch tatsächlich der FDP-Politiker Philipp Rösler mit einer Tasche über der Schulter durch die Beethovenstraße gegangen. Einfach so! Er könne es immer noch nicht glauben, sei sich aber absolut sicher.

Kleiner Bruder trat aus dem Dunkel des Schuppens auf die Straße. Mit forschem Schritt ging er die Beethovenstraße entlang, bog an ihrem Ende nach links in die Heinrich-Schütz-Straße, um von dort auf die Hamburger Straße zu gelangen.

Ehe er sie überquerte, sicherte er im Schatten eines Baumes das Terrain. Vom Mercedes keine Spur. Als gerade eine Straßenbahn stadteinwärts auf die Haltestelle »Heinrich-Schütz-Straße« zufuhr, kreuzte er flugs die Hamburger Straße und schlüpfte geduckt in die hell erleuchtete Bahn. Er setzte sich nicht auf einen der Plätze, sondern blieb in der Hocke und band sich sehr umständlich erst den Schnürsenkel des einen Schuhs auf und dann wieder zu. Und dann – ebenso langsam – den anderen.

Die Bahn war leer bis auf eine ältere Frau in einem für die Jahreszeit viel zu warmen Mantel. Sie trug ein Kopftuch, unter dem strohig weißes Haar hervorlugte, und beobachtete ihn missbilligend.

In seiner knienden Haltung war Kleiner Bruder von der dunklen Straße aus nicht zu sehen. Das war gut so, weil die Bahn parallel zur Hamburger Straße fuhr, auf der immer noch sein Verfolger nach ihm suchen konnte.

Holbeinplatz. Maßmannstraße. Die Schuhe waren mit doppeltem Knoten mehr als sicher verschnürt. Kleiner Bruder stand auf und wechselte gebückt in den Durchgang der Wagen, die durch ein Ziehharmonikagelenk verbunden waren. Dort gab es zwar keine Fenster, dennoch hockte er sich auf die Fersen. So wie zu Hause in Vietnam, wo alle in Ermangelung eines Stuhles auf diese sehr bequeme Art saßen. Die Kuriertasche stellte er neben sich.

Die alte Frau folgte jeder seiner Bewegungen mit mürrischen Blicken.

Er lächelte sie an und machte ihr ein Zeichen, dass sie sich zu ihm hocken solle – und erreichte, was er erreichen wollte. Sie machte ein Gesicht, als ob er in die Psychiatrie gehöre, und schaute mit einem Kopfschütteln konzentriert aus dem Fenster. Als sie am Doberaner Platz wieder zu ihm hinschaute, war der Durchgang leer.

Kleiner Bruder war am Theater des Friedens vorbei in die Neue Werderstraße eingebogen. Er musste zum Stadthafen, wo er im Parkhaus der AIDA Cruises seinen Kombi abgestellt hatte. Es würde ein langer Weg werden an diesem angenehm milden Maiabend, den er unter anderen Umständen sehr genossen hätte. Doch heute hatte er einen Auftrag zu erfüllen, den er sich ursprünglich einfacher vorgestellt hatte.

Sein Zeitplan hatte vorgesehen, dass er jetzt bereits auf der Autobahn Richtung Berlin sein sollte.

Der Tag selbst

Kühlungsborn, Ostseehotel, Restaurant »Papageno«

Trockau gewann im Laufe des Abends den Eindruck, dass Frau Direktor auch bei steigendem Alkoholpegel die Contenance wahren konnte. Ihre Aussprache blieb vom weiteren Alkoholeinsatz bemerkenswerterweise weitgehend unberührt. Sie vernuschelte die Konsonanten – wie bereits kurz nach dem Martini-Tasting – weiterhin ganz leicht, aber dabei blieb es auch. Eine widerstandsfähige Dame, dachte Trockau. Zumindest im Umgang mit Alkohol.

Ko Chan Tha unterhielt sich angeregt mit Guggenstrom, während sich seine Gemahlin ein weiteres Glas Weißwein einschenkte.

Interessanterweise fragte sie nicht, ob noch jemand am Tisch eins wollte. Amelie kam daraufhin sofort an den Tisch und schenkte bei allen nach. Die Stimmung war gut, obwohl Ko Chan Tha etwas nervös wirkte.

Die Gesellschaft unterhielt sich jetzt ganz ungezwungen über Gott, die Welt und den Unterschied zwischen den Menschen in Burma und Deutschland.

Als die geschmorten Ochsenbacken serviert wurden, bekam es dem Gesprächsfluss sehr gut, dass sie sich als wahre Köstlichkeiten herausstellten. Als dazu ein 74er Barbaresco von Bruno Giacosa eingeschenkt wurde, der sich als eine echte Sensation entpuppte, fragte Trockau gut gelaunt den Direktor: »Was hat Sie eigentlich dazu veranlasst, genau diese Arbeiten aus dem großen Schatz an Bildern von Herrn Tha auszuwählen?«

»Ja, genau«, legte Tha nach, »das würde mich auch interessieren.«

»Das kann ich leicht beantworten. Für die meisten Menschen beginnt die Kunst Amerikas erst mit der Pop-Art. Wir holen mit diesen Werken unsere Besucher einerseits genau dort ab, indem wir eben die Anfänge der Pop-Art zeigen. Aber gleichzeitig präsentieren wir auch die grandiosen Künstler, die davor die Kunst in den USA geprägt haben – wie Rothko oder Pollock. Deswegen diese Auswahl, von der ich glaube, dass sie sehr publikumswirksam ist – und für große Aufmerksamkeit bei den Besuchern sorgen wird.«

Guggenstrom sollte recht behalten. Die Ausstellung würde sehr viel Aufmerksamkeit erzielen – aber aus einem ganz anderen Grund.

Der Tag selbst

Rostock, Parkhaus Aida Cruises

Nach einem scharfen Marsch, bei dem er sich Seitenstiche eingefangen hatte, war Kleiner Bruder mit der kostbaren Fracht über der Schulter endlich an dem Platz um das ehemalige Getreidesilo angekommen. Er schlenderte bewusst ungezwungen zwischen den parkenden Autos hindurch, deren Besitzer sich einen schönen Abend in einem der Restaurants an dieser Seite des Rostocker Stadthafens machten. Er entdeckte nirgendwo die silbergraue R-Klasse und sah auch sonst niemanden, der ihn verfolgte oder beobachtete. Dennoch war er nervös.

Wenn er nur eine Ahnung hätte, wer auf ihn geschossen hatte!

Er schlüpfte in das dunkle Parkhaus und lauschte. In einem der oberen Stockwerke hörte er Schritte. Keine Stimmen. Nur die Schritte eines einzelnen Mannes. Harte Ledersohlen auf kaltem Beton. Sollte er die Auffahrtsrampe zum nächsten Parkdeck, wo sein Wagen stand, raufspurten? Vielleicht lief er dem Mann dann aber genau in die Arme? Er hasste Parkhäuser. Nicht nur im Dunkeln.

Geduld, mahnte er sich. Schließlich musste er noch den Parkschein entwerten, wollte er nicht mit einem lauten Knall die Parkschranke durchbrechen. Nein, bislang war alles geräuschlos abgelaufen, und so wollte er die Stadt auch wieder verlassen. Leise.

Die Schritte kamen näher. Aus den Augenwinkeln erkannte Kleiner Bruder die Chance und schlüpfte geschmeidig zwischen zwei Wagen hindurch an die Stirnseite eines schwarzen BMW. Mit angehaltenem Atem kniete er zwischen Wand und Kühlerhaube des Wagens, die Kuriertasche neben sich am Boden. Unter dem BMW konnte er die Schuhe des Mannes sehen, als der stehen blieb.

»Ich bin schon im Parkhaus«, hörte er die tiefe Stimme des Mannes, der einen Schritt weiterging und dabei offenbar in sein Handy sprach. Erst beim zweiten Hinhören wurde Kleiner Bruder klar, dass der Mann Burmesisch sprach. Es war ihm zuerst nicht aufgefallen, weil er Burmesisch wie seine Muttersprache beherrschte.

»Wo bist du jetzt? – Vor dem Silo4? – Ich komme zu dir rüber.«

Der Mann ging weiter, und Kleiner Bruder begann wieder zu atmen. Jetzt musste er nur noch abwarten, bis der Typ verschwunden war.

Als er ihn weder hören noch sehen konnte, nahm er die Kuriertasche vorsichtig auf und huschte auf leisen Sohlen die Rampe hoch. Der Kombi stand gleich links neben dem Parkscheinautomaten. Mit einem Schritt war er bei der Heckklappe, öffnete sie und ließ die Tasche hineingleiten, mit dem nächsten Handgriff hatte er sie leise wieder geschlossen. Am Automaten den Parkschein bezahlen und ins Auto schlüpfen war eine Bewegung. Routiniert schloss er den Wagen kurz und fuhr rückwärts aus der Parklücke heraus. Er passierte die Schranke und sah, wie der Mann – immer noch telefonierend – neben der Parkhausausfahrt stand und ihn beobachtete.

Kleiner Bruder war froh, dass er auf dem Weg hierher an einer Drogerie haltgemacht und jede Menge Windeln gekauft hatte, inklusive eines Schildes »Baby an Bord«. Dazu hatte er sich entschlossen, als er gemerkt hatte, dass das Kofferraumrollo des Octavia Kombi defekt war und nicht mehr zugezogen werden konnte. Die Babywindeln auf der Ladefläche waren eine gute Tarnung.

Der Mann mit dem Handy drehte sich von ihm weg und ging weiter telefonierend in Richtung der Restaurants.

Als Kleiner Bruder nach Südosten Richtung Autobahn fuhr, merkte er nicht, dass von dem Parkplatz am Stadthafen zwei Fahrzeuge losfuhren und ihm folgten. Eine Mercedes R-Klasse mit Kölner Kennzeichen und in weitem Abstand ein schwarzer Audi.

Der Tag selbst

Kühlungsborn, Ostseehotel, Bar

Nachdem sich alle einig waren, auf das Dessert zu verzichten, wollte die inzwischen fröhlich lachende Tischgemeinschaft den Digestif an der Bar einnehmen.

Auf dem Weg dorthin nahm Trockau Guggenstrom beiseite. »Was ich Ihnen zu sagen habe, muss Herr Tha nicht hören. Sie sollten gleich morgen die Stromzufuhr für die Sicherheitsanlage unter Putz legen lassen. Zurzeit kann man sie noch von außen manipulieren. Das wird unsere Versicherung nicht gerne sehen.«

»Oh, besten Dank. Das lass ich morgen umgehend richten. Danke für Ihre Diskretion.«

»Dafür bin ich doch da.«

Trockau orderte als Absacker bei Sven vier »Auchentoshan Three Woods« und sagte gut gelaunt zu Frau Guggenstrom: »Das ist zwar ein Single Malt, ist aber wie Gebäck für Männer – nur ohne Krümel. Aber Vorsicht, dieser Keks hat es in sich.«

Erwartungsgemäß lehnte der Direktor dankend mit dem Hinweis ab, er müsse noch fahren, doch seine Gemahlin erstaunte Trockau erneut. Mannhaft nahm sie ihren Auchentoshan in die eine Hand, schnupperte am Glas und nahm den, der für ihren Mann vorgesehen war, in die andere. So stand sie da, bereit zum beidhändigen Single-Malt-Trinken, und wartete auf Trockaus »Prost«. Als es kam, nahm sie einen beherzten Schluck und quittierte den Geschmack mit »Hm, lecker!«. Mit dem nächsten Schluck war das erste Glas leer.

Trockau grinste. »Sag ich doch!«

Ko Chan Tha, dessen Handy kurz zuvor das Signal einer eingehenden Nachricht von sich gegeben hatte, las die SMS kurz und wirkte anschließend irgendwie niedergeschlagen. Wortlos nahm er seinen Single Malt und kippte ihn mit einem Schluck runter.

Trockau beobachtete ihn wortlos.

Ko Chan Tha hatte seinen Gastgebern die späte Uhrzeit des Anrufs bei Tisch mit der Zeitverschiebung erklärt. »In Burma ist jetzt schon Tag«, hatte er gesagt. Trockau hatte sich darüber gewundert, weil er wusste, dass Burma der deutschen Zeit nur sechs Stunden voraus war. Er fragte sich, warum der Burmese so schlecht log. Hatte er eine Freundin in der Gegend? Er war im besten Mannesalter, gerade mal Mitte dreißig. Und mit dieser Kunstsammlung im Rücken konnte man ihn als reichen Mann bezeichnen. Ein Wunder wäre es also nicht gewesen, wenn die eine oder andere Kühlungsbornerin ein Auge auf ihn geworfen hätte.

Erst später zählte Trockau eins und eins zusammen. Sehr viel später, um genau zu sein.

Der Tag selbst

Rostock, Ortsausgang

Kleiner Bruder hinkte seinem Zeitplan eine halbe Stunde hinterher, als er auf die A 19 Richtung Berlin bog, und drückte deshalb aufs Gas. Gleichzeitig behielt er den Rückspiegel im Auge.

Ein Mann mit einem Blasrohr, der auf ihn schoss, wirkte nicht so, als wäre er nur ein ausgerasteter Rostocker Bürger, der sein Mütchen an einem Ausländer kühlen wollte. Und dann der Burmese im Parkhaus, der mit einem anderen Burmesen in Kontakt stand. Da steckte mehr dahinter.

Trotzdem war eine andere Frage drängender: Wie sollte es jetzt weitergehen? Kleiner Bruder würde sich bald entscheiden müssen. Er war mit unterschiedlichen Namen und Pässen auf vier verschiedene Flüge gebucht. Welchen er davon nehmen würde, musste er jetzt entscheiden. Alle begannen in Prag, dem Ziel seiner Autofahrt. Drei davon hoben um sieben Uhr von Praha Ruzyně ab, also in neun Stunden. Bis dahin sollte er die sechshundert Kilometer geschafft haben.

Flug eins ging von Prag via Brüssel nach Bombay. Der Nachteil bei dieser Verbindung war der kurze Aufenthalt von nur knapp zwei Stunden in Brüssel. Das könnte zu eng werden. Denn in Prag würde er nur mit seinem kleinen Handgepäck und der Kuriertasche in die Business Class einchecken. Auf dem nächsten Flughafen wollte er sich einen Koffer kaufen, in den die Bildrolle passen würde, um sie aufgeben zu können. So würde sie am sichersten nach Vietnam gelangen. Außerdem wollte er sich neue Kleidung zulegen und sich frisch machen.

Variante zwei war praktischer: Prag–Brüssel–Peking. Der

Aufenthalt in Brüssel dauerte fünfeinhalb Stunden. Zeit genug, um all das zu tun, was er vorhatte. Allerdings konnte der Start um dreizehn Uhr fünfzig in Brüssel auch zu spät sein. Er war bisher davon ausgegangen, dass der Diebstahl morgens zwischen zehn und elf Uhr entdeckt würde. Um kurz vor zwei könnte schon eine europaweite Fahndung ausgerufen worden sein. Er konnte das nicht richtig einschätzen, hielt er doch – wie alle Ausländer – große Stücke auf das Organisationstalent der Deutschen.

Die Variante drei war aus seiner Sicht die Fallback-Position. Sie startete um neun Uhr zehn in Prag – zu einem Zeitpunkt, zu dem der Wachmann des Museums gerade mal die erste Tasse Kaffee trinken würde – und ging direkt nach Moskau. Er wäre also bereits nach dem Start außerhalb der EU, hätte in Moskau weitab vom Schuss fünfeinhalb Stunden Zeit bis zum Anschluss und flöge am Abend bequem nach Bangkok. Allerdings mit der Aeroflot. Und das gefiel ihm gar nicht. Er konnte nämlich nicht einschätzen, wie streng, gründlich oder lax die Gepäck- und Personenkontrollen in Moskau-Scheremetjewo durchgeführt wurden. Da musste nur wieder irgendein Attentat passiert sein, das die Regierung den Tschetschenen in die Schuhe schieben wollte, und schon würde jeder Koffer bis auf den letzten Slip gefilzt werden. Das konnte er nicht gebrauchen. Nein, der Flug via Moskau war nur die letzte Reserve, falls ihm etwas auf der Autobahn dazwischenkommen sollte.

Am meisten reizte ihn Variante vier. Sie startete auch um sieben Uhr in Prag, landete aber bereits um acht Uhr zwanzig in Kopenhagen. Dort könnte er sich in drei Stunden Aufenthalt etwas zum Anziehen und einen neuen Koffer kaufen, um ihn mit dem Bild und seinen Siebensachen zu füllen. In der Lounge der Business Class würde er sich duschen, seine neuen Klamotten anlegen und ein ordentliches Frühstück zu sich nehmen können. Um elf Uhr zwanzig würde er dann in den bequemen Liegesesseln der Business Class von Singapore Airlines in deren Heimatflughafen schweben, bei feinen Weinen und exzellentem Essen. Das wäre eine echte Belohnung für die inzwischen ziemlich hektische Flucht.

Um definitiv sicherzugehen, dass ihm niemand auf die Schliche kam, war er auf allen vier Maschinen bereits elektronisch eingecheckt. Als Passagier »handluggage only«.

Als er sich für die Kopenhagen-Variante entschieden hatte, sah er, dass ihm ein Auto in gleichbleibender Geschwindigkeit folgte.

Der Tag selbst

Kühlungsborn, Ostseehotel, Bar

Nach dem Digestif verabschiedeten sich die Guggenstroms unter leisem Protest der Gemahlin. Sie wäre wohl gerne noch geblieben und hätte sicherlich auch ein weiteres Martini-Tasting genossen, aber ihr Mann war unerbittlich. Trockau war es recht, denn er wollte mit Ko Chan Tha unter vier Augen reden.

Der Tag selbst

A 19 Rostock–Berlin, vor der Ausfahrt Kessin

Die zwei Lichter im Rückspiegel irritierten Kleinen Bruder. Er ging vom Gas runter. Der Wagen kam näher, machte aber keine Anstalten, ihn zu überholen, sondern fuhr – wie er – langsamer. Sollte er es auf ihn abgesehen haben, war es zumindest nur *ein* Fahrzeug, das ihm folgte, dachte Kleiner Bruder. Würden ihm mehrere Fahrzeuge folgen, führe der jetzige Verfolger einfach vorbei und meldete über Funk dem nächsten, dass er übernehmen solle.

Kleiner Bruder schaute auf einem vorbeifliegenden Autobahnschild, wie weit es bis zur nächsten Ausfahrt war. Noch zwei Kilometer bis Kessin. Er nahm den Fuß noch ein Stück vom Gas, betätigte die Warnblinkanlage und rollte Richtung Seitenstreifen. Der Wagen hinter ihm schloss auf, wurde langsamer und machte Anstalten, ebenfalls auf den Seitenstreifen zu fahren. Hinter ihm.

»Zu früh gefreut«, murmelte Kleiner Bruder und trat das Gas voll durch. Der Skoda machte einen Satz und jagte los. Das Auto hinter ihm zog mit. Damit hatte sich dessen Fahrer entlarvt.

Weit hinten sah Kleiner Bruder im Rückspiegel Lichter eines weiteren Fahrzeugs kommen. Vielleicht doch eine ganze Bande?

Er zog auf die linke Spur, damit ihn sein Verfolger nicht überholen konnte. Und gab weiter Gas. Jetzt war der andere höchstens noch zwei Meter hinter ihm. Es war ein SUV oder vielleicht sogar die Mercedes-R-Klasse, genau konnte er es nicht erkennen. Auf jeden Fall waren die Scheinwerfer des Verfolgerfahrzeugs höher als die Hecktür seines Skoda und blendeten ihn mit grellem Fernlicht durch den Rückspiegel. Gleich würde er ihm an der Stoßstange kleben. Würde ihn rammen.

Kleiner Bruder sah die Ausfahrt Kessin. Gab noch einmal Gas, machte blitzschnell einen Schlenker nach rechts und legte – wieder in der Spur – eine Vollbremsung hin. Sein Verfolger schoss an ihm vorbei, zog wie er nach rechts und versuchte zu bremsen. Doch die heftige Rechtsbewegung plus Bremsen brachte ihn ins Schlingern. Der Fahrer konnte den Wagen zwar abfangen, prallte aber durch die Schlingerbewegung mit der Beifahrerseite an die Leitplanke und durchschlug sie mit dem Heck. Bei gut einhundert Stundenkilometern blieb dabei sein rechtes Hinterrad mit einem lauten »Klong« im Loch der Leitplanke hängen, riss ab und schoss auf das angrenzende Feld. Der Wagen schlidderte an der Leitplanke weiter, wobei er mit der rechten Hinterachse spektakulär Funken sprühte. Auf drei Rädern kam er schließlich weit hinter der Ausfahrt zum Stehen.

Der Funkenregen musste von den nachfolgenden Autos gesehen worden sein, dachte Kleiner Bruder. Wenn sie nicht auch zu den Verfolgern gehörten, würden sie sich jetzt um den Unfallwagen und seinen Fahrer kümmern.

Die Reifen des Skoda hatten nach der Vollbremsung gequalmt, aber Kleiner Bruder war gleich wieder aufs Gas gestiegen und hatte den Wagen geschickt abgefangen. Während sich der Verfolgerwagen funkensprühend ausgebremst hatte, war Kleiner Bruder mit leicht überhöhter Geschwindigkeit in die Rechtskurve der Ausfahrt Kessin gefahren.

Seine Verfolger war er los. Nicht aber die Frage, wer ihm an den Kragen wollte. Das Bild schien mehr Interessenten auf den Plan gerufen zu haben als nur Cuong. Wen?

Kleiner Bruder fuhr am Ende der Ausfahrt links. Er passierte das Schild eines Ortes namens »Hohen Schwarf«, fuhr über die »Alte Dorfstraße« und bog ab in eine Einfahrt, die zu einem schmucken Herrenhaus führte. Er schaltete Motor und Licht aus und wartete. Nichts. Nirgendwo. Niemand war ihm gefolgt. Niemand kam ihm entgegen. Die Straße wirkte wie ausgestorben.

Sein Verstand arbeitete fieberhaft. Was tun? Wieder zurück auf die Autobahn nach Berlin? Das wäre falsch, wenn seine Verfolger mehrere Fahrzeuge im Einsatz hatten. Den Mercedes – denn der war es gewesen, das hatte Kleiner Bruder bei der Aktion erkennen können – war er los, keine Frage. Aber gab es noch andere Wagen? War das das Zeichen für die Moskau-Variante? Oder gab es eine Alternative zur Autobahn nach Prag? Nicht wirklich. Denn auch wenn er einen Flug von Berlin, Frankfurt oder Zürich gebucht hätte, dieses war die einzige Autobahn nach Süden. Im Norden war nur Wasser. Oder?

Er griff in die Seitentasche der Tür und holte den Shell-Atlas heraus. Cuong hatte darauf bestanden, dass er ihn dabeihaben sollte – weil er ja ein Auto ohne Navigationssystem knacken sollte. Der alte Mann war wirklich ein Genie. Kleiner Bruder fiel das Wortspiel »Viet-Cuong« ein, und er grinste. Hauptsache er zahlte nach dieser Tour die hunderttausend Dollar. Verdient hatte er sich das Geld inzwischen mehr als genug.

Hinterm Steuer schlug er den Atlas auf und schirmte das Licht der kurzen Stablampe mit der Hand so ab, dass es nicht von Weitem zu sehen war. Er schaute sich die Karte gründlich an – und sah etwas, das ihn elektrisierte.

Manchmal muss man improvisieren, dachte er und ging über sein Handy ins Netz. Er fand, wonach er gesucht hatte, schaute auf die Uhr und beschloss, den Fluchtweg komplett zu ändern. Er startete den Motor, wendete und fuhr auf die Autobahn. Zurück nach Rostock.

Der Tag selbst
Kühlungsborn, Ostseehotel, Bar

Trockau eröffnete sein Digestif-Gespräch mit der Frage: »Warum haben Sie das Kunsthaus Rostock für Ihre erste Ausstellung ausgesucht und nicht ein Museum in einer der Metropolen? Berlin, London, Paris oder New York?«

Der »Auchentoshan Three Woods«, der nach Trockaus Geschmack eine herrliche Mischung aus Rauch und dem süßlichen Holzton eines feinen Portweinfasses war, löste wie erwünscht die Zunge. Auf beiden Seiten.

»Nun, lieber Herr Trockau«, antwortete Ko Chan Tha bedächtig, »um ein neues Geschäft zu starten, sollte man es langsam, aber vor allem *richtig* beginnen. Ich betrachte diese Ausstellung als Test. Wenn alles gut läuft, weiß ich über das Ausstellungmachen sehr viel mehr als noch vor einem halben Jahr. Ich taste mich also in dieses Geschäft hinein. Step by step. Vergessen Sie nicht, dass ich auch selbst erst sicher sein muss, ob dieser Schatz echt ist. Und was er heute wert ist.«

»Wert – im Sinne von ›Verkaufen‹?«

»Schon möglich.« Ko Chan Tha schaute Trockau direkt an. »Ich will herausfinden, was mir mein Mentor hinterlassen hat.«

»Es ist Ihnen aber doch sicherlich klar«, und damit schaute auch Trockau ihn sehr direkt an, »dass es sich dabei um eine sehr wertvolle Hinterlassenschaft handelt.«

»Ja, aber alles ist nur so viel wert«, erwiderte Ko Chan Tha ungerührt, »wie man dafür real bekommt. Mich interessiert nicht der fiktive Wert, sondern der tatsächliche. In Euro. Deswegen denke ich in der Tat darüber nach, einige Bilder zu verkaufen. Was meinen Sie – ist das richtig?«

Trockau war perplex über diese Offenheit. Aber vielleicht war dieser Burmese nur besonders abgebrüht und wollte ihn bloß testen. Oder ihm etwas ganz anderes sagen?

»Nun«, versuchte sich Trockau in Diplomatie, »das ist schwer zu sagen. Ich habe noch kein einziges Bild aus Ihrer Sammlung gesehen.«

»Sie sollen mir nicht sagen, welches Bild ich verkaufen soll, sondern ob eine solche Ausstellung der richtige Weg ist, die Kunstwelt dafür zu interessieren.«

»Ich denke schon und würde in jedem Fall den Erfolg der Ausstellung abwarten«, antwortete Trockau weiterhin nichtssagend. »Wenn sie ein großer Erfolg wird und viele tausend, vielleicht sogar hunderttausend Besucher sie gesehen haben, dann ist der Verkauf nach der Ausstellung definitiv einträglicher als vorher. Besonders weil Ihre Bilder – dank der langen Zeit im Tresor – bis heute nahezu unbekannt sind.«

»Hunderttausend Besucher? Gibt es so viele kunstsinnige Menschen in Deutschland?«

»Nun, in deutschen Museen werden immerhin satte einhundert Millionen Besucher gezählt. Im Jahr. Einhundert Millionen. Das bedeutet nicht nur, dass in Museen fünfmal mehr Besucher gehen als in alle Bundesligastadien zusammen. Es bedeutet auch, dass ein starker Wettbewerb besteht. Mit anderen Ausstellungen.«

Trockau gab Ko Chan Tha Zeit, dies erst einmal sacken zu lassen, nahm einen Schluck von dem Single Malt und fuhr schließlich fort: »Deutschland ist eine Mediengesellschaft. Das bedeutet: Nichts ist so schwer zu erreichen wie die Aufmerksamkeit der Menschen, weil täglich viele tausend Informationen auf sie einprasseln.«

Jetzt war das Interesse des Burmesen geweckt. »Was muss man für den Erfolg einer Ausstellung tun?«, fragte er.

»Die Medien müssen mitmachen.«

»Aha. Reicht dazu, dass die in der Ausstellung gezeigten Bilder fast alle als verschollen gegolten haben?«

»Das ist ein guter Einstieg für die seriösen Medien und die Fachpresse. Aber ein richtiger Hingucker wäre besser, einer, der es auf die erste Seite der Boulevardblätter schafft.«

»Zum Beispiel wenn eines der Bilder eine Fälschung wäre?«

Trockau traute seinen Ohren nicht und schaute in diesem Moment ganz und gar undiplomatisch. Dann fing er sich wieder. »Ihre Bilder galten lange Zeit als verschollen, weshalb viele Experten ohnehin annehmen werden, dass es sich um Fälschungen handelt.«

Das sollte als Schuss vor den Bug erst einmal reichen, dachte er.

Schließlich war der Mann Asiate, weshalb er bei ihm das Prinzip der Gesichtswahrung berücksichtigen musste. Aber der Schuss verfehlte sein Ziel nicht.

»Darf ich offen zu Ihnen sein?«, fragte Ko Chan Tha jetzt, und wieder hatte Trockau seine Züge nicht ganz im Griff. Denn er fragte sich zu Recht: Seit wann sind Asiaten offen zu »Langnasen« wie ihm? Mit was für einem Exemplar hatte er es hier zu tun? Und was wollte dieser Mann ihm sagen? Jetzt?

Ko Chan Tha machte eine Pause. »Wie lange arbeiten Sie schon im Kunstbetrieb?«

»Seit mehr als zwanzig Jahren.«

»Dann können Sie mir sicherlich etwas über die Kräfte sagen, die in der westlichen Kunstwelt wirken.«

»Ich fürchte, ich verstehe nicht ganz. Welche Kräfte meinen Sie?«

»Schauen Sie: Ein Nichtkenner der westlichen Kunst – wie ich – erbt eine stattliche Sammlung seltener Arbeiten im Wert von dreihundert Millionen Euro. Das ist eine Menge Geld. Nicht nur in meinem Land. Wenn man nun bei einem dieser Bilder, das wie alle anderen zum ersten Mal der Öffentlichkeit gezeigt wird, Zweifel an der Echtheit hätte, würde da nicht der Kaufpreis der gesamten Sammlung sinken? Weil plötzlich jeder denkt: Wo *eine* Fälschung in der Sammlung ist, da ist eine zweite nicht weit?«

Das war scharfsinnig und strategisch geschickt gedacht. Trockau lenkte seinen Blick von Ko Chan Tha durch eines der großen Fenster auf die dunkle Weite der Ostsee. In seinem Kopf jagten die Gedanken von Aspekt zu Aspekt: Läuft hier gerade eine raffinierte Intrige? Könnte es sein, dass er den ahnungslosen Erben nur spielt? Und sich von mir »Rat« holt, den er gar nicht braucht, sondern mit dem er mich nur testen oder auf eine falsche Spur setzen will? Schließlich bin ich von der Versicherung. Gehöre also zu denjenigen, die zahlen, wenn was abhandenkommt.

Trockau war auf der Hut, als er fragte: »Hat denn jemand Zweifel an der Echtheit geäußert?«

Zu seiner Verblüffung legte der Burmese die Karten ohne weiteres Zögern auf den Tisch. »Gestern hat mich der führende Rothko-Experte im deutschsprachigen Raum darauf hingewiesen, dass mein Rothko eine Fälschung sein könnte. Er wohnt auch hier im Hotel. Allerdings hatte ich heute keine Zeit für ein zweites Gespräch, was vielleicht ein Fehler war.«

Ko Chan Tha machte eine lange Pause. Trockau ließ ihn. Mal sehen, welche Kurve er jetzt ansteuerte, dachte er. Was dann kam, erstaunte ihn allerdings vollends. Denn der Burmese nannte Ross und Reiter – und was der Reiter plante.

»Schnitzler – so heißt der Rothko-Experte – hat mir angeboten, diese Fälschung ›entsorgen‹ zu lassen. Wenn wir uns die Versicherungssumme teilen würden. Im Gegenzug würde er die Echtheit des Bildes bestätigen.«

In diesem Fall müsste die Versicherung zahlen, dachte Trockau. Wenn die Aussage des Burmesen wahr war, dann hatte er gerade davon erfahren, dass ein in der Kunstszene anerkannter Experte einem Sammler einen Versicherungsbetrug vorgeschlagen hatte. Das war ein starkes Stück. *Wenn* diese Aussage wahr war.

Der Tag selbst

A 19 Richtung Rostock

Auf der Autobahn Richtung Rostock gab Kleiner Bruder Gas. Um zweiundzwanzig Uhr fünfundvierzig ging die letzte Fähre nach Trelleborg in Schweden. Hätte Cuong gewusst, dass Kleiner Bruder den Plan änderte, wäre er vermutlich vor Zorn aus der Hose gesprungen. Deshalb hieß es jetzt, keinen Fehler zu machen und das Projekt nicht zu gefährden. Denn sonst brauchte er sich in Vietnam nie mehr blicken zu lassen.

Mit allen Sinnen hochkonzentriert jagte er nach Rostock hinein – und übersah dabei, dass ihm ein Auto mit Abstand, aber ebenso hoher Geschwindigkeit folgte.

Er schaffte es in acht Minuten bis zum Autobahnkreuz Rostock Ost. Noch zweiundzwanzig Minuten bis zur Abfahrt der Fähre. Telefonisch einchecken war weder um diese Zeit noch bei dieser Fahrweise möglich.

Nach vier weiteren Minuten war er bei der Autobahnausfahrt »Seehafen Nord/Fährterminal«. Noch achtzehn Minuten bis zum Ablegen. Man sollte dreißig Minuten vorher an der Anlegestelle sein. Daran war nicht zu denken.

Er kurvte schärfer über die holprigen Gleise, als es dem Auto guttat, aber es war ja nicht seins. Rasant preschte er an der Ost-West-Straße vorbei, nahm den Kreisel rücksichtslos und donnerte die letzten Meter in die Linkskurve zum Wasser.

Gerade fuhr der letzte Wagen aus der Halteschlange an Bord. Kleiner Bruder hielt bei dem einweisenden Mitarbeiter der Fährlinie und war froh, im Kofferraum eine Menge Pampers gestapelt zu haben, die jetzt kreuz und quer auf der Ladefläche lagen und den Eindruck eines gestressten Familienvaters erweckten.

Er ließ die Scheibe herunter und fragte: »Nehmen Sie einen immer zu späten Familienvater noch nach Trelleborg mit?«

»Jau, Mann, das kann man wohl sagen, dass Sie 'n büschen ssspet sind. Aber heut is ja nich viel los. Also denn man rauf auf den Kahn.«

Zu dem Fahrer des anderen Wagens, der ebenso rasant zum Fährterminal gefahren kam, meinte er: »Is da noch 'n Krimi in Feansehn gewesen, oder warum kommt ihr alle soou ssspet?«

Während Kleiner Bruder auf die Fähre fuhr, schaute er in den Rückspiegel und sah, dass der Wagen hinter ihm ein schwarzer Audi war, der von einem Asiaten und einer Begleitperson gefahren wurde. Das gefiel ihm gar nicht. Aber jetzt war er an Bord. Und die anderen auch.

Der Tag selbst

Kühlungsborn, Ostseehotel, Turmsuite

Trockau stand auf dem Balkon seiner Suite und lauschte dem stetigen Rauschen der Brandung. Normalerweise beruhigte ihn dieser Rhythmus, doch heute machte er ihn nervös. Auch der genossene Alkohol entspannte ihn keineswegs, sondern erhöhte die innere Unruhe noch.

Er spürte einen Widerstreit in sich: Einerseits hätte er den letzten Whisky nicht trinken sollen, der ihn jetzt am klaren Denken hinderte, ob der ungeheuerliche Vorwurf, dass Schnitzler einen Versicherungsbetrug plane, stimmen konnte. Andererseits hätte er ohne diesen Absacker die Neuigkeit über Schnitzler gar nicht erst erfahren. Wenn sie stimmte. Aber warum sollte ihn Ko Chan Tha anlügen?

Trockau beschloss, zwei große Gläser Wasser zu trinken, die seine Leber in die Lage versetzen sollten, seinen Körper bis zum Morgengrauen erfolgreich zu entgiften. Dann würde er klarer sehen und sich gleich in der Früh diesen Schnitzler vorknöpfen.

Die Nacht danach

An Bord der Fähre Rostock – Trelleborg

Der einweisende Ladeoffizier dirigierte Kleinen Bruder auf dem Autodeck der Fähre auf die rechte Spur, wo er zwischen einem Bus mit jungen Schweden und der Bordwand zum Stehen kam. Das hohe Fahrzeug bot ihm willkommenen Schutz vor den Blicken des Audi-Fahrers. Der war auf die ganz linke Spur eingewiesen worden, direkt neben die Tür zu den Toiletten.

Wenn Kleiner Bruder das Entladen dieser Roll-on-roll-off-Fähre richtig einschätzte, müsste der Audi vor ihm von der Fähre geleitet werden, dann käme der Bus und am Ende er. Das könnte von Vorteil sein, wenn der Audi auf diese Weise im Pulk aller abfahrenden Autos auf die Autobahn gelenkt würde und Kleiner Bruder sich seitlich in die Büsche schlagen könnte.

Wenn.

Er kannte die Abfahrtsituation im Trelleborger Hafen nicht und entschloss sich, einige weitere Sicherungen einzubauen, die ihm die Ankunft am Kopenhagener Flughafen garantieren sollten. Denn der war jetzt sein Ziel. Er würde einfach mit dem Auto zum Airport Kopenhagen-Kastrup fahren, statt über Prag einzuschweben. Jetzt brauchte er nicht mehr zu entscheiden, welchen der vier Flüge er nehmen würde. Es blieb nur noch einer – der um elf Uhr zwanzig von Kopenhagen nach Singapur. Bis dahin hatte er noch einiges zu tun.

Als Erstes klaubte er die Kuriertasche aus dem Chaos der Pampers-Packungen. Da er das Auto nicht verschließen konnte, musste er die Tasche bei sich behalten. So diskret, wie es ging. Er schulterte sie und verließ zügig das Ladedeck mit den Fahrzeugen. Da er durch seine Ankunft auf den letzten Drücker natürlich keine Kabine reserviert hatte, wollte er sich jetzt an der Rezeption so schnell wie möglich eine organisieren. Nur in einer Kabine wäre das Bild sicher untergebracht.

Er hatte Glück. Weil er bereit war, für zwei Personen zu zahlen, bekam er die letzte freie Kabine. Es war zwar nur eine Innenkabine, aber die hatte immerhin den Vorteil, dass ihn niemand von außen beobachten konnte. Außerdem war sie auf dem gleichen Deck, auf dem auch der Skoda stand. Und der Audi.

Kleiner Bruder ging in den Shop der Fähre und schaute, ob ihm jemand folgte. Nichts. Er kaufte eine Flasche Wasser und verharrte an einigen Regalen, um zu sehen, ob es dabei blieb. Als er sich sicher war, verschwand er ungesehen in seine Kabine.

Dort klappte er das obere Bett aus der Wand, legte Kuriertasche und Reisetasche so unter die Bettdecke, dass es von unten aussah, als ob dort oben jemand eingerollt schlafe, und legte sich auf das untere Bett. Er wartete. Nichts rührte sich. Keine Schritte auf dem Gang. Niemand versuchte, in die Kabine einzudringen. Einfach nur Ruhe.

Er öffnete vorsichtig die Tür, lauschte in den Gang hinaus, verschloss die Kabine und schlüpfte durch die nahe gelegene Tür aufs Fahrzeugdeck. Zunächst wandte er seine Schritte in Richtung seines Autos – falls ihn jemand fragen sollte, was er auf diesem Deck zu suchen habe –, ging an seinem Wagen jedoch vorbei und bog dann ab in Richtung Toilette, um den dort stehenden Audi in Augenschein zu nehmen.

Der Wagen war leer. Als er näher kam, sah er neben dem Berliner Kennzeichen das »MYA« als Länderkennzeichen für Myanmar, das in Deutschland Burma genannt wird. Außerdem verfügte der Wagen über je ein Chromplättchen an den vorderen Kotflügeln. Mit diesen Plättchen – das wusste Kleiner Bruder – wurden die Stellen abgedeckt, an denen sonst die Stander mit der Nationalflagge eingeklinkt wurden. Er hatte genug gesehen und zog sich in seine Kabine zurück, ohne dass ihn jemand beobachtet hätte.

Damit war klar: Ein Botschaftsfahrzeug aus Burma verfolgte ihn. Das konnte kein Zufall sein und nur bedeuten, dass der burmesische Auslandsgeheimdienst hinter ihm her war. Was wollten die von ihm? Hatte das etwas mit dem Bild zu tun? Hatte Cuong ihn in einen internationalen Konflikt hineinmanövriert? Oder hatte er ihn womöglich selbst ausgelöst?

Die Nacht danach

Kühlungsborn, Ostseehotel, Turmsuite

Trockau war schlecht eingeschlafen und konnte keine richtige Ruhe finden. Er wälzte sich von einer Seite auf die andere und träumte wirres Zeug, in dem ihn Katharina vor einer großen Dummheit bewahrte. Als er erwachte, schlurfte er durch seine Suite und öffnete die Balkontür. Die frische Luft durchwehte den Raum und kühlte seinen Kopf. Er legte sich wieder in sein großes Bett, sank in die Kissen und merkte, wie ihm die frische Luft guttat. Nach ein paar Atemzügen wurde er ruhiger; kurz darauf war er wieder eingeschlafen.

Die Nacht danach

An Bord der Fähre Rostock – Trelleborg

Das gleichmäßige Brummen der Motoren versetzte Kleinen Bruder in matte Schläfrigkeit. Er döste die meiste Zeit vor sich hin, allerdings immer mit einem Ohr lauschend, ob er nicht doch unerwarteten Besuch bekam. Es blieb ruhig. Doch was würde er machen, wenn die Burmesen seine Kabine fänden? Wenn sie ihn außer Gefecht setzten und sich mit dem Bild auf und davon machten. Er musste sich etwas einfallen lassen. Auf einmal fühlte er sich in der Kabine eingeengt. Er beschloss, an die frische Luft zu gehen und das Terrain zu sondieren.

Als er in den Buffetbereich der Fähre kam, sah er die Truppe junger Schweden, die den preiswerten Alkohol an Bord dazu nutzten, die Nacht zum Tage zu machen. In Kleinem Bruder keimte eine Idee. Nachdem er die Jugendlichen aus sicherem Abstand beobachtet hatte – vor allem weil er schauen wollte, ob die Burmesen vielleicht in ihrer Nähe waren –, gesellte er sich zu ihnen.

Zunächst rissen sie wie alle Heranwachsenden, die besonders cool wirken wollen, irgendwelche Sprüche und Witze, die er zwar nicht verstehen konnte, deren Inhalt er aber an den Reaktionen einschätzen konnte, die sie auslösten. Es dauerte eine Zeit und einige Runden Bier, dann lachten sie gemeinsam. Am Ende gab der Anführer ihm ein Zeichen, er solle eine mit ihm rauchen. Das tat er und stellte fest, dass auch schwedische Jungs gerne den dicken Max machten. Perfekt. Eine knappe Stunde später lag Kleiner Bruder wieder in seiner Innenkabine auf dem unteren Bett.

Es blieb die Frage, wer ihn verfolgte. Cuong hatte gesagt, dass das Bild einem Burmesen gehöre, dem er mit dem Diebstahl eine Lektion erteilen wolle. Diese Lektion war offensichtlich nicht unerwartet gewesen, denn am Museum hatte ihm jemand aufgelauert. Doch warum? Um ihn auf frischer Tat zu ertappen? Das wäre mit Polizeieinsatz effektiver geschehen.

Kleiner Bruder stutzte. Eigentlich hatte er nur den Mercedes-Fahrer gesehen, der ihn am Museum gesucht hatte. Der Audi der Burmesen war erst später in Erscheinung getreten.

Gehörten Audi und Mercedes zusammen? Oder waren es zwei verschiedene Organisationen, die hinter ihm her waren?

Das war sogar wahrscheinlich. Denn die Fahrer beider Fahrzeuge waren unterschiedlich aggressiv vorgegangen. Der Mercedes hatte riskiert, sich bei seiner Attacke selbst zu zerlegen. Der

Audi war ihm dagegen nur gefolgt. Der Fahrer des Botschaftsfahrzeugs war also eher moderat vorgegangen.

Aber was sollte das Ganze überhaupt? Wollte der Mercedes-Fahrer, dass ich das Bild stehle, um es mir danach abnehmen zu können?, fragte er sich. Sollte ich die Drecksarbeit machen, damit er danach die Ernte einfahren kann? Und wollen die im Audi dasselbe? Oder wollten sie das Bild wiederhaben und es seinem rechtmäßigen Besitzer zurückgeben, nach dem Motto »Burmesen kämpfen für Burmesen«?

Woher wussten die Audi-Insassen überhaupt, dass er das Bild hatte? Sie mussten entweder mit dem Mercedes in Verbindung stehen – oder sie hatten ebenfalls das Museum beobachtet, kannten sich aber besser in Rostock aus und wussten, wie günstig das Parkhaus am Stadthafen für eine Flucht auf die Autobahn lag.

Er konnte diese Fragen im Moment nicht beantworten. Vielleicht würde er es niemals können. Fest stand nur: Er wollte das Bild dem alten Cuong bringen.

Die Nacht danach

Kühlungsborn, Ostseehotel, Turmsuite

Trockau erwachte erneut und hatte fürchterlichen Durst. Noch halb träumend rappelte er sich langsam auf und schleppte sich ins Bad, wo er, ohne Licht zu machen, das Zahnputzglas mit Wasser füllte und es in einem Zug austrank. Anschließend taperte er zu seinem Bett zurück und kroch unter die angenehm warme Zudecke.

Während er wieder ins Reich der Träume hinabsank, ging ihm die völlig überflüssige Erkenntnis durch den Kopf, dass man bei Rostock nur das »s« und das »t« vertauschen müsse, um »Rot Sock« daraus zu machen.

Am Ende dieses Gedankens war er wieder von Morpheus' Armen umschlungen.

Der Tag danach

Hafen Trelleborg, auf der Fähre

Kleiner Bruder schreckte auf. Er hatte sich vorgenommen, die ganze Nacht wachsam zu sein, aber in den frühen Morgenstunden war er wohl doch kurz eingenickt. Das monotone Motorengeräusch wurde leiser, und andere Geräusche kamen dazu. Kleiner Bruder schaute auf die Uhr. Noch eine Stunde bis zum Hafen Trelleborg.

Er rieb sich das Gesicht, trank den Rest des Wassers und streckte sich kurz. Jetzt musste er sicher in sein Auto kommen – noch vor den Burmesen. Er nahm sein Gepäck, öffnete die Kabinentür vorsichtig und lauschte hinaus. Ruhe. Anscheinend schliefen die Passagiere der anderen Kabinen noch. Rasch schlüpfte er durch den Gang aufs Ladedeck, wo sich ihm ein ganz anderes Bild bot: Die Fernfahrer waren alle schon bei ihren Lastwagen, räumten die Fahrerkabinen auf, unterhielten sich mit einer Tasse Kaffee in der Hand. Rege Betriebsamkeit versperrte ihm den Weg zu seinem Wagen. Er ging um den Bus der jungen Schweden herum, die nicht nur vom Schlaf trunken bereits ihre Sitze eingenommen hatten, und sah, dass sich auch die Burmesen bereit machten, die Fähre zu verlassen. Jetzt hieß es, alle Sinne geschärft zu halten und zu schauen, wie er und das Bild nach Kopenhagen kommen konnten.

Nachdem sie im Hafen angekommen und sich die Ladeluke geöffnet hatte, wurden die Autos von einem Angestellten der Fährlinie hinausdirigiert. Die mittleren Spuren fuhren als Erste, dann folgte die linke Spur. Damit war der Audi schon mal vom Schiff. Am Ende konnten die Wagen der rechten Spur herausfahren. Kleiner Bruder kam als Letzter von Bord. Noch sechsundfünfzig Kilometer bis zum Flughafen Kopenhagen-Kastrup. *Wenn* er es aus dem Hafen schaffte. Er war entschlossen, das Überraschungsmoment für sich zu nutzen – falls sie irgendwo auf ihn warten sollten.

Der Tag danach

Kühlungsborn, Ostseehotel, Turmsuite

Das Telefon in der Turmsuite läutete erbarmungslos.

»Och nee«, brummte Trockau unter dem Kopfkissen hervor, das er sich beim ersten Klingeln auf die Ohren gelegt hatte. Doch das Telefon hörte nicht auf ihn.

Trockau kannte dieses Gefühl nur zu gut. Sein Körper rebellierte gegen die hohe Konzentration an Genussgiften und wollte, dass der Inhaber des Körpers dafür sorgte, das Gift schnellstmöglich wieder aus dem Körper herauszubekommen. Gleichzeitig fühlte sich ebendieser Besitzer des Körpers so erschlagen, dass er am liebsten nur still im Halbkoma liegen bleiben wollte, bis sich alles von alleine erledigt hatte. In diesem Zustand spürte Trockau die Descartes'sche Trennung von Körper und Geist auf schmerzliche Weise.

Nachdem ein Ende des Klingelns nicht zu erwarten war, rollte er sich missmutig aus dem Bett und schlurfte zu dem schreienden Telefon.

»Ja?«

»Herr Trockau?«

»Hm.«

»Guggenstrom hier. Es ist etwas Furchtbares passiert!«

»Hm.«

»Wir sind bestohlen worden!«

»Wer ist ›wir‹?«

»Das Museum. Es muss jemand sehr genau gewusst haben, was er wo findet. Und wie er es aus dem Haus bekommt.«

Trockau war schlagartig wach. »Welches Bild? Der Rothko?«

Das sprachlose Schweigen am anderen Ende der Leitung hätte nicht lauter sein können.

»Ja. Genau. Woher wissen Sie das? Waren das Ihre Leute? Um unser Haus zu testen? Ich versichere Ihnen, das mit den Dosen an der Außenwand sollte gleich heute Morgen in Ordnung gebracht werden …«

»Mooooment«, stoppte Trockau ihn. »Wir waren es nicht. Aber ab sofort sind wir im Geschäft. Rühren Sie nichts an, wir sind gleich bei Ihnen. Informieren Sie die Polizei. Am besten die Spurensicherung vom LKA in Schwerin, die haben genügend Erfahrung.«

Mit diesen Worten legte Trockau auf, dann trommelte er per Haustelefon sein Team zusammen. Alle sollten sofort zum Tatort fahren, um das Museum auf undichte Stellen zu untersuchen und den Tathergang zu rekonstruieren. Sie mussten herausfinden, wie der Dieb das Bild klauen konnte. Nicht zum ersten Mal war Trockau froh, dass Katharina an Bord war, wobei er im Moment ausnahmsweise nur an ihre Fähigkeiten als Diebin dachte.

Während sich seine Leute zum Kunsthaus aufmachten, schlüpfte er in frische Sachen, verschob das Rasieren auf später und marschierte zu Zimmer 211. Dort hämmerte er rücksichtslos an die Tür des Rothko-Experten Marc Schnitzler.

Der Tag danach

Hafenausfahrt Trelleborg

Kleiner Bruder hatte richtig vermutet. Der Audi stand am Ausgang des Hafens und wartete auf ihn. Mit laufendem Motor. Bereit, die Verfolgung aufzunehmen.

Kleiner Bruder fuhr durch die Hafenausfahrt heraus, direkt auf den Audi zu – hielt an und stieg aus.

Die beiden Männer in dem Wagen starrten ihn ungläubig an.

»Entschuldigen Sie«, sagte er auf Burmesisch und machte ein Zeichen, dass der Fahrer sein Fenster herunterlassen sollte.

»Ja?«

»Ich glaube, Sie waren meinetwegen auf der Fähre. Oder?«

Dem Angesprochenen verschlug's die Sprache.

»Falls Sie etwas suchen«, fuhr Kleiner Bruder fort, »das Sie bei mir vermuten, möchte ich Ihnen anbieten, meinen Wagen und mich zu durchsuchen. Schauen Sie selbst nach, ob ich das habe, was Sie wollen. Wenn ja, nehmen Sie es mit. Falls nein, lassen Sie mich in Ruhe meinen Urlaub in Schweden machen. Okay?«

Damit trat er beiseite und öffnete die Beifahrertür seines Skoda. Eine Geste, die sie zur Durchsuchung einladen sollte. Sie tat ihre Wirkung.

Die beiden stiegen aus, sichtlich irritiert. Kleiner Bruder lehnte sich entspannt an den Audi. Sein Flug ging um elf Uhr zwanzig, also in viereinhalb Stunden. Für die sechsundfünfzig Kilometer Autobahn brauchte er höchstens eine Stunde, er konnte den Burmesen also Zeit lassen.

Kleiner Bruder sah zu, wie sich die beiden an die Arbeit machten. Sie klappten die Rückbank um, tasteten die Sitze ab, schauten beim Reservereifen nach, klopften die Türfüllungen ab, schichteten die Pampers von einer Seite auf die andere, sahen unter dem Auto nach und prüften alle Hohlräume inklusive des Motorraums. Nichts.

Mit misstrauischer Miene kamen sie zum Audi zurück.

»Bis auf zwei Flaschen Schnaps und zwölf Packungen Pampers haben wir nichts gefunden.«

»Und? Wollen Sie die beschlagnahmen?«

Die Burmesen ignorierten die Bemerkung. »Fahren Sie weiter. Es liegt hier wohl ein Irrtum vor. Schönen Urlaub.« Damit nickten sie ihm zu, stiegen in ihr Auto und begannen zu telefonieren.

Kleiner Bruder nickte freundlich zurück, ging entspannt zu seinem Skoda und richtete sich erst einmal ganz in Ruhe seinen Sitz ein, den die Burmesen bei ihrer Suche nach dem Bild verschoben hatten. Dann hob er die Hand zum Abschied, was die beiden konzentriert übersahen. Langsam rollte er die Travemündeallén westwärts, schwenkte an der Kreuzung auf die E 22 ein und fuhr ganz gemütlich Richtung Westen. Die Gegend hier war so flach, dass er noch lange Zeit von Weitem zu sehen war.

Als er endlich außer Sichtweite war, drückte er aufs Gas. Er musste den Bus einholen.

Der Tag danach

Kühlungsborn, Ostseehotel, Zimmer 211

Marc Schnitzler öffnete verschlafen im hoteleigenen Bademantel die Tür.

»Guten Morgen, Herr Schnitzler«, sagte Trockau mit viel Schwung in der Stimme und hätte eigentlich noch hinzufügen müssen: »Dies ist ein Überfall«. Aber das sparte er sich – weil es ein Überfall war!

Der Restalkohol verlieh ihm die nötige Unverfrorenheit, weshalb ihn keine Skrupel plagten, Schnitzler derart unhöflich frontal anzugehen. Federnden Schrittes trat er aus dem Hotelflur auf ihn zu, drückte die Tür des Zimmers auf und damit Schnitzler beiseite.

»Wann wollten Sie eigentlich abreisen?«, fragte er forsch.

»Ich?«, kam es hinter der Tür ziemlich verdattert hervor. »Heute. Warum?«

Damit schloss er sie hinter sich.

Trockau war ob so viel Ehrlichkeit ein wenig überrascht, ließ sich auf einem der bequemen Fauteuils nieder und betrachtete den verdutzten Experten mit seinen noch vom Schlaf zerzausten Haaren. Er hatte etwas Komisches an sich, wie er in diesem Bademantel vor ihm stand, dessen Taille wie alle Hotelbademäntel zu hoch saß, was seinem Körper die Gestalt einer unförmigen Birne verlieh.

»Was wollen Sie von mir? Und: Wer sind Sie überhaupt?«, fragte Schnitzler völlig zu Recht.

»Trockau ist mein Name. Ich bin von der Versicherung, die die Ausstellung im Rostocker Kunsthaus versichert.« Und um Schnitzler ein wenig auf die Sprünge zu helfen, setzte er nach: »Sie wissen, welche Ausstellung ich meine?«

»Ja, natürlich. Und deswegen müssen Sie hier in aller Herrgottsfrühe …«

»Es ist sieben Uhr fünfzehn.«

» … hier in aller Herrgottsfrühe reinpoltern, um mir *das* zu sagen?«

»Nein, das war nur die Einleitung. Entscheidend ist, was heute Nacht geschehen ist.«

»Und? Haben Sie eine nette Bekanntschaft gemacht? Oder was kommt jetzt?«

Anscheinend wurde der Kunstexperte wach, und sein Widerstand begann sich zu regen. Deshalb legte Trockau zügig nach.

»Das wäre mir absolut lieber gewesen. Aber der Rothko …«, er machte eine Kunstpause und betrachtete Schnitzler sehr direkt, dann schoss er den zweiten Teil des Satzes wie eine Kugel ab, » … ist aus dem Kunsthaus gestohlen worden.« Er traf Schnitzler genau zwischen die Augen.

»Waaas?« Schnitzlers ohnehin nicht besonders ausgeprägte Gesichtsfarbe wich vollends aus dem Bereich zwischen seinen Ohren und machte einem grünlichen Grau Platz. Die Spannung in seiner Rückenmuskulatur gab nach, und er sackte in sich zusammen, wodurch er noch unförmiger aussah. Hilflos blickte er sich um, tastete mit der einen Hand nach der Lehne eines Sessels und ließ sich ins Weiche plumpsen. »Oh Gott!«

Trockau hatte gesehen, was er nicht erwartet hatte. So sah niemand aus, dem gerade ein brillanter Coup gelungen war. Seine Menschenkenntnis sagte ihm, dass dieser Schnitzler kein begnadeter Mime war, der ihm seine Betroffenheit so überzeugend vorspielen konnte. Im Gegenteil. Trockau hatte ihn so früh am Tag erwischt, dass er seine Reaktionen noch nicht richtig kontrollieren konnte.

Und weil ein Jäger, wenn er sein Wild schon mal in die Enge getrieben hat, auch zum Blattschuss ansetzen sollte, ehe es ihm entwischen kann, fragte Trockau: »Sie haben Herrn Chan Tha angeboten, den Rothko ›entsorgen‹ zu lassen, weil es sich dabei angeblich um eine Fälschung handelt, und wollten sich im Gegenzug die Versicherungssumme mit ihm teilen. Nun ist der Rothko weg – wie Sie es offeriert haben. Was sagen Sie dazu, Herr Schnitzler?«

Der Experte richtete sich eine Idee auf. »Wer sagt das?«

»Herr Chan Tha.«

»Und hat er einen Beweis dafür?«

»Na ja, immerhin ist eingetroffen, was Sie ihm vorgeschlagen haben.«

Trockau registrierte, wie die Lebensgeister – um nicht zu sagen die Überlebensgeister – in Marc Schnitzler auf geradezu panische Weise wach wurden.

»Und? Haben Sie noch mehr solcher ›Beweise‹?«, fragte er pampig. »Habe ich das Bild für echt erklärt? Nein! Habe ich es als eine Fälschung abgetan? Nein! Ich hatte es mir vorgestern noch einmal gründlich angesehen. Mehr nicht. Weil es mir merkwürdig vorkam. Aber da Herrn Chan Tha meine Expertenmeinung nicht zu interessieren schien, wollte ich heute wieder nach Hause fahren und mir die nächsten Schritte überlegen. Schließlich habe ich einen Ruf zu verlieren. *Deswegen* hatte ich meine Abreise für heute geplant.«

»Und ich dachte, Sie wollten abreisen, weil Ihr Job erledigt ist! Und das Bild … ›entsorgt‹.«

»Was wollen Sie damit sagen?«

»Na was wohl, Herr Schnitzler.« Trockau konnte auch auf pampig machen. Er stand auf und ging zu dem großen Fenster, das auf den Balkon hinausführte. Er schaute kurz hinaus, dann drehte er sich um und versuchte – mit der Sonne im Rücken – freundlich zu klingen: »Sehen Sie, Herr Schnitzler, mein Job ist es zu verhindern, dass mein Auftraggeber zahlen muss, wenn der Versicherungsfall eingetreten ist. Das passiert meistens dadurch, dass ich das Diebesgut wiederbeschaffe. Es gibt aber auch Fälle, in denen ich andere Wege finde. Jetzt zum Beispiel – in freundlicher Kooperation mit Ihnen.«

Schnitzler blinzelte irritiert.

»Ein möglicher Weg wäre«, setzte Trockau nach, »zu beweisen, dass das gestohlene Objekt eine Fälschung war – und damit eine unkorrekte Berechnung für den Schadensfall vorlag. Ich fände das allerdings eine ziemlich lauwarme Taktik und irgendwie unfair Herrn Ko Chan Tha gegenüber, weil sich *meine* Experten absolut sicher sind, dass dieser Rothko echt ist. Außerdem dürfte eine neuerliche Expertise etwas schwierig werden – weil das zu prüfende Objekt ja nun nicht mehr da ist. Eine Expertise unter diesen Umständen erstellt, würde außerdem an Ihrem Ruf in der Kunstwelt kratzen, wenn Sie verstehen, was ich meine.«

Schnitzler richtete sich in seinem Sessel ein wenig auf.

»Ein anderer Weg wäre«, fuhr Trockau fort, »und den würde

ich mit aller gebotenen Diskretion vorziehen, dass Sie mir sagen, wer ein Interesse an dem – nennen wir es mal ›Gratiserwerb‹ dieses Rothkos hatte. Was Sie davon gehabt hätten, weiß ich ja schon.« Wieder eine dramatische Pause, damit der Satz einwirken konnte. »Also: Wem hätten Sie den angeblich falschen Rothko geliefert?«

Schnitzler schaute zu Boden – und schwieg.

»Dann sollten wir stattdessen klären, ob es Ihre Idee war, die Versicherungssumme zu teilen, oder die Ihres Auftraggebers?« Trockau versuchte herauszufinden, ob Schnitzler allein oder im Auftrag gehandelt hatte und hoffte, dass der Experte die Chance ergreifen würde, seinen Hintermann zu nennen, in der Hoffnung, dafür ungeschoren davonzukommen.

Wieder sagte Schnitzler nichts. Sah nur kurz zu Trockau hinüber und zog den Bademantel enger um sich.

»Ich gebe darüber hinaus zu bedenken, dass ich die Aussage des sehr geschätzten Leihgebers habe, die er auch vor Gericht wiederholen würde und die nicht für Sie spricht. Selbst wenn das Gericht Ihnen nichts beweisen könnte, in den Medien würde Ihre Reputation leiden, da dürfen Sie ganz sicher sein. Man nimmt nämlich allgemein an, dass Experten unparteiisch sind – so wie man ja auch annimmt, dass ein Kapitän als Letzter das sinkende Schiff verlässt. Wer das nicht tut, ist unten durch. Ich erwähne das nur, weil Sie ja schließlich ›einen Ruf zu verlieren haben‹. Und Sie wollen doch kein Ex-Experte sein, oder?«

Marc Schnitzler hatte sehr aufmerksam zugehört. Sein von der Nacht zerzsauster Haarschopf war dabei noch zerzauster geworden, weil er sich mehrmals mit der Linken hindurchgefahren war. Schließlich sagte er: »Kann ich mir Ihr ›Angebot‹ überlegen?«

»Es ist jetzt halb acht. Um acht Uhr fünfzehn hätte ich gerne Ihre Entscheidung.« Trockau hatte nicht vor, den Druck von Schnitzler zu nehmen. »Sie finden mich unten im Restaurant beim Frühstück.«

Er wandte sich zum Gehen. In der Tür stehend setzte er noch einen drauf: »Und lüften Sie hier mal. In so einem Mief kann man ja keinen klaren Gedanken fassen.«

Trockau war zufrieden mit diesem keineswegs freundlichen und erst recht nicht fairen Auftritt. Aber er hatte das Überraschungsmoment genutzt. Jede Kette war nur so stark wie ihr schwächstes Glied. Ob Schnitzler das schwächste war, wusste er nicht. Er war neben Ko Chan Tha das einzige Glied, das er kannte. Ob diese beiden Glieder verbunden waren oder nicht, hieß es jetzt herauszufinden.

Die nächsten Schritte wollte Trockau an einem Ort überdenken, an dem er immer gut nachdenken konnte. Unter der Dusche.

Während der heiße Wasserstrahl auf sein Schädeldach prasselte, versuchte er, systematisch zu denken. Wenn Schnitzler auf sein Angebot einging, hatte er Ko Chan Tha tatsächlich vorgeschlagen, einen Versicherungsbetrug zu begehen, und wollte es durch seine Kooperation ungeschehen machen.

Doch war sein Motiv wirklich nur die Hälfte der Versicherungssumme? Oder steckte mehr dahinter? Ko Chan Thas Vermutung, dass das nur der Auftakt einer Verleumdungskampagne seiner Sammlung war, deren Wert dadurch so geschmälert werden sollte, um sie Stück um Stück zu günstigen Preisen aufzukaufen, verfing nicht. Schnitzler hatte den Rothko ja für echt erklären wollen, um die Versicherungssumme kassieren zu können. Dadurch wäre die Qualität der Sammlung keineswegs ins Zwielicht geraten. Insofern lag der Burmese falsch.

Schnitzler wäre eindeutig derjenige, der am meisten davon profitiert hätte. Neben der halben Versicherungssumme hätte er zusätzlich noch den Rothko an einen Sammler verkaufen können.

An einem solchen Rothko-Schnäppchen interessierte »Kreise« konnten sich durchaus an Schnitzler gewandt haben. Schließlich gab es nicht sehr viele Rothkos auf dem Markt, und Schnitzler würde es als Erster erfahren, sollte irgendwo einer auftauchen. Und dieser hier war ein Leckerbissen, weil ihn seit vierzig Jahren niemand mehr zu Gesicht bekommen hatte.

Das zweite Gespräch mit Herrn Schnitzler würde sehr interessant werden, dachte Trockau, als er die Dusche verließ, um frisch und rein in die nächste Runde zu gehen. Überraschenderweise hatte sich sein Kater in einen anderen Hinterhof verzogen. In seinem Kopf miaute jedenfalls nichts mehr.

Der Tag danach

Kühlungsborn, Ostseehotel, Restaurant »Papageno«

Das Expertenteam war am Tatort im Einsatz. Trockaus Job würde es sein, die Puzzlestücke, die sie fanden, zu einem Bild zusammenzufügen. Er gönnte sich als Vorbereitung auf die Ereignisse des Tages ein gutes Frühstück.

Das Rührei war flockig weich, zu einem kleinen Würfel geschnitten und mit frischen Kräutern und kleinen Krabben zu einem aromatischen Geschmackskunstwerk verdichtet, das seinen Mundraum mit Würze erfüllte. Er schloss die Augen, um alle Konzentration nur auf den Geschmackssinn zu richten.

Mit einem leichten Seufzer atmete er durch die Nase aus und intensivierte so das aromatische Geschehen in seinem Mund.

Als er selig grinsend die Augen wieder öffnete, saß ihm ein zerknautschter Schnitzler gegenüber.

»Ah, der Herr Schnitzler«, ließ Trockau ihn fidel und gar nicht überrascht seine aufgeräumte Stimmung spüren. »Möchten Sie einen Kaffee?«

»Ja. Bitte. Danke.«

»Bitte einen Kaffee für Herrn Schnitzler«, wandte er sich an Amelie, die ihn auch heute aufmerksam im Auge behielt. »Haben Sie sonst noch einen Wunsch?«, fragte er Schnitzler – und übte mit dieser leicht gönnerhaften Freundlichkeit noch mehr Druck auf ihn aus. »Auch so ein köstliches Rührei? Oder wollen Sie sich erleichtern? Aber bitte nur Ihr Gewissen.«

Marc Schnitzler starrte ihn an. »Gibt es bei Ihnen so etwas wie ein Beichtgeheimnis?«

»Sehe ich aus wie ein katholischer Priester?«

»Weiß Gott nicht. Und das meine ich wörtlich … Aber genau dem würde ich alles erzählen.«

»Wem?«, fragte Trockau und spürte, dass er mit seiner gönnerhaften Tour nicht übertreiben durfte. Er schaltete einen Gang runter.

»Einem Priester«, erwiderte Schnitzler etwas pikiert. »Eigentlich gehen Sie die Gründe dafür nichts an. Nur so viel: Zu Zeiten der ehemaligen DDR war mir meine Kirche sehr wichtig und hat mir über vieles hinweggeholfen. Deswegen würde ich unter dem Siegel des Beichtgeheimnisses sprechen. Aber so … einfach zu Ihnen … geht es nicht.«

Schnitzler hatte sehr leise gesprochen. Da seine Augen aber wach und munter dreinblickten, nahm Trockau an, dass er wusste, was er sagte, und dass seine Lautstärke etwas damit zu tun hatte, dass er vielleicht Mithörer befürchtete. Trockau fragte sich, ob der Wunsch nach einem Beichtvater nur der Versuch war, Zeit zu gewinnen, um sich einen Fluchtweg zu eröffnen, oder tatsächlich ein ernst gemeintes Bedürfnis. Vielleicht sogar eine Strategie, die er noch nicht ganz durchschaute?

Trockau war entschlossen, ihm nur die Flucht nach vorn zu lassen. »Das hört sich interessant an. Für solche Fälle habe ich einen Spezialisten. Darf es auch ein Monsignore aus dem Vatikan sein?«

»Solange er dem Beichtgeheimnis unterliegt, ist es mir egal, woher er kommt.«

Schnitzler war tatsächlich gewillt, auf sein Angebot einzugehen. Das fand Trockau interessant.

»Gut, lassen Sie mich ein kurzes Telefonat führen, dann haben Sie heute Nachmittag Ihren Beichtvater.«

Während Marc Schnitzler wie ein armer Tropf am Frühstückstisch saß und an seinem Kaffee nippte, verließ Trockau den Frühstücksraum und telefonierte in dem herrlichen Wintergarten mit Rom.

Als er wieder am Tisch saß, beugte er sich zu Schnitzler vor und verkündete gut gelaunt: »Ihr Beichtvater setzt sich in die nächste Maschine nach Berlin und ist heute am frühen Nachmittag hier. Kopf hoch. Sie können ihm alles anvertrauen. Er hält dicht. Und ich werde schauen, was bei den Untersuchungen im

Kunsthaus herauskommt. Aber zuerst muss ich natürlich mit Ko Chan Tha sprechen. Ich bin gespannt, was er dazu sagen wird.«

Bei der Erwähnung von Ko Chan Tha ließ Schnitzler ein leichtes Stöhnen vernehmen.

»Lieber Herr Schnitzler«, nahm Trockau die erniedrigend gute Laune wieder auf, »Sie haben doch sicherlich nichts dagegen, wenn ich Ihnen bis zur Ankunft des Monsignores eine sehr kultivierte Dame als Gesprächspartnerin zur Seite stelle?«

»Was?«

»Na, wir wollen doch dafür sorgen, dass Sie Ihr Mut nicht verlässt und Sie nicht vorzeitig die Heimreise antreten. Deshalb habe ich mir gestattet – als ich eben draußen war –, nach dem Monsignore eine gute Bekannte meines Unternehmens anzurufen, die Ihnen die Zeit bis zur Ankunft Ihres Beichtvaters zu überbrücken hilft. Sie ist sehr wissbegierig in Fragen der Kunst, hört auf den schönen Namen Guggenstrom und ist die Frau des Museumsdirektors.«

Marc Schnitzler, der zuerst etwas hatte erwidern wollen, klappte den Mund unverrichteter Dinge wieder zu. Offenbar sah er ein, dass er zurzeit nicht in der Position war, Forderungen zu stellen.

Trockau hoffte, dass diese Einsicht bis zur Ankunft seines alten Freundes, Monsignore Kragenbauer, anhalten würde. Der hochwürdige Herr war natürlich kein einfacher Beichtvater, sondern weit mehr als das. Doch das musste Schnitzler nicht wissen.

Der Tag danach

Schweden, Autobahn E 20

Es hatte ein bisschen gedauert, bis Kleiner Bruder den Bus eingeholt hatte. Als die Jungs auf der hinteren Bank das Signal mit der Lichthupe gesehen und dem Busfahrer bedeutet hatten, er solle zu einer Pinkelpause rechts ranfahren, bog der in die nächste Parkbucht ein.

Während alle aus dem Bus stürmten und »so taten, als ob«, kam der Typ, mit dem Kleiner Bruder am Abend zuvor an Bord der Fähre eine Zigarette geraucht und den Deal klargezogen hatte, mit der Kuriertasche zu ihm, und der Austausch fand statt: zwei Flaschen Schnaps gegen die Tasche mit dem Bild. Sie gaben sich die Hand, zwinkerten sich zu, und beide waren überzeugt, ein klasse Geschäft gemacht zu haben – was auch für jeden stimmte.

Der Busfahrer hatte währenddessen sehr interessiert in die Betriebsanleitung seines Busses geschaut, weil er auch mal jung gewesen war und aus schmerzlicher Erfahrung wusste, wie unerschwinglich Alkohol in Schweden bis zum heutigen Tag ist.

Als Kleiner Bruder wenig später mit der Kuriertasche neben sich die spektakuläre Brücke über den Öresund in Richtung Kopenhagen passierte, genoss er den phantastischen Blick über die Weite des Meeres: Mitten über dem Wasser neigte sich diese grandiose Autobahnkonstruktion der Meeresoberfläche zu und führte zu einer künstlichen Insel mitten im Meer, die nichts anderes als eine riesige Tunneleinfahrt darstellte – in den Meeresboden hinein.

Es waren nur noch fünfzehn unterirdische Kilometer bis zum Flughafen Kopenhagen-Kastrup.

Der Tag danach

Rostock, Kunsthaus

Als Trockau im Kunsthaus ankam, war ihm klar, dass einige unangenehme Begegnungen anstanden. Die schwierigste würde die mit Ko Chan Tha sein.

Genau zu der Zeit, zu der Trockau gestern mit ihm ein offenes Gespräch geführt hatte, war er bestohlen worden. Natürlich konnte Trockau nichts dafür, aber irgendwie fühlte er sich verantwortlich für diesen Diebstahl. Andererseits würde Ko Chan Tha, dessen Ziel es war, herauszufinden, was seine Sammlung wert war, bald einen ersten Eindruck auf seinem

Konto vorfinden. Und wer würde diesen Eindruck zahlen? Genau: Trockaus Auftraggeber. Der ihn darum gebeten hatte, dafür zu sorgen, dass nichts schieflaufen konnte. Eine rundum peinliche Situation.

Hätte ihn Ko Chan Tha früher darüber informiert, dass Schnitzler einen Diebstahl in Erwägung zog, wäre das Ganze anders gelaufen.

Trockau wischte diesen Gedanken beiseite, weil ihn das nicht weiterbrachte. Seine Stärke war der kühle Kopf, dem klare Gedanken entsprangen.

Ko Chan Tha selbst hatte das perfekteste Alibi aller Zeiten: Er saß während der Tatzeit mit dem Versicherungsmann und dem Museumsdirektor gemeinsam zu Tisch. War er deswegen jetzt so entspannt?

Trockau sah ihn nur kurz im Vorbeigehen, aber selbst von Weitem war zu erkennen, dass er eine bemerkenswerte Ruhe ausstrahlte. Er ging mit seinem Handy am Ohr durch das Chaos der Ermittlung und telefonierte konzentriert mit … ja mit wem eigentlich? Konnte die Sprache, die er sprach, Burmesisch sein?

Die Stimmung im Museum wurde durch und durch von Guggenstroms Hektik bestimmt. Er bangte verständlicherweise um die Reputation seines Hauses. Trockau hörte, wie er sagte: »Warum wir? Jetzt haben wir ein einziges Mal eine Ausstellung, die die Augen der Kunstwelt auf uns lenkt – und dann das!«

Als Ko Chan Tha sein Handy weggesteckt hatte, kam er auf Trockau zu. »Haben Sie schon mit Schnitzler gesprochen?«, fragte er.

»Gemach, gemach, lieber Ko Chan Tha …«

»Hat er es zugegeben?«, unterbrach ihn der Burmese in vertraulichem Ton.

»Das kann ich Ihnen vielleicht heute Abend sagen«, gab Trockau reserviert zurück. »Tatsache ist jetzt erst einmal, dass der Rothko als echt gelten muss – weil wir das Gegenteil nicht mehr beweisen können. Wir haben ja nur noch Fotos. Die sind zwar sehr gut, aber eben nur Fotos. Damit gibt es für mich nur zwei Möglichkeiten: Entweder ich beschaffe das Bild wieder. Oder mein Auftraggeber muss zahlen.«

Damit ging Trockau zum Büro des Direktors, wo sich Guggenstrom gerade einen doppelten Korn eingeschenkt hatte.

»Lieber Herr Trockau«, rief er, als Trockau das Büro betrat, »gut, dass Sie da sind. Was soll ich denn jetzt machen?«, fragte er weinerlich und kippte den Schnaps hinunter.

»Haben Sie die Polizei informiert?«

»Ja, natürlich. Die fühlen sich aber überfordert von der Größe des Falles. Hier geht's ja immerhin um einige Millionen. Und im Bereich der Kunst kennen sie sich auch nicht aus. Die haben irgendwas von organisiertem Verbrechen und dem LKA gesagt.«

»Wichtig ist jetzt erst mal, dass niemand den Lagerraum betritt und Spuren zerstört. Stellen Sie deshalb Ihren Schäferhund Stuvenbarg davor, damit er außer der Spurensicherung niemanden reinlässt.«

»Gut. Mache ich sofort.«

Er griff zum Telefon und gab Stuvenbarg die Anweisung durch. Als er aufgelegt hatte, beauftragte Trockau ihn, Dr. Schmoller von der Versicherung anzurufen und ihn von dem Raub in Kenntnis zu setzen.

»Könnten Sie das nicht machen?«, fragte Guggenstrom kleinlaut.

»Nein, Sie sind der Versicherungsnehmer, deshalb ist das Ihre Aufgabe. Ich bleibe hier, wenn Sie es wünschen. Sie können ihn mir danach auch geben, aber zuerst müssen Sie den Verlust bei ihm anzeigen.«

Während Guggenstrom die Nummer von Schmoller wählte, schaute Trockau taktvoll aus dem vergitterten Fenster. Nachdem der Direktor schüchtern seine Meldung gemacht hatte, gab er den Hörer weiter.

»Trockau«, meldete er sich.

»Na, das ist ja eine schöne Sauerei«, sagte Schmoller ohne einleitenden Gruß.

»Tja, so kann man das nennen.« Und damit die Parteien auch gleich klare Aufträge erhielten, fragte Trockau mehr oder minder rhetorisch: »Soll ich übernehmen?«

»Ja, sicher. Sie wissen doch besser als ich, dass es bei Kunstdiebstählen auf die ersten Stunden ankommt. Wie beim Schlaganfall.«

Trockau musste grinsen. Schmoller war bekannt für seinen schwarzen Humor.

»Und noch was«, fügte Schmoller hinzu, »wenn wir schon eine Riesensumme an Ko Chan Tha zahlen müssen, weil wir das Museum versichert haben, dann erwarte ich von Ihnen, dass Ko Chan Tha sich bei uns versichern lässt. Mit seiner kompletten Sammlung. Diesen Schaden müssen wir wieder reinholen. Also behandeln Sie ihn freundlich, okay?«

Trockaus Expertentruppe war seit gut einer Stunde bei der Arbeit und sollte ihm inzwischen eine erste Analyse geben können. Er beorderte deshalb alle in die Cafeteria.

Am meisten interessierte ihn, was die Meisterdiebin zu dem Fall sagte.

»Katharina, was meinen Sie, wie der Diebstahl durchgezogen wurde?«

Bois Tochter schien ganz in ihrem Element zu sein. »Okay. Beginnen wir bei den Äußerlichkeiten: Es ist kein Fenster, keine Tür, nichts beschädigt, was auf ein gewaltsames Eindringen schließen lässt. Auch die Dosen an der Außenwand sind unversehrt. Wenn der Täter nachts eingedrungen wäre, hätte er sicherlich als Erstes diese Kabel durchtrennt. Am Tag konnte er sich schlecht daran zu schaffen machen, weil zu viele Leute rein- und rausgingen. Deshalb ist meine Vermutung, dass er tagsüber ins Museum gelangt ist.«

»Halten Sie das für denkbar?«

»Durchaus. Das Museum besteht ja nur aus zwei großen Räumen – einem im Erdgeschoss und einem im ersten Stock. In beiden werden erst noch Zwischenwände für weitere Hängungen aufgestellt, aber die sind alle noch nicht definitiv platziert, weil erst bei der endgültigen Hängung entschieden wird, wo sie benötigt werden. Die Räume sind also noch sehr übersichtlich.«

»Der Haupteingang ist die ganze Zeit verschlossen gewesen«, warf Hedwig ein. Sie sprach langsam, daran merkte Trockau, dass sie laut dachte. »Nur die hintere Tür, durch die wir und die Transporteure ins Haus gelangen, war geöffnet, gestern genauso wie heute. Stuvenbarg musste also nur diese Tür im Auge behalten. Das war sozusagen das Nadelöhr, durch das der Dieb musste.«

»Aber Stuvenbarg passt doch auf wie ein Schießhund«, warf Trockau ein.

»Stimmt. Es stellt sich also die Frage nach dem Wann und weshalb seine Aufmerksamkeit abgelenkt war.«

»Na das dürfte nicht allzu schwer sein«, warf Ernst ein. »Der Kerl rennt doch ständig zur Toilette.«

Trockau schaute ihn nachdenklich an.

»Mich hat er sofort aufgehalten, als ich zum ersten Mal sein Museum betrat.« Beim Wort »sein« machte er mit Zeige- und Mittelfinger beider Hände in der Luft imaginäre Anführungszeichen.

»Macht der hier eigentlich ganz allein den Aufpasser?«, fragte Hedwig.

»Seitdem ich hier bin schon«, warf Trockau ein. »Sollte er das Sicherheitsrisiko sein und nicht die Alarmanlage?«

»Es könnte allerdings auch sein«, sagte Katharina, »dass er auf seinem Platz war, aber den Eintretenden für jemand anderen gehalten hat.«

Trockau schaute sie an. »Sie meinen, für jemanden, den er kennt?«

»Ja, für jemanden, dem er nicht in seiner üblichen Art entgegentreten kann. Also so jemand wie Guggenstrom. Oder Sie. Oder der Burmese. Bei allen dreien würde er den Schwanz einziehen, selbst wenn er etwas Ungewohntes an ihm entdecken würde.«

»Nehmen wir also an, dass Stuvenbarg entweder gerade auf der Toilette war oder dass er den Täter für einen von uns hielt, weil er einem von uns dreien ähnlich sieht. Oder zumindest eine gewisse Ähnlichkeit erzeugt hätte«, fasste Trockau das Gesagte zusammen.

»Täuschen und Tarnen gehört zum Handwerkszeug eines guten Diebes«, merkte Katharina an.

»Okay. In diesem Punkt gibt's also noch ein paar offene Fragen.« Damit ging Trockau zum nächsten Punkt über. »Was hat er gemacht, als er drin war? Was ist mit den Sensorkameras und Bewegungsmeldern, die nachts eingeschaltet sind?«

»*Das* ist interessant. Sie waren tatsächlich eingeschaltet. In der

Zeit von neunzehn Uhr eins bis neunzehn Uhr siebenundfünfzig wurde allerdings nichts aufgezeichnet. Wenn Sie sich die Aufzeichnung anschauen, sehen Sie nur ein schwarzes Nichts. Fast eine ganze Stunde lang. Ab neunzehn Uhr siebenundfünfzig bis zwanzig Uhr siebenunddreißig gibt es dann Flimmern, das immer schwächer wird, und ab zwanzig Uhr siebenunddreißig sieht man auf allen Kameras wieder die üblichen leeren Räume. Das heißt, in der Zeit, in der es schwarz ist auf der Speicherplatte, wurde etwas gelöscht.«

»Könnte es einen Mittäter gegeben haben?«

»Natürlich will ich das nicht ausschließen, aber in jedem Fall hätte die Polizei etwas mitbekommen müssen.« Ein jungenhaftes Grinsen huschte über ihr Gesicht und zeigte Trockau, dass es ihr gefiel, wie die Polizei an der Nase herumgeführt worden war.

»Ernst«, wandte sich Trockau an den Mann fürs Schöne, der zusammen mit seinem Zwillingsbruder, Hedwig und Boi Katharinas Ausführungen zugehört hatte, »könntest du beim E-Werk anrufen, ob es heute Nacht einen Stromausfall gegeben hat? Und auch gleich bei der Polizeiwache den Verantwortlichen der heutigen Nachtschicht ausfindig machen und ihn fragen, ob er was gemerkt hat. Vielleicht läuft er auch draußen in dem Gewusel rum. Die Polizei ist ja per Standleitung mit dem Museum verbunden und müsste eigentlich was mitgekriegt haben. Bitte weiter, Katharina.«

»Ich nehme anhand des gelöschten Zeitraums an, dass das unsere Tatzeit ist«, fuhr Katharina fort. »Neunzehn Uhr eins bis zwanzig Uhr siebenunddreißig.«

»Warum ist das so eine krumme Zeit? Neunzehn Uhr eins?«, wollte Trockau wissen.

»Das könnte dafür sprechen, dass er sich hat einschließen lassen. Gegen achtzehn Uhr dreißig wird das Museum geschlossen. Dann hat er eine gewisse Zeit gewartet, um sicherzugehen, dass auch wirklich keiner mehr im Haus ist. Und dann könnte er sich im absoluten Zeitlupentempo aus seinem Versteck hinausbewegt haben, um die Bewegungssensoren nicht auszulösen, sich zur Sicherheitsanlage vorgearbeitet und die Alarmanlage ausgeschaltet haben. Vielleicht hat er auch nur die Verbindung zur Polizei gekappt. Ab diesem Zeitpunkt hätte er sich jedenfalls frei bewegen können, um am Ende die Festplatte zu löschen. Wie das Flimmerbild zustande gekommen ist, weiß ich nicht. Vielleicht wurden die WLAN-Daten durch ein anderes Signal überlagert.«

»Was sagt unser Technik-Genie August zu Katharinas Vermutung?«

»Ich finde diese WLAN-Leitungen grundsätzlich schlecht. Viel zu leicht zu stören. Das kriegt man bereits mit einem leistungsfähigen Störsender hin. Da hat Katharina völlig recht. Ich weiß allerdings nicht, wie er den ins Haus gekriegt haben will.«

»Gut, und dann, Katharina? Was, glauben Sie, hat er dann getan?«, fragte Trockau.

»Ich habe mich nur kurz im Lagerraum umschauen können, ehe Guggenstrom seinen Schießhund Stuvenbarg da aufmarschieren ließ …«

»Schrecklicher Kerl«, warf Boi ein.

»*Ich* habe Guggenstrom empfohlen, ihn dort aufzustellen«, stellte Trockau richtig.

»Hoffentlich haben Sie da nicht den Bock zum Gärtner gemacht«, fuhr Katharina fort. »Egal. Ich habe auf jeden Fall am Boden des Tatorts die Spannkeile und einige Leinwandfäden gesehen. Ich gehe deshalb davon aus, dass er die Leinwand vom Keilrahmen getrennt und zusammengerollt mitgenommen hat.«

»Und der Bilderrahmen?«

»Der steckt wieder in der Klimakiste. Die Arbeiter haben so früh gemerkt, dass das Bild geklaut wurde, weil der Rothko als Erstes heute probegehängt werden sollte.«

»Was ist mit dem Keilrahmen?«

»War auf den ersten Blick nicht zu finden. Der müsste auffallen mit seinen Maßen von … Moment …«, Katharina schaute auf einen Zettel, »zweihundertsechs mal achtundneunzig Zentimetern. Als Rolle war das Bild also nur knapp einen Meter hoch, muss aber ziemlich dick gewesen sein. Trotzdem passt so was in einen Rucksack.«

»Bleibt die Frage: Wo ist der Keilrahmen? Er wird ja wohl nicht Latten von gut zwei Meter Länge durch die Gegend getragen haben?«, meinte Trockau.

»Hier im Museum scheinen sie jedenfalls nicht zu sein. Da habe ich mich schon umgeschaut«, antwortete Katharina.

»Und wie ist er wieder rausgekommen?«

»Der Rahmen?«

»Der Dieb.«

»Kein Problem, wenn man mal drin ist. Die Metalltür hinten ist ein Schweizer Fabrikat. Die hat unten, wo der Schließmechanismus ist, statt eines Schlüssellochs innen nur ein Rad, mit dem man die Verriegelung ohne Schlüssel öffnet.«

»Hört sich so an«, schlussfolgerte Trockau, »als ob der Dieb Insiderkenntnisse vom Museum hatte. Nur so lässt sich die sehr präzise Durchführung erklären.«

Katharinas Analyse war zwar gut, brachte Trockau aber nicht wirklich weiter. Er wollte ihr gerade eine weitere Frage stellen, als Ernst zurückkam.

»Kein Alarm bei der Polizei. Nichts«, berichtete er. »Und auch kein Stromausfall diese Nacht in ganz Rostock. Alles lief störungsfrei, trotz der vielen Windkraftwerke in der Umgebung. Kein Spannungsverlust. Nirgendwo.«

»Das habe ich mir gedacht«, sagte Katharina. »Ich muss mir noch mal die Festplatte des Aufzeichnungsgeräts im Direktionsbüro genauer anschauen.« Und damit entschwand sie.

»Wenn der Dieb hier um zwanzig Uhr raus ist und der Diebstahl erst um acht Uhr heute Morgen entdeckt wurde, dann hatte er zwölf Stunden Zeit zu fliehen …«

»Mit dem Auto schafft er in der Nacht spielend eine durchschnittliche Reisegeschwindigkeit von hundertdreißig, hundertvierzig Stundenkilometer. Das ist sehr viel. Vor allem, wenn er nicht auffallen wollte. Das wären dann …«, August rechnete im Kopf, »eintausendsechshundertachtzig Kilometer. Da er auch noch mal pennen musste – wenn er allein war –, hier und da bei einer Baustelle langsamer fahren musste und auch mal eine Pinkelpause notwendig war, könnte er also problemlos tausend Kilometer geschafft haben. Das bedeutet, er kann …«, er überschlug die Entfernungen, » … von Berlin über Warschau und Prag bis Kopenhagen und Zürich alle großen Städte mit exzellenten Flugverbindungen in alle Welt erreicht haben. Und von dort mit der ersten Maschine nach … tja, dahin fliegen, wo er gerade hinwollte.«

Der Tag danach

Flughafen Kopenhagen-Kastrup

Kleiner Bruder beeilte sich, seinen Wagen im Parkhaus abzustellen. Wo, war ihm egal. Er würde ihn ohnehin nicht mehr brauchen. Er nahm Reise- und Kuriertasche und schlug die Tür einfach zu. Einen Schlüssel hatte er sowieso nie gehabt, und wer den Wagen jetzt klauen wollte, würde ihm einen Gefallen tun, weil er die Aufmerksamkeit der Polizei auf alles Mögliche lenken würde, nur nicht auf ihn. In einer Mischung aus Erleichterung, kurz vor dem Ziel zu sein, und konzentrierter Wachheit, um auf der Zielgeraden nicht noch zu stolpern, ging er zur Abflughalle.

Auf dem Weg zum Check-in-Schalter machte er halt in einem Geschäft für Herrenbekleidung, das gerade seine Türen geöffnet hatte. Die Verkäuferin sollte später einer Freundin erzählen, dass dieser Tag »total super« angefangen habe, denn ihr erster Kunde habe sich umfassend bei ihr eingekleidet: »Einen dunkelblauen Boss-Anzug mit hellbraunem Gürtel, zwei Hemden – eins gestreift, eins in hellblau –, ein Paar Schuhe, Größe vierzig, zwei Paar Socken, ein paar T-Shirts samt Slips.« Er habe nicht nur alles bar bezahlt, sondern »supergroßzügig seine Euro in dänische Kronen umgerechnet«.

Das Gleiche machte er im nächsten Geschäft, als er einen Rimowa-Koffer erstand. Noch im Laden packte er die Kuriertasche mit dem Bild und alles, was er in seiner alten Reisetasche dabeigehabt hatte, in den Koffer. Das Necessaire verstaute er in der großen Tüte mit den Boss-Sachen. Die alte Reisetasche ließ er gleich im Laden und bat den Verkäufer, sie wegzuwerfen, dann ging er zum Check-in.

Als die junge Dänin hinter dem SAS-Counter seine Daten aus dem Pass eingab, auf die sein Business-Flug nach Saigon gebucht war, stutzte sie: »Sie sind heute Morgen auf der Maschine Prag–Kopenhagen eingecheckt gewesen, haben den Flug aber nicht angetreten und sind hier als ›No show!‹ vermerkt. Deshalb ist Ihr gesamter Flug gecancelt worden.«

Zum ersten Mal spürte Kleiner Bruder einen Anflug von Nervosität. *Das* hatte er heute Nacht natürlich nicht bedacht, als er nach der Verfolgungsjagd seinen Fluchtplan komplett umgestoßen und improvisiert hatte.

Er legte all seine Schauspielkunst in sein Gesicht und fragte halb irritiert (echt) und halb verärgert (gespielt): »Hat Sie denn meine Sekretärin nicht informiert? Ich bin schon gestern Abend in Ihre schöne Stadt gekommen.« Er blickte (hoffentlich beeindruckend) zornig auf seinen Computerauszug und legte in einem freundlicheren Ton nach: »Können wir da noch was machen? Der Flug ist schließlich schon bezahlt.«

Kleiner Bruder sah zwar ziemlich übermüdet und zerknittert aus, doch machte seine asiatisch getönte Haut, sein Business-Class-Ticket und sein bestimmtes Auftreten den Eindruck eines Mannes, der die letzte Nacht nach einem erfolgreichen Geschäftsabschluss zum Tag gemacht hatte. Genau diesen Eindruck wollte er bei der freundlichen jungen Frau am Counter auch erreichen.

Die junge SAS-Mitarbeiterin hackte auf ihre Computertastatur ein. »Schauen wir mal, was wir für Sie tun können. Das Ticket ist ja nicht verfallen, sondern …«, mit gerunzelter Stirn sah sie auf die Tarifkürzel, » … ja genau, es ist umbuchbar.« Sie hackte weiter.

Business-Passagiere bekommen eindeutig eine Vorzugsbehandlung, dachte Kleiner Bruder. Das hatte der alte Cuong richtig eingeschätzt.

Dann: »Sogar ein Fensterplatz, wenn Sie mögen.«

»Wunderbar, dann kann ich endlich schlafen«, sagte er mit entwaffnendem Lächeln. Sie lächelte kokett zurück.

»Soll ich den Koffer gleich bis Saigon durchchecken?«

»Sie sind ein Schatz!«

Kleiner Bruder sah dem Koffer, der mit einem lauten »Klock« hinter dem Counter von einem Förderband auf das nächste rumpelte und dabei planmäßig umkippte, mit einem Gefühl des

Triumphes nach. Hunderttausend Dollar fahren dahin, dachte er. Und wusste nicht, dass er sich um das Vier- bis Fünfhundertfache vertan hatte.

Charmant erkundigte er sich bei der jungen Frau, ob er vor Flugantritt in der Business-Lounge der SAS duschen könne. Sie schenkte ihm ein strahlendes Lächeln und ein stolzes »of course«. Aber das war keine wirkliche Neuigkeit für ihn, denn das hatte er im Netz bereits recherchiert gehabt und deshalb diesen Airport von Anfang an favorisiert.

Nachdem er Bordkarte und Anschlussticket erhalten hatte, verabschiedete er sich mit einem Lächeln und wandte sich der Sicherheitskontrolle zu. Er schlenderte zur Schlange, die sich dort schon um kurz nach acht gebildet hatte – Kastrup war der größte Flughafen Skandinaviens mit sechzigtausend Passagieren täglich. Ein weiterer Grund, warum Kleiner Bruder diesen Airport bevorzugt hatte. Hier konnte er ganz einfach untertauchen.

Worin er sich irren sollte.

Der Tag danach

Rostock, Kunsthaus

»Was gibt es sonst noch?«, fragte Trockau die versammelte Runde seiner Mitarbeiter.

Hedwig äußerte, dass Schnitzlers Expertise für sie mehr als fragwürdig war, und fügte hinzu: »Es kann auch nur ein Gerücht sein, aber ich habe von einem anderen Experten gehört, dass Schnitzler früher ein IM bei der Stasi gewesen sei. Aber«, so fügte sie hinzu, »ihr wisst ja, dass sich Kunstexperten grundsätzlich nicht besonders grün sind und gerne übereinander herziehen. Ich habe dieser Aussage gestern nicht viel Wahrheitsgehalt beigemessen, denke aber, dass ihr das bei der aktuellen Entwicklung wissen solltet.«

Hedwig war wie immer umfassend informiert – und interpretierte dieses Wissen höchst korrekt.

Trockau stellte seine nächste Frage: »Wenn der Täter heute Nacht alle Flughäfen im Umkreis von tausend Kilometern bequem erreichen konnte, sieht es nicht so aus, als ob wir ihn noch kriegen könnten … aber oftmals liegt das Gute so nah. Wer checkt, wann die letzte Fähre nach Dänemark ging und welche Autos mitgefahren sind?«

Hedwig übernahm das, weil sie jemanden bei der königlich-dänischen Polizei kannte, der ihr bei dieser und weiteren Recherchen behilflich sein konnte. Boi, der noch neu im Team war, zeigte sich beeindruckt.

»Ihr seid ja bestens vernetzt«, bemerkte er anerkennend.

»Nicht wir«, korrigierte Trockau ihn, »Hedwig.« Dann schaute er die verbliebenen drei Männer seines Teams düster an. »Wenn wir diesen Kerl nicht ganz schnell in die Finger kriegen, dann müssen wir uns wer weiß was ausdenken, um wieder an den Rothko zu kommen.«

Der Tag danach

Flughafen Kopenhagen-Kastrup

Kleiner Bruder stand gedankenversunken in einer der Schlangen, als ihm jemand mit der flachen Hand auf den Hintern klatschte.

»Na, du kleiner Racker, warum bist du denn gestern so schnell abgehauen?«, hörte er eine schrille Männerstimme hinter sich.

Kleiner Bruder drehte sich um und schaute einem verzückt lächelnden kleinen Mann ins Gesicht, den er nicht kannte. Das erwartungsvoll blickende Kerlchen steckte in orangefarbenen Jeans, die ihm eindeutig zu eng waren. Dazu trug er ein dunkelgrünes Sakko, das ebenfalls viel zu knapp saß, über einem cremefarbenen Hemd. An den Armen mehrere Armbänder und ein Ring an seiner Linken.

Beherzt griff Kleiner Bruder nach den Handgelenken des Typen und drehte sie unsanft um, sodass er in die Handflächen blicken konnte. Er sah, was er sehen wollte: Aus der Innenseite des Rings ragte ein spitzer Dorn.

Das schrille Männlein wollte gerade einen ebenso schrillen Schrei ausstoßen, als Kleiner Bruder dessen Hände blitzschnell mehrfach zusammenschlug. »Oh, mein Süßer, welche Freude, dich wiederzusehen!«, rief er im gleichen Tonfall. »Du musst aber nicht vor allen Leuten gleich applaudieren.«

»Aua, du tust mir weh!«, konnte die zu enge Jeans gerade noch murmeln, dann wurde sie still. Kleiner Bruder fing den Kerl auf, ehe er zu Boden sinken konnte, und vermied es, mit der Ringhand in Kontakt zu kommen.

Blitzschnell hatte der Jäger in ihm begriffen, dass er vor einem zweiten Angriff mit Nervengift innerhalb von zwölf Stunden gestanden hatte. Vielleicht war die orangefarbene Jeans sogar der Blasrohr-Attentäter aus Rostock. Kleiner Bruder hatte zwar nicht den blassesten Schimmer, wie der ihn hier hatte finden können, aber das stand auch nicht zur Klärung an. Jetzt hieß es, die Lawine zu reiten.

»Du sollst dich doch nicht immer gleich so aufregen«, sagte er laut. »Sonst kriegst du gleich wieder Nasenbluten und ruinierst dir deine tolle neue Jeans.«

Rasch legte er sich den Arm des Mannes um die Schulter, achtete weiter darauf, dass er nicht mit dem Ring in Berührung kam, und führte ihn fort, als ob er ihn stützen würde.

»Entschuldigen Sie, mein Freund ist sooo sensibel«, sagte er zu den Umstehenden, die das kurze Spektakel amüsiert beobachtet hatten, und schleifte ihn zur nächsten Herrentoilette.

»Schatzi, Schatzi, so geht das aber nicht«, schwatzte er auf den leblosen Kerl ein, »du darfst nicht immer so viele von den bunten Pillen einwerfen, wenn wir fliegen wollen. Jetzt bist du schon so oft geflogen und hast immer noch Angst davor. Aber du siehst doch, mit diesen dummen, dummen Pillen wird's auch nicht besser.«

Im Waschraum der Herrentoilette war nichts los, weshalb Kleiner Bruder den Mann zu Boden gleiten ließ. Ein Blick in die Toilettenkabinen zeigte, dass auch dort keiner war. Kleiner Bruder schleifte den Typen in die hinterste Kabine und wuchtete ihn auf die Schüssel. Mit geschickten Handgriffen zog er ihm die Krawatte vom Hals, riss von der Toilettenpapierrolle ein paar Meter ab, knüllte sie zusammen und steckte sie ihm als Knebel in den Mund. Dann befestigte er den Knebel mit der Krawatte, damit ihn der Typ nicht aus dem Mund drücken konnte. Als Nächstes öffnete er ihm die Hose und zog sie ihm bis auf die Knöchel runter. Falls jemand von unten in die Kabine schauen sollte, sah es so aus, als ob jemand eine »Sitzung« abhielte. Zum Schluss fesselte er ihm mit dessen Gürtel die Hände so, dass ihm der Dorn des Ringes auch weiterhin ins Fleisch stach.

Als das geschafft war, schaute er sich den Typen näher an. Dieser Kerl hatte versucht, ihn ins Reich der Träume zu schicken, und das so kurz vor dem Ziel!

Kleiner Bruder holte aus, so gut es in der Enge der Kabine ging, und gab ihm eine Ohrfeige. Und weil es so schön war, gab er ihm noch eine … und noch eine. Das half zwar dem Typen nicht zurück ins Bewusstsein, tat aber Kleinem Bruder gut. Die ganze Anspannung der letzten achtundvierzig Stunden lag in den Schlägen.

Dann riss er sich wieder zusammen. Vor ihm lehnte nur ein lebloser Fleischklops mit heruntergezogenen grellen Hosen, entgleisten Gesichtszügen und roten Ohren.

»Eigentlich ekelig«, murmelte Kleiner Bruder. Er zog ein Augenlid des Unbekannten nach oben. Die Pupille war geweitet. Der Typ tat keinen Mucks. Tot war er jedenfalls nicht. Sein Puls ging gleichmäßig.

Kleiner Bruder durchsuchte die Taschen des Unbekannten und fand einen Personalausweis auf den Namen Joachim von Plittwitz und ein Handy. Er steckte beides ein.

Anschließend verriegelte Kleiner Bruder die Tür der Toilettenkabine von innen. Mit einem Schritt auf das Knie des Typen und einem auf den Spülkasten zwängte er sich über die Trennwand in die nächste Toilettenkabine.

Gerade als er mit dem einen Fuß auf dem Toilettenkasten stand und mit dem anderen auf der Klobrille, hörte er, wie zwei Männer den Waschraum betraten. Lautlos glitt er auf den gekachelten Boden und drückte die Spülung. Die Tür war nicht verriegelt, und jeden Augenblick konnte einer der Männer die Toilettenkabine betreten. Und tatsächlich, gerade als er die Tür von innen aufzog, drückte von außen jemand dagegen.

»Oh, sorry«, sagte der Mann lachend, während Kleiner Bruder ihn kurz checkte. Gefahr oder nicht?, schoss es ihm durch den Kopf. Aber der Typ trug die übliche graue Uniform der Businessreisenden, verschwand sofort in der Kabine und verriegelte sie von innen.

Kleiner Bruder verzichtete auf das Händewaschritual, weil er dem zweiten Mann im Waschraum nicht den Rücken zukehren wollte. So hatte er es vor Jahren in der Einzelkämpferausbildung gelernt. Er verschwand ungewaschen und überließ den schrillen Plittwitz in seiner verschlossenen Kabine der entgiftenden Tätigkeit seiner Leber.

Kleiner Bruder stellte sich wieder in der Schlange zur Sicherheitskontrolle an.

Als er an der Reihe war, fragte eine Sicherheitsbeamtin: »Na, geht's Ihrem Freund wieder besser?«

Kleiner Bruder schaute sie an und sagte so tuntig, wie er konnte: »Leider nicht, ich habe ihn in ein Taxi gesetzt und nach Hause geschickt. Er nimmt einfach immer zu viele Pillen gegen seine Flugangst, und dann klappt er jedes Mal zusammen. Ich habe das schon zweimal erlebt, mir reicht's jetzt!«

Der kräftige Sicherheitsbeamte, der ihm am Ende des Durchleuchtungsbandes die flache Wanne mit seinen Habseligkeiten hinschob, sagte lächelnd: »Warum müsst ihr Jungs immer so einen Lärm machen? Ich regle das mit meiner Frau viel geräuschloser.«

Kleiner Bruder spielte seine Rolle konsequent weiter, schaute ihn anzüglich an und säuselte: »Vielleicht sollten wir mal zusammen ausgehen, wenn ich wieder zurück bin …«, und nach einem raschen Blick auf die Ausweiskarte, die der Beamte am Hemd trug, hauchte er: » … Olaf!«

Der Beamte wurde rot und murmelte: »Lass mal gut sein …«

Kleiner Bruder drehte sich mit einer zickigen Bewegung von ihm weg – »Na dann nicht!« – und ging.

Hinter der nächsten Ecke verlangsamte er seinen Schritt, warf die Tuntenrolle ab und schaltete auf »unauffällig«. Er wollte bis zur Business Lounge keine weitere Zwischenfälle provozieren, sondern nur eins: duschen und endlich frische Sachen anziehen.

Der Tag danach

Rostock, Kunsthaus

Hedwig kam mit einem triumphierenden Blick in die Cafeteria zurück.

»Ich habe da was Interessantes«, sagte sie und hatte sofort die Aufmerksamkeit aller. »Die dänische Polizei hat gestern Abend nichts Außergewöhnliches registriert. Aber: Es gibt drei Fährverbindungen von Rostock aus, und zwar nach Gedser in Dänemark, nach Trelleborg in Schweden und nach Helsinki im schönen Finnland. Damit erweitern sich die Möglichkeiten noch mehr«, berichtete sie mit einem Lächeln.

»Na toll«, brummte August. »Und was ist daran ›interessant‹?«

»Dass gestern Abend zur letzten Fähre nach Trelleborg kurz vor Ablegen noch zwei Autos in den Hafen gerast kamen, die unbedingt mitwollten. Sie gehörten zwar nicht zusammen, fielen aber auf, weil beide von Asiaten gefahren wurden. Das sagt zwar noch nichts Genaues, könnte aber für unsere These sprechen, dass Stuvenbarg den Dieb für jemand anderen gehalten hat. Zum Beispiel für den Burmesen.« Und etwas spitz fügte sie zu August gewandt hinzu: »Burma liegt in Asien.«

August, der Hedwig ein bisschen verehrte, brummelte etwas in sich hinein, was niemand richtig verstand.

»Und wieso«, warf Trockau ein, »kommen die Dänen darauf, dass die Wagen nicht zusammengehörten?«

»Weil das eine ein Skoda Kombi mit dem Kennzeichen NVP für Nordvorpommern war und das andere ein Audi aus Berlin. Beide hatten nicht reserviert, konnten aber mitgenommen werden, weil wenig los war an Bord.«

»Aber warum gehörten sie nicht zusammen?«, hakte Trockau noch mal nach.

»Weil der Skoda ein Privatwagen war und der Audi ein Botschaftsfahrzeug.« Hedwig unterstrich diese Nachricht mit einer kunstvollen Pause und fügte hinzu: »Von der Botschaft der Republik Myanmar.«

»Ach nee!«, sagte Trockau gedehnt und setzte sich.

»Myanmar?«, fragte August verständnislos.

»Das ist der offizielle Name von Burma«, sagte Hedwig in seine Richtung. Dann fuhr sie fort: »Die Fähre ist heute Morgen um sechs Uhr fünfzehn in Trelleborg angekommen. Dort hat das Botschaftsfahrzeug noch im Hafen umgedreht, ist wieder auf die Fähre und mit ihr nach Rostock zurückgefahren. Aber erst, nachdem der Skoda von den Leuten aus dem Botschaftsfahrzeug gründlich untersucht worden ist. Zumindest hat das ein Angestellter des Fährschiffes seinem Kapitän so erzählt.«

»Wie hast du *das* rausgefunden?«, fragte Trockau beeindruckt.

»Jede der drei Fährverbindungen wird von einer eigenen Reederei betrieben. Man muss nur drei Telefonate führen und nach besonderen Auffälligkeiten fragen, dann weiß man's.«

»›Man‹ nicht. *Du* weißt es dann. Kennst du da wieder jemanden?«

»Na ja, der Hafenchef hier in Rostock hat für mich mal rumgefragt. Informell. Du verstehst.«

»Natürlich.« Trockau grinste anerkennend.

Genau das war der Grund, weshalb Trockau Mitarbeiter wie Hedwig am liebsten in Gold aufgewogen hätte. Durch sie erfuhr er schnell und unbürokratisch, was er zu wissen wünschte – und konnte seine nächsten Schritte überlegen.

»Das ist bis jetzt der einzig konkrete Verdachtsmoment, mit dem wir etwas anfangen können, oder?«, fragte Trockau in den Raum. Keiner antwortete, nur Hedwig lächelte und freute sich offensichtlich über ihren Scoop.

»Dann verfolgen wir diese Spur jetzt weiter.«

Trockau und sein Team schauten bei Google Maps nach, wie weit es von Trelleborg zum nächsten Flughafen war, und wussten: Wer auch immer in dem Skoda aus Nordvorpommern saß – ab acht Uhr konnte er am Flughafen Kopenhagen gewesen sein. Deshalb mussten alle Flüge aus Kopenhagen gecheckt werden. Sie konnten ihn noch erwischen. Wenn auch knapp.

»Hedwig, jetzt musst du noch mal ran und deinen Kontakt zur dänischen Polizei aktivieren.« Trockau spürte, wie ihre Arbeit Fahrt aufnahm. Vielleicht hatten sie das Bild schon am Abend zurück. Doch Hedwig rührte sich nicht von der Stelle, griff auch nicht zum Handy, sondern steckte sich ganz konzentriert eine Zigarette an.

»Was ist, Königin der kurzen Drähte? Warum gibst du nicht Gas?«, fragte Trockau mit leiser Ungeduld in der Stimme.

»Chef«, antwortete Hedwig leicht vorwurfsvoll. »Bin *ich* der Neuzugang im Team oder Katharina? Das läuft alles schon. Die königlich-dänische Polizei hat seit« – sie schaute auf ihre Uhr – »*jetzt* zehn Streifen im Flughafengebäude von Kopenhagen im Einsatz, und ein weiteres Team telefoniert alle Fluggesellschaften ab, die heute bis Mittag nach Asien fliegen. Das sind genau neunzehn. Sie suchen nach Asiaten, die es mehr oder weniger eilig haben, das Land auf dem Luftweg zu verlassen. Das ist nicht viel, aber wenigstens etwas.« Und damit lächelte sie Trockau auf ihre huldvoll aristokratische Weise an.

»Hedwig«, sagte er aufrichtig beeindruckt, »du bist die Beste!«

Der Tag danach

Flughafen Kopenhagen-Kastrup

Die Dame am Eingangscounter der Business Lounge versprach, Kleinen Bruder zu holen, kurz bevor es zum Boarding ginge, und erklärte ihm den Weg zu den Duschen.

Dort legte er seine Kleidung ab, die er seit beinahe dreißig Stunden am Leib getragen hatte, sortierte seine Papiere und steckte sie in den Boss-Anzug. Dabei fiel ihm ein, dass er sein Portemonnaie, das er für gewöhnlich in der Gesäßtasche rechts trug, heute links eingesteckt hatte, weil es beim Dösen in der

Fährenkabine gedrückt hatte. Als er es aus der linken Tasche zog, sah er, dass es ein Einstichloch aufwies. Jetzt wurde ihm klar, warum das Gift aus dem Ring ihm nichts hatte anhaben können. Die Nadel war in seiner Geldbörse stecken geblieben! Er grinste. Die Sterne standen eben günstig.

In diesem Bewusstsein stellte er sich in den heißen Strahl der Dusche. Welch ein Genuss. Er legte den Kopf in den Nacken und ließ sich das warme Wasser übers Gesicht und den ganzen Körper laufen.

Das Wasser spülte nicht nur die Spuren des Einbruchs, von Flucht, Autofahrt und Unfall fort, sondern vor allem die lange Nacht auf der Fähre und den Schreck mit diesem Plittwitz. Es ließ seinen Panzer der Anspannung aufplatzen und öffnete seine Poren wieder der Gegenwart. Er atmete tief ein und wieder aus und spürte zum ersten Mal wieder so etwas wie Weichheit und Leben in sich. Nach einer endlos scheinenden Zeit unter dem Wasserstrahl wusch er sich die Haare und rasierte sich. Noch dampfend stieg er aus der Dusche und hüllte sich in eines der dicken Handtücher. Mit einem zweiten rubbelte er sich die Haare trocken, nahm ein Kleenex aus dem Spender am Waschtisch und schnäuzte sich. Dann schlüpfte er in seine neuen Boss-Sachen. Jetzt war er wieder Mensch, und die Welt sah hell und freundlich aus – sogar im gekachelten Duschraum der Business Class.

Ehe er in die Lounge hinaustrat, stopfte er die getragenen Kleidungsstücke in einen der großen Klappmülleimer – mit dem Personalausweis dieses Plittwitz darin. Sollte er ruhig Probleme an der Grenze oder wo auch immer bekommen. Ein bisschen Rache musste sein.

Frisch und sauber trat Kleiner Bruder an das kleine Buffet in der Lounge und genehmigte sich ein phantastisch belegtes Smørrebrød und eine Latte macchiato. Durch das Fenster sah er auf die Landebahn des Flughafens und war sehr mit sich zufrieden.

Good job, lobte er sich in Gedanken und streckte die Beine aus. Gleich würde er im Flieger den Sitz in Liegeposition bringen, die Schlafbrille aufsetzen und erst einmal ein paar Stunden schlummern. Doch bis dahin musste er wach bleiben.

Mach nicht auf den letzten Metern schlapp, sagte er sich und bestellte den ersten von vielen noch folgenden Espressi. Danach widmete er sich dem Handy, das er Plittwitz abgenommen hatte.

Die Anrufliste verzeichnete alle möglichen Nummern, die erste hatte die Vorwahl 0053. Aus seiner Zeit in Ostberlin wusste er, dass das die Vorwahl von Kuba war. Erst der burmesische Auslandsgeheimdienst, jetzt Kuba. In was war er da nur hineingeraten?

Es war jetzt Viertel vor zehn. In einer Stunde würde das Boarding beginnen. Er spürte Unruhe in sich aufsteigen. Langsam begannen sich seine Nerven zu melden. Er schloss die Augen, atmete tief aus – und spürte, wie er wieder ruhig wurde.

Er machte sich daran, die SMS dieses Plittwitz anzusehen. Hoffentlich waren sie nicht auf Spanisch. Das konnte er nämlich nicht. Aber als er die Nachrichten durchging, zeigte sich: Sie waren auf Deutsch. Die meisten hatten die Vorwahl 0041 – kamen also aus der Schweiz. Interessant.

Plittwitz hatte einen gewissen Hausmann in achtzehn Nachrichten über seine Beobachtungen um das Rostocker Museum informiert. Da stand auch, dass er den »Vietcong« mit seiner bewährt lautlosen Methode »umblasen« wolle. Kleiner Bruder grinste. Jetzt war Plittwitz selbst umgeblasen und lag als »Platt-Witz« da, wo er hingehörte – auf dem Klo. Etwas später las er: Er habe den »Vietcong« verloren. In einer anderen SMS stand etwas von einem Tipp, den er bekommen habe, und dass er es heute am Flughafen Kopenhagen versuchen wolle.

Hausmann – Kleiner Bruder wusste nicht, ob das ein Pseudonym war oder nicht – hatte zurückgeschrieben, dass er auf dem Laufenden gehalten werden wolle. Das konnte er haben.

»Alles klargegangen«, simste Kleiner Bruder, »habe das Bild. Wo sollen wir uns treffen wg. Übergabe?« – und schickte sie ab.

Das versprach ein lustiges Spiel zu werden – ehe er abflog. So wurde er wenigstens nicht müde. Er sollte recht behalten: Hausmann würde ihn munter machen.

Der Tag danach

Rostock, Cafeteria im Kunsthaus

Trockau hatte sich im Kunsthaus in die hinterste Ecke des Cafés verzogen. Er wollte in Ruhe nachdenken.

Der Vorteil, sich nicht wie ein Polizist mit verfahrenstechnischen Fragen während der Ermittlungen und nachher mit spitzfindigen Anwälten herumärgern zu müssen, hatte auch einen Nachteil: Er konnte keine Hilfe von amtlichen Behörden erwarten. Er war als privatwirtschaftlicher Ermittler immer auf sich gestellt – und auf die Fähigkeiten seines Teams. So auch jetzt. Er konnte schneller als die Behörden sein und ihnen vielleicht Tipps geben, damit sie ihren manchmal schwerfälligen Erkenntnisprozess abkürzten. Aber in Fällen wie diesem, wenn der Täter mit der Beute schon über die Grenze war, wurde es eng für ihn. Und wenn der Dieb Kopenhagen erst mal verlassen hatte, dann musste Trockau einen ganz anderen Weg finden, um wieder an das Bild zu gelangen. Aber noch war nicht aller Tage Abend.

Der Tag danach

Flughafen Kopenhagen-Kastrup

Kleiner Bruder saß beim vierten Espresso, als Plittwitz' Handy vibrierte. Es war eine SMS eingegangen.

»Famos, Plittwitz!«, stand da. »Setzen Sie sich in die nächste Maschine nach Madrid. Wir treffen uns am Flughafen, wo wir das Wirtschaftliche regeln. Wie wäre es als Bonus mit einer neuen R-Klasse? Wenn das Bild in Madrid ist, reden wir darüber. Lassen Sie es sich nicht wieder abnehmen. Venceremos! H.«

Er ging zu der jungen Frau am Empfang der Business Lounge und fragte nach dem nächsten Flug nach Madrid.

Dann schrieb er die nächste SMS: »Hallo, Chef. Komme um neunzehn Uhr fünf mit der IB 3309 in Madrid an. Rechne definitiv mit einem Bonus. Denke an eine S-Klasse. Bei mir steht zurzeit das Telefon nicht still. Meine Quellen meinen, das Bild sei …« Kleiner Bruder hatte keine Ahnung, was er schreiben sollte, und tippte einfach eine hohe Zahl ein, »fünfundzwanzig Mio wert!«

Er lachte. Die Sache machte ihm Spaß.

Plötzlich berührte ihn jemand an der Schulter. Jäh drehte er sich um.

»Oh, Verzeihung«, sagte die junge Dame vom Counter der Business Lounge und zog schnell die Hand weg. »Ich wollte Sie nicht erschrecken, aber Sie sollten sich langsam fertig machen. Wir beginnen in einer Viertelstunde mit dem Boarding für die Business Class.«

Kleiner Bruder bedankte sich erleichtert und rappelte sich auf. Eigentlich hatte er das Handy auf dem Weg zum Gate unauffällig in einem Mülleimer entsorgen wollen, aber jetzt entschloss er sich, es mitzunehmen. Das SMS-Spiel mit diesem Hausmann gefiel ihm.

Er trank einen letzten Schluck Mineralwasser, nahm sein Handgepäck und ging zur Tür.

Der Koffer mit dem Bild war im Bauch des Flugzeugs in Sicherheit; er selbst ging neu eingekleidet der luxuriösen Atmosphäre der Business Class der Singapore Airlines entgegen. Nicht nur in Vorfreude auf den Schlafsessel, sondern auch, weil er das Gefühl hatte, es sich verdient zu haben.

Kleiner Bruder schlenderte mit seinem Handgepäck dem Gate zu. Er bog um eine Ecke und sah am Ende des Ganges den Counter, an dem er die Bordkarte vorweisen musste. Dort standen zwei Damen der Singapore Airlines – und zwei Grenzpolizisten.

Ihm rutschte das Herz in die Hose. Bislang war er im Kampfmodus gewesen. Jetzt, nachdem er sich geduscht und entspannt hatte, durfte ihm die innere Spannung nicht fehlen. Er brauchte eine Strategie.

In seinem Boss-Anzug konnte er als Geschäftsmann durchgehen. Konnte. Aber vor allem »musste«. Er blieb stehen, holte Plittwitz' Handy heraus und tat so, als ob er telefoniere. Business-Leute sind ja immer unabkömmlich, dachte er, und nutzen jede

Gelegenheit, Anweisungen zu geben, besonders vor so einem langen Flug.

Also ging er auf Vietnamesisch mit einer fiktiven Sekretärin am anderen Ende telefonierend auf den Counter zu, holte seine Bordkarte heraus und wartete geduldig und weitersprechend, bis die sehr höflichen Singapore-Damen seine Bordkarte unter den Scanner gelegt und ihm einen guten Flug gewünscht hatten. Dann wollten die beiden Grenzpolizisten seine Bordkarte und seinen Ausweis sehen. Kleiner Bruder, der natürlich einen exzellent gemachten falschen Pass vorgelegt hatte, unterbrach das Gespräch mit »seiner Sekretärin«.

»Ich habe meine Papiere doch schon beim Sicherheitscheck vorgelegt«, sagte er auf Englisch.

Daraufhin gab der eine Grenzbeamte ihm den Pass mit einem freundlichen Gruß zurück, und Kleiner Bruder antwortete ebenso höflich mit »Thank you«. Während der andere Beamte immer noch telefonierte, ging Kleiner Bruder ohne Hast dem Eingang der Boeing 777-200 entgegen. Er ging davon aus, dass derjenige, den sie suchten, den Eindruck machte, auf der Flucht zu sein. Diesen Eindruck würde er unter keinen Umständen erwecken.

Wenn er das erfolgreich hinter sich gebracht hatte, dann hätte er sich eine Flasche Champagner an Bord verdient, dachte er, als er die Business Class betrat. Aber er hatte es noch nicht hinter sich gebracht. Noch war die Flugzeugtür nicht zu. Den ehemaligen Direktor des Internationalen Währungsfonds hatten die Amis auch aus der Business Class geholt, obwohl er schon angeschnallt gewesen war und sich den ersten Champagner genehmigt hatte.

Kleiner Bruder war noch zwölf Minuten vom Abflug entfernt. Erst wenn die Tür geschlossen war und die Boeing zurücksetzte, um auf die Rollbahn zu fahren, konnte er sich entspannen.

Noch zehn Minuten.

Der Tag danach

Rostock, Kunsthaus

»Hedwig, du musst die Dänen noch mal anrufen und in der Leitung bleiben. Die sollen dir sagen, was da auf dem Flughafen vor sich geht. Kriegst du das hin?«

Hedwig fühlte sich, wie von Trockau erwartet, bei ihrer Ehre gepackt und zückte ihr Handy.

Fünf Minuten später hatte sie den Chef der Sicherheit am Kopenhagener Flughafen am Ohr und bat ihn, sie »just in time« auf dem Laufenden zu halten.

»Wir haben gerade alle Airlines abtelefoniert, die heute Vormittag nach Asien fliegen«, berichtete der Sicherheitschef freundlich. »Von der Swiss bis zur China Southern Airlines.«

»Und?«, fragte Hedwig wenig diplomatisch, dafür sehr gespannt.

»Nichts Außergewöhnliches, gnädige Frau.«

Trockau, der mitgehört hatte, machte einen Hofknicks vor Hedwig, was sie mit einer wegwerfenden Handbewegung quittierte.

»Außer …«

»Ja?«

»Aber das ist eine Bagatelle.«

»Trotzdem!«

»Bei Singapore Airlines wurde ein stornierter Flug wieder gültig gemacht.«

»Wieso war der Flug storniert?«

»Der Flug hätte in Prag angetreten werden sollen, Umstieg hier in Kopenhagen und Ziel Singapur. Aber der Pax war ein ›No show‹.«

»Wie bitte?«

»Der Passagier ist nicht gekommen. Also in Prag. Er ist erst hier in Kopenhagen zugestiegen.«

»Ist das ungewöhnlich?«

»Nicht extrem. Bei Businessflügen machen alle Airlines gerne eine Ausnahme. So können sie den Flug von Prag nach Kopenhagen nämlich trotzdem berechnen.«

»Verstehe. Können Sie mir sagen, wie der Passagier heißt?«

»Gnädige Frau, ich habe Ihnen schon sehr viel erzählt, was ich nicht durfte, aber hier muss ich Schluss machen.«

»Nur noch eins: Könnten Sie an das Gate für diesen Flug eine Kontrolle schicken?«

»Da stand schon eine. Nichts Auffälliges.«

»Wieso ›stand‹?«

»Weil das Gate geschlossen ist und sich das Flugzeug auf dem Weg zur Rollbahn befindet.«

»Können Sie es noch anhalten?«

»Natürlich. Aber dafür brauchen wir einen hieb- und stichfesten internationalen Auftrag. Wie Sie vielleicht wissen, unterliegen alle Flugzeuge den Gesetzen ihres Herkunftslandes. Der von Ihnen …«, der Sicherheitschef machte eine Pause und fuhr lakonisch fort, » … *Vielleicht*-Gesuchte befindet sich im Flugzeug der Singapore Airlines und damit auf dem Territorium Singapurs. Da können wir nicht einfach ›Halt‹ rufen und den Flieger stoppen. Etwas anderes wäre es, wenn Sie einen gerichtlichen Haftbefehl oder etwas Ähnliches hätten.«

»Das haben wir leider noch nicht«, gab Hedwig zu, wobei das »noch« Teil einer unausgesprochenen Notlüge war. »Aber Sie bleiben weiterhin wachsam?«, fragte sie zum Abschluss.

»Natürlich«, war die freundliche Antwort.

Trockau drehte sich von ihr weg und fluchte. »Mist!«

»Meinst du, er ist in dieser Maschine?«, fragte Hedwig.

»Ich weiß es nicht. Es könnte sein. Auf jeden Fall kommen wir mit unseren Möglichkeiten so nicht weiter.«

Trockau fiel der Satz von Schmoller ein, dass es beim Kunstdiebstahl wie beim Schlaganfall auf die ersten Minuten und Stunden ankomme. Und wie beim Schlaganfall, dachte Trockau, muss man dann, wenn die sensible Zeit verstrichen ist, eine langwierige Therapie ansetzen.

»Hedwig, du bleibst bitte am Kopenhagener Flughafen dran. Ich muss noch mal nachdenken.«

Damit setzte sich Trockau ab und ging hinaus zu der Bank am Schwanenteich.

»Was halten Sie von einer kleinen Vormittagszigarre?« Katharina setzte sich unaufgefordert neben Trockau, der dumpf vor sich hin gebrütet hatte.

»Wie? Jetzt?«

»Ja, da kommen einem manchmal gute Gedanken. Gerade in einer solchen Situation. Ein bisschen Abstand macht den Blick fürs Ganze frei.«

»Hm«, stimmte Trockau ihr zu. »Hätten Sie denn zwei dabei?«

»Ich habe immer genug Munition am Mann«, erwiderte sie.

»Am Mann?«, sagte er und schaute sie von der Seite an. »Sie erstaunen mich, Katharina.«

Als beide ihre Juan Lopez Nr. 2 geköpft und entzündet hatten, sagte sie »Ich hab sie gefunden« und blickte unbeteiligt in die Weite.

Trockau tat es ihr gleich. »Wen?«

»Die Latten des Keilrahmens. Alle zusammen. In ihnen stecken noch die Originalnägel, die auch noch die Originalleinwand halten …«

»Leider ohne Bild«, ergänzte er, nachdem er eine Wolke blauen Dunstes in den Frühlingshimmel über dem Schwanenteich entlassen hatte.

Darauf sagte Katharina nichts, vielleicht damit Trockau Zeit hatte, darüber nachzudenken, was das für Konsequenzen haben könnte. Dann fuhr sie fort: »Ich hatte recht, er hat die Leinwand vom Rahmen geschnitten und gerollt transportiert. Aber an den Resten auf dem Rahmen können wir die Qualität der Leinwand erkennen. Und die Grundierung.«

»Wir haben also den Keilrahmen?« Trockaus Synapsen begannen unter der Wirkung der belebenden Substanzen aus der kubanischen Zigarre ihre momentane Trägheit abzuschütteln und ihre gewohnt brillante Arbeit aufzunehmen.

»Jep.«

»Den Originalkeilrahmen von 1970 mit allen Aufklebern der Galerie, Benutzerspuren, Bleistiftnotizen und wer weiß was?«

»Jep, jep, jep!«

»Und was sagt uns das über den Dieb?«

»Dass er vielleicht ein professioneller Einbrecher ist – aber kein Kenner der Kunstszene.«

»Sonst hätte er den Keilrahmen mitgenommen – oder zumindest nachhaltig verschwinden lassen. Jetzt haben *wir* diesen Provenienzspeicher, aus dem man Alter, Besitzer, eben alles ablesen kann, was darauf geklebt, gestempelt oder geschrieben ist.«

Trockaus anfänglich düstere Miene hellte sich auf. Er legte eine Pause ein, in der er einen Zug aus der Havanna nahm. Ihm dämmerte eine Lösung, wie er Ko Chan Tha das Bild zurückbringen konnte. »Damit könnten wir beweisen, dass eigentlich *wir* den echten Rothko haben … Oder?«, fragte er.

»Was meinen Sie, warum ich mich von der Hektik im Museum abgesetzt habe und hierhergekommen bin?«

»Wo waren die Latten?«, wollte Trockau wissen.

»Unter einem Gebüsch, unweit des Museums. Ich habe sie gefunden, als ich mir ein bisschen die Beine vertreten habe.«

»Und jetzt?«

»Liegen sie immer noch da. Haben Sie einen Skisack in Ihrem Auto?«

Jetzt sagte Trockau: »Jep!«

»Sie haben doch noch die großformatigen Fotos von dem Rothko?«, fragte Katharina.

»Ja, zur Archivierung für unsere Versicherung.«

»Farbgetreu?«

»Wie gesagt, sie dienen der Archivierung. Also: ja.«

»Prima.«

Beide schwiegen und wussten, was der andere gerade dachte. Trockau war es schließlich, der das Schweigen brach.

»Aber an Ko Chan Tha kommen wir nicht vorbei«, sagte er. »Dem muss ich zuerst auf den Zahn fühlen.«

»Wenn Sie meinen. Sie sind der Chef.« Zum ersten Mal hörte Trockau diesen Begriff aus ihrem Munde.

»Darf ich dem entnehmen, dass Sie sich als Mitglied des Teams sehen?«, fragte Trockau.

»Ich liebe scharfsinnige Chefs«, sagte sie mit einem strahlenden Lächeln, und Trockau musste sich eingestehen, dass sie genau das war, was er gesucht hatte. Nicht nur für sein Team.

Trockau und Katharina bargen die Latten des Keilrahmens aus dem Gebüsch, packten sie in den Skisack seines Wagens und fuhren ins Ostseehotel. Offiziell wollte Trockau zum Lunch, inoffiziell würde er bei Marc Schnitzler nach dem Rechten schauen, damit er nicht einknickte, bevor er seinem Beichtvater das Herz ausschütten konnte. Trockau wollte sichergehen, dass an dieser Front alles in der Spur blieb.

Der Tag danach

Kühlungsborn, Ostseehotel

Nachdem die Latten in Hedwigs Mercedes umgepackt waren und Trockau Katharina die Archivierungsfotos des Rothko in die Hand gedrückt hatte, fuhr sie los. Allein und ohne Hedwig. Die wusste nichts vom Wagentausch. Trockau würde es ihr später erklären.

Als Trockau die Turmsuite betrat, sah er, dass in seiner Abwesenheit ein Briefumschlag unter der Tür durchgeschoben worden war. Ko Chan Tha bat darin um ein Gespräch unter vier Augen. Jetzt.

Seufzend setzte Trockaus sich ans Telefon, dachte an Schmollers Wunsch, den Burmesen freundlich zu behandeln, und wählte dessen Nummer.

Er meldete sich mit einem gedehnten: »T'haaa«.

»Trockau hier, Herr Tha.«

»Danke, dass Sie so schnell zurückrufen.«

»Ich komme gerade durch die Tür und lese Ihre Nachricht. Wie kann ich Ihnen helfen?«

»Indem Sie mit mir lunchen. In meiner Suite.«

Vorsicht, Kurve!, dachte Trockau.

»Darf ich Ihnen schon etwas bestellen?«, fragte der Burmese halb fürsorglich, halb drängend.

»Ja, nehmen Sie doch irgendetwas Fleischiges für mich. Ich habe einen Bärenhunger.«

»Dazu ein Bier?«

»Nein danke, ich brauche meinen Kopf heute noch.«

»Gut, dann erwarte ich Sie in einer Viertelstunde auf Suite Nummer 52.« Damit legte Ko Chan Tha auf.

Trockau war gespannt, worüber sie reden würden. Vor allem seitdem er von Hedwig erfahren hatte, dass die burmesische Botschaft mit im Spiel war.

Trockau klopfte vorsichtig. Ein noch mehr als am Morgen zerzauster Marc Schnitzler öffnete ihm die Tür. Allerdings nur einen Spalt weit.

»Ja?«, fragte er leicht erschrocken, als er Trockau sah. Vermutlich befürchtete er, dass Trockau wie heute Morgen sein Zimmer stürmen würde. Aber das hatte der nicht vor.

»Wer ist denn da?«, fragte eine weibliche Stimme von drinnen.

Sollte Frau Guggenstrom auf Schnitzler nicht nur aufgepasst, sondern ihn vielleicht umgarnt haben? Und eingesponnen in einen ganz privaten Kokon? Es hörte sich fast so an. Aber das wollte Trockau gar nicht so genau wissen. Vielleicht suchte sie ja nur wieder etwas »Anregung«.

Trockau sagte angesichts dieser Situation ein wenig ungelenk: »Ich wollte nur fragen, ob Sie alles haben, Herr Schnitzler, oder ob ich noch irgendwas für Sie tun kann.« Im selben Moment merkte er, dass er Blödsinn stammelte, und fügte überflüssigerweise hinzu: »Ach übrigens: Der Herr aus Italien kommt so gegen fünfzehn Uhr hier an.«

»Verbindlichen Dank«, murmelte Schnitzler und schloss die Tür wieder.

Es gibt Männer, dachte Trockau, die anscheinend dann besonders attraktiv sind, wenn sie sich hilflos fühlen. Aber vielleicht war das für Schnitzler die letzte Gelegenheit, es noch mal krachen zu lassen, ehe seine Welt zusammenkrachte. Aber ob dafür Frau Guggenstrom die richtige Besetzung war? Nun, das war wohl eine Frage der Vorlieben. Und der Gelegenheit. In jedem Fall würde Schnitzler jetzt in seinem Zimmer bleiben. Und vielleicht sogar dafür sorgen, dass sich die Beichte später lohnte.

Trockau klopfte an die Zimmertür des Burmesen. Als er eintrat, erfüllte der köstliche Duft eines frischen Steaks den Raum, und Ko Chan Tha begrüßte ihn freundlich: »Sie kommen gerade richtig. Die Küche hat sich selbst übertroffen – mit einem perfekten Steak in kürzestmöglicher Zeit.«

Nachdem sie die Servietten entfaltet hatten, sagte der Burmese: »Ich denke, ich bin Ihnen eine Erklärung schuldig.«

Er machte eine seiner langen Pausen, die Trockau schon kannte und nach denen meist eine bedeutsame Äußerung folgte. Und so war es auch jetzt.

»Ich habe über die ganze Sache nachgedacht. Zugegebenermaßen nicht erst seit heute Morgen. Denn das Angebot, das Bild ›entsorgen zu lassen‹, hat Schnitzler mir schon vor einer Woche gemacht.«

Trockau lauschte gespannt und ließ sich diskret das herrlich zarte Steak schmecken. Seine Leber hatte bis jetzt auf Hochtouren gearbeitet und ihn mit der Beseitigung der alkoholischen Reste von gestern Abend nicht behelligt. Doch jetzt brauchte sie Nahrung, damit sie ihre Arbeit zu Ende bringen konnte.

»Ich gehe bei meiner Überlegung davon aus«, fuhr Tha fort, »dass das Bild unwiederbringlich verloren ist. Wenn dem nicht so ist, brauchen wir uns die folgenden Gedanken nicht zu machen, und alles bleibt so, wie es ist. Aber tun wir einmal so und nehmen wir an, das Bild sei weg. Für immer. Versichert bei Ihnen. Dann könnte ich mich jetzt hinsetzen und von seinem immensen Wert schwadronieren – sagt man das so bei Ihnen …?«

»Absolut korrekt.«

» … und Experten zurate ziehen, Auktionshäuser die unglaublichsten Schätzungen machen lassen und einen ganzen Strauß an Zahlen auftischen, die einen ganz schwindelig machen würden. Tatsache aber ist: Mein Mentor hatte das Bild damals für siebzigtausend Dollar von Rothkos Nachlassverwalter gekauft. Verstehen Sie mich nicht falsch. Das war damals viel Geld. Heute ist es das nicht mehr. Zumindest nicht für Ihre Versicherung – und auch nicht für mich. Aber dieser Preis ist der einzig belegbare Wert, den wir zur Erstattung des Versicherungsschutzes zugrunde legen können, da das Bild seitdem nicht mehr im Handel aufgetaucht ist. Dummerweise habe ich aber die Rechnung vorlegen müssen, um den Nachweis zu erbringen, dass ich der berechtigte Eigentümer dieses und der anderen Bilder bin. Ob das Bild also eine Million, zwei, zehn oder hundert Millionen Dollar bei einer Versteigerung einbringen würde, kann ich nicht beweisen. Weil es nicht mehr da ist. Natürlich könnten wir uns in Zukunft nur noch über Rechtsanwälte unterhalten, die für diese Vermittlungsgespräche eine Menge Geld kassieren. Und zwar von mir.«

Ko Chan Tha schaute bei diesem Monolog konsequent auf die weiße Tischdecke. Vermutlich um Trockau die Möglichkeit zu geben, sein Gesicht zu wahren – und weiterzuessen.

»Ich würde in diesem Spektakel«, fuhr er fort, »vielleicht noch einige Experten aufbieten, die sich ihre Expertise mit dreißigtausend oder vierzigtausend Euro bezahlen lassen. Wieder von mir. Dann wird Ihre Versicherung diese Expertisen anfechten, weil das Original nicht verfügbar ist und die Herren Gutachter weder Echtheit noch Qualität und schon gar nicht den Wert einschätzen können. Und so weiter und so fort. Ich glaube, einen solchen Vorgang nennt man auf Deutsch ›das Hornberger Schießen‹. Korrekt?«

»Ich bin begeistert von Ihren Sprachkenntnissen«, sagte Trockau, nachdem er seinen Bissen runtergeschluckt hatte.

»Gut. Am Ende kommt für mich außer hohen Kosten nichts heraus. Mir reicht es jedoch schon, dass das Bild weg ist. Ich möchte nicht noch weiteres Geld hinterherwerfen, von dem ich weiß, dass es mich dem Ziel nicht näher bringt.«

»Und wie sieht dieses Ziel aus?«, fragte Trockau behutsam, der sehr genau zugehört hatte.

»Ich möchte zweierlei: erstens mein Bild zurückhaben. Und zweitens, dass meine Sammlung berühmt wird.«

Trockau ahnte, dass Ko Chan Thas Vortrag noch nicht zu Ende war.

»Ich habe in meinem Leben gelernt, dass alles zwei Seiten hat«, fuhr der Burmese fort. »Und ich betrachte diesen Diebstahl jetzt einmal nicht von der Seite des Verlustes – sondern von der des Gewinns.«

Trockau beugte sich auf seinem Stuhl vor. Der Diebstahl eines

Bildes im Wert von fünfzig Millionen ein »Gewinn«? Die Erklärung würde interessant werden.

»Dieser Diebstahl«, sprach Ko Chan Tha weiter, »trägt den Keim einer Pflanze in sich, die zu einem großen Baum werden kann, der uns allen Schatten zu spenden vermag und Trost. Wobei die Betonung auf ›uns allen‹ liegt. *Wenn* wir uns einig werden. Und damit meine ich Sie und mich.«

In die lange Pause horchte Trockau sehr konzentriert hinein, denn jetzt würde etwas folgen, was den Fall entscheidend verändern konnte. Doch nichts von allem, was ihm durch den Kopf jagte, folgte – stattdessen etwas, was ihn das Kauen seines letzten Bissens Fleisch vergessen ließ.

»Ich wäre bereit«, sagte Ko Chan Tha betont, »das Bild im Einvernehmen mit Ihrer Versicherung rückwirkend aus dem Versicherungsschutz herauszunehmen.« Wieder eine Pause.

Die hatte Trockau auch nötig, denn er war sprachlos. Hatte der Mann so viel Geld, dass er auf ein Bild im Wert von fünfzig Millionen verzichten konnte? Oder hatte er es ohnehin beiseitegeschafft?

Höflich fragte er ihn: »Verehrter Ko Chan Tha, darf ich wissen, wieso Sie so sicher sind, dass das Bild unwiederbringlich verloren ist? Vielleicht finden wir es ja und können es Ihnen zurückgeben.«

Jetzt folgte nicht Ko Chan Thas übliche Bedenkzeit, sondern eine sehr lange Pause, in der er sichtlich mit sich rang.

»Lieber Herr Trockau«, begann er zögernd, »ich habe eben gesagt, dass das Angebot von Herrn Schnitzler, das Bild entsorgen zu lassen, schon seit einiger Zeit vorlag. Und Sie wissen: Ich bin noch nicht so lange in diesem Geschäft und lerne noch. Woher konnte ich also wissen, ob der Mann den Diebstahl nicht in jedem Fall durchzieht? Egal, ob ich zustimme oder nicht. Deshalb habe ich durch bestimmte Beziehungen zur Botschaft meines Landes Unterstützung in Berlin angefordert. Vier Botschaftsangehörige haben sich daraufhin auf der Linzer Straße eine Wohnung genommen und das Kunsthaus Rostock Tag und Nacht beobachtet.«

Trockau stutzte, als er »Botschaftsangehörige« hörte. Das mussten die von der Fähre nach Schweden gewesen sein, dachte er und hörte dem Burmesen noch genauer zu.

»Gestern, am späten Nachmittag, beobachteten sie einen Vietnamesen, der mit dem Fahrrad auf der Linzer Straße ankam und in das Kunsthaus ging. Aber nicht wieder herauskam, als die Halle geschlossen wurde. Das versetzte sie in Alarmbereitschaft, und sie schwärmten aus. Einer behielt das Kunsthaus im Auge, der andere die klassischen Plätze in der Stadt: das Parkhaus am alten Speicher, den Bahnhof und den Hafen. Wissen Sie, die Herren sind vom Militär. Die wissen, wie man in solchen Fällen handeln muss.«

Trockau nickte.

»Derjenige, der das Kunsthaus im Auge behalten sollte, hat versagt – das kann man nicht anders nennen. Denn: Der Vietnamese konnte mit dem Bild fliehen. Sie hätten ihn anschließend fast in dem Parkhaus geschnappt, in dem er sein Auto abgestellt hatte, aber auch da kamen sie nicht zum Zugriff. Es gelang ihnen nur, vor dessen Flucht einen Sender an seinem Wagen zu platzieren und ihn bis auf die Fähre nach Trelleborg zu verfolgen. Doch als sie ihn in Schweden stellten, hatte er das Bild nicht mehr. Er musste es mit einem anderen Fahrzeug von der Fähre an Land gebracht haben. Nur waren diese Fahrzeuge zum Zeitpunkt, als sie den Wagen des Vietnamesen untersuchten, bereits über alle Berge.«

Ko Chan Tha wirkte – bei aller Gelassenheit, mit der er über die Entwicklungen sprach – an dieser Stelle enttäuscht und bedrückt. Klar, dachte Trockau, fünfzig Millionen sind kein Pappenstiel.

»*Deswegen* – weil meine eigenen Leute die ganze Sache verzockt haben – brauche ich jetzt Sie und Ihre Mannschaft. Ich will das Bild wiederhaben. Deshalb würde ich gerne Sie engagieren – gegen Honorar, versteht sich –, damit ich meinen Rothko wiederbekomme. Welche Strategie auch immer Sie für richtig halten, um das Bild wiederzubekommen, ich werde damit einverstanden sein. Ich habe versucht, das Bild zu schützen, und habe es verloren. Jetzt sind Sie dran. Deshalb lasse ich Ihnen für die Wiederbeschaffung freie Hand.«

Trockau blieb die Spucke weg. Ko Chan Tha war die ganze Zeit am Puls des Geschehens gewesen und hatte sozusagen »live«

miterlebt, was vor sich ging. Und dennoch war er ganz ruhig mit Guggenstrom und ihm bei Tisch gesessen, während sein Bild geklaut worden war. Jetzt ahnte Trockau, warum er gestern so dem Alkohol zugesprochen hatte. Er hatte sich aus Frust über seine Leute die Kante gegeben.

Diese Erklärung gab dem Ganzen eine neue Wendung.

»Hätten Sie doch gestern Abend schon etwas gesagt«, sagte Trockau wenig diplomatisch.

»Was wäre dann gewesen?«, fragte der Burmese. »Wären Sie nach Trelleborg geflogen und hätten den Mann persönlich aufgehalten?«

»Vielleicht. Auf jeden Fall hätten wir uns auf seine Spur gesetzt«, antwortete Trockau. »Wir sind private Ermittler. Wir brauchen keine Erlaubnis staatlicher Stellen. Aber wenigstens die hätten Sie doch einschalten können.«

»Warum sollte die dänische Polizei für einen Diebstahl in Deutschland aktiv werden? Auf meinen Wunsch hin?«

Trockaus Hirn arbeitete schnell. Wenn er für Ko Chan Tha arbeiten sollte – und damit zweifellos auch die Interessen der ihn beauftragenden Versicherung wahrnehmen würde –, musste er eines wissen. Und genau das fragte er den Burmesen geradeheraus: »Wie kann ich sichergehen, dass nicht Sie hinter der ganzen Sache stecken?«

Ko Chan Tha lächelte. »Ich sehe, ich habe Sie richtig eingeschätzt. Sie sind ein guter Denker. Das mag ich. Aber um Ihre Frage zu beantworten: Ich kann Ihnen nur mein Ehrenwort darauf geben, dass ich mit dem Diebstahl nichts zu tun habe. Und hoffen, dass Sie mir meine Aufrichtigkeit glauben.«

Trockau schaute ihn an und spürte, dass es Tha ernst war. Dennoch wollte er ihn ein bisschen in die Zange nehmen: »Was halten Sie davon, wenn Sie mir den Verzicht auf den Versicherungsschutz in einem formlosen Schreiben bestätigen, das ich – sozusagen als Joker – unter Verschluss halte? Sobald ich den Eindruck habe, dass Sie doch hinter der ganzen Sache stecken, hole ich dieses Verzichtschreiben raus und entlaste die Versicherung von jeglichen Zahlungen. Und damit ich richtig motiviert bin, Ihnen bei der Suche zu helfen, nenne ich Ihnen meinen Spesensatz samt der Höhe des Bonus für den Fall, dass ich das Bild zurückbringe. Aber Vorsicht: Der Bonus ist hoch! So sehe ich, dass Ihnen meine Arbeit etwas wert ist.«

Ko Chan Tha erwiderte: »Ich glaube, ich kann noch viel von Ihnen lernen. Natürlich sollen Sie nach Ihren Regeln für mich arbeiten.«

Er machte wieder eine Pause.

»Ich denke, der Diebstahl ist ein hervorragender Anlass, genau das zu tun, was Sie mir gestern Abend empfohlen haben: für die nötige Aufmerksamkeit in den Medien zu sorgen. Ich würde es sehr schätzen, wenn Sie mich bei diesem Vorgehen beraten würden.«

Das war also seine Strategie, dachte Trockau. Kein langes Hinterherzocken um den Verlust, sondern mich auf die Wiederbeschaffung ansetzen, den Diebstahl medial als Vorteil nutzen und die gesamte Sammlung dadurch aufpolieren. Ein bemerkenswerter Schachzug. So wurde man vom Bestohlenen zum Gewinner. Die Mischung aus asiatischer Weisheit und westlicher Cleverness imponierte ihm.

»Was meinen Sie«, fuhr Ko Chan Tha fort, »kommen wir mit dem Diebstahl auf die Titelseiten der Boulevardblätter? Das würde die Ausstellung sicherlich schlagartig bekannt machen und viele Besucher anlocken. Denken Sie nicht?«

»Zweifellos«, antwortete Trockau.

»So könnte die Nicht-Anwesenheit des gestohlenen Bildes sehr viel für das Renommee meiner Sammlung tun. Womit man wieder das Prinzip der Polarität erkennt: Im Dunkel der Nacht steckt der Keim des Lichtes.«

Damit stand er auf und ging zum Schreibtisch, der am Fenster stand, damit man beim Schreiben einen Blick auf die dunkelgrüne See werfen konnte. Jetzt schweifte sein Blick nicht in die Ferne, sondern konzentrierte sich auf das Briefpapier des Ostseehotels.

»Bitte diktieren Sie mir Ihre Honorarkonditionen«, sagte er, und Trockau tat wie ihm geheißen – und nannte einen deutlich höheren Prozentsatz für den Fall der Wiederbeschaffung, als die Versicherung ihm zahlen würde.

»Das war der erste Teil«, stellte Trockau zufrieden fest, als beide die Vereinbarung unterschrieben hatten. »Jetzt die Verzichterklärung.«

Gerade als der Burmese den Stift erneut ansetzte, klopfte es an der Tür.

Ko Chan Tha rief ein »Herein«, und ein Servicemitarbeiter betrat die Suite.

»Ich wollte fragen, ob die Herrschaften schon fertig sind und ich den Tisch abräumen kann?«

»Das sind wir«, antwortete Trockau. »Oder, Herr Tha?«

»Ja, ja«, antwortete der.

»Aber vielleicht könnten Sie uns einen Gefallen tun.« Trockau winkte den jungen Mann weiter in die Suite. »Schauen Sie doch bitte mit mir gemeinsam zu, wie Herr Tha diese Erklärung schreibt. Dann können Sie und ich den Schriftsatz als Zeugen bestätigen – und dass er den Text selbst aufgesetzt hat und dazu nicht von mir gezwungen wurde.«

»Wie Sie wünschen«, antwortete der junge Mann brav, obwohl er den Eindruck machte, nicht so recht zu wissen, was das Ganze sollte. Dennoch schaute er zusammen mit Trockau Ko Chan Tha über die Schulter, als der die Erklärung in der ihm nicht ganz so vertrauten lateinischen Schrift aufsetzte und seinen Verzicht auf den Versicherungsschutz des Rothkos – samt Titel, Größen- und Materialangabe – niederschrieb. Anschließend bestätigten der junge Hotelangestellte und Trockau, dass der Unterzeichner die Erklärung freiwillig und ohne Druck aufgesetzt habe, mit ihrer Unterschrift, und Trockau drückte dem jungen Mann vom Service einen Hunderter in die Hand.

Der strahlte über das ganze Gesicht, räumte den Tisch ab und trug das Tablett hinaus. An der Tür drehte er sich noch mal um. »Falls Sie wieder mal ein Autogramm von mir brauchen, fordern Sie mich einfach an. Ich bin der Benedikt. Ich komme jederzeit gern.«

»Mach ich«, sagte Trockau lachend und schloss die Tür hinter ihm.

Der Tag danach

Kühlungsborn, Ostseehotel, Zimmer 348

Anatol Balthasar Trockau stand nun in Diensten des Burmesen. Das konnte ihm niemand verwehren, und zu einer Interessenkollision kam es auf diese Weise auch nicht. Eher zu einer Interessenbündelung. Denn auch die Versicherung wollte das Bild zurückhaben, um sich die Zahlung der fünfzig Millionen zu sparen.

Trockau erkundigte sich an der Rezeption, ob sein Gast aus Rom schon angereist sei.

»Monsignore Kragenbauer?«, fragte die junge Frau am Counter. »Seit knapp einer Stunde. Wir haben ihm – wie Sie gewünscht haben – ein Zimmer weit weg von Herrn Schnitzler gegeben. Er erwartet Sie dort, hat er uns gesagt.«

»Perfekt«, murmelte Trockau und machte sich auf den Weg in den Westflügel. An der Tür zu Zimmer 348 klopfte er vorsichtig.

»Hochwürdigster Monsignore«, rief er mit gespielter Unterwürfigkeit, als Kragenbauer ihm die Tür öffnete, die Arme ausbreitete und ihn in das Zimmer zog.

Nachdem sie sich gegenseitig auf den aktuellen Stand gebracht hatten, fragte Kragenbauer: »Balthasar … oh, Entschuldigung, ich vergesse immer, dass du deine Vornamen nicht magst. Also, was ist das für eine Beichte, die ich heute abnehmen soll?«

»Rubino, du bist der Einzige, der mich so nennen darf, wenn du mir diesen kleinen Gefallen tust, für den ich dich hergebeten habe.«

»Das hört sich sehr verführerisch an – vorausgesetzt, ich muss nichts tun, was gegen meinen Glauben verstößt.«

»Keine Angst. Nur ein klitzekleiner Gefallen.«

»Carissimo, Gottes Wege sind verschlungen, und nur er allein weiß, wohin sie führen und warum wir sie gehen müssen.«

»E vero, hochwürdigster Freund. Und damit sind wir bei der Beichte.« Trockau erzählte dem Monsignore, »was bisher geschah«, und einen Teil seines Plans. Er vertraute ihm blind, seit ihm der Monsignore vor vielen Jahren bei einer gemeinsamen Bergwanderung das Leben gerettet hatte. Seitdem hatten sie manches Kind geschaukelt – auch und gerade wenn es vorher in den Brunnen gefallen war. Meistens hatten sie dabei den dazugehörigen Betrüger gleich mit verschaukelt.

Was sein zukünftiges Beichtkind nicht wusste, war die Tatsache, dass Monsignore Kragenbauer nicht nur ein großer Kunstsachverständiger war, sondern auch eine große Nummer im Vatikan: Er beriet die vatikanischen Museen in Fragen des internationalen Kunsthandels. Ein Experte also, der die Welt und den Handel mit den schönen Dingen bestens kannte. Er würde sehr genau verstehen, was ihm Marc Schnitzler unter dem Siegel des Beichtgeheimnisses anvertrauen würde.

Trockau würde dennoch nur das von Kragenbauer erfahren, wozu das Beichtkind ihn von der Schweigepflicht befreit hatte. Durch seine Erfahrungen mit dem internationalen Kunsthandel wusste Kragenbauer allerdings, worauf es ankam und was Trockau wichtig war. Deshalb würde er Schnitzler ganz konkret befragen – und ihn bitten, ihn in dieser oder jener Frage von der bindenden Kraft des Beichtgeheimnisses zu befreien.

Nachdem sich Trockau verabschiedet hatte, legte der Monsignore die formelle Kleidung an, die für die Beichte vorgeschrieben war. Er neigte in solchen Fragen zu einer durchaus konservativen Auslegung. Doch war das ganz im Sinne seines Beichtkindes.

Der Tag danach

Flug Kopenhagen–Singapur

Die Boeing 777-200 war seit sieben Stunden in der Luft und befand sich im Moment irgendwo über Indien. Kleiner Bruder freute sich, in fünf Stunden in Singapur zu sein. Dort würde er sich auf dem Flughafen eine Massage genehmigen, die seinen Körper von allen Verspannungen befreien würde. Vergnügt grinsend schaute er auf die Welt unter sich, die im tiefen Schwarz einer mondlosen Nacht schlummerte.

Als die Flugbegleiterin der Business Class an seinen Sitz trat, um ihm die Speisekarte zu bringen, orderte er ein weiteres Glas Weißwein und stellte sein Menü zusammen. Anschließend holte er Plittwitz' Handy heraus und schaltete es ein, obwohl er natürlich wusste, dass man das während des Fluges nicht tun sollte. Aber seine Neugier trieb ihn. Nachdem das Gerät ein Netz gefunden hatte, signalisierte das Display, dass zwölf Nachrichten eingegangen waren. Alle von Hausmann. Erst war er irritiert gewesen, dass sich Plittwitz nicht mehr meldete. Dann war er sauer geworden, schließlich böse, und vor einer halben Stunde hatte er sich für alles entschuldigt und ihm – es verschlug Kleinem Bruder fast den Atem – eine Million Euro als Belohnung angeboten, wenn er ihm das Bild brachte.

Dieses Angebot wollte gut überlegt sein.

Der Tag danach

Kühlungsborn, Ostseehotel, Turmsuite

Trockau hatte seine Mitarbeiter zu sich in die Suite gebeten, um die Ergebnisse des Tages zu sichten.

Ihre erste Annahme, dass der Dieb über Hightech-Wissen verfügte, aber nicht über Kenntnisse des Kunstbetriebes, wurde im Laufe des Tages immer wahrscheinlicher. Außerdem wussten sie dank Ko Chan Thas Erklärung jetzt, dass der Dieb ein Vietnamese war. Die dänische Polizei hatte Hedwig in einigen Anrufen jeweils auf den aktuellen Stand gebracht, allerdings war nichts wirklich Neues dazugekommen. Bei den Teammitgliedern herrschte eine gewisse Ratlosigkeit.

In Trockau hingegen reifte ein Plan, nach dem sie das Bild gar nicht mehr suchen mussten, sondern es – wenn der Plan aufgehen würde – ganz von alleine zu ihnen kommen würde. Diesen Plan behielt er allerdings erst einmal für sich. Es sollte alles weiterlaufen wie bisher. Deshalb informierte er sie auch nicht über das gerade laufende Beichtgespräch, von dem er sich Erkenntnisse über die Hintermänner des Diebstahls erhoffte.

Am Ende des Essens bat Hedwig ihn um ein Gespräch unter vier Augen. Als sie allein auf der Terrasse saßen – die anderen waren am Strand, um sich den Sonnenuntergang anzuschauen –, begann sie:

»Ich weiß, Sie sind mein Chef, und Ihr Privatleben geht mich nichts an. Aber ich finde es nicht in Ordnung, dass Sie Katharina …« Sie stockte und rang sichtlich um Fassung. Ein Zustand, den Trockau bei ihr noch nie erlebt hatte – und mit dem er überhaupt nicht umgehen konnte: Weinende Frauen, auch wenn sie nur kurz davor waren, machten ihn komplett hilflos.

»Hedwig«, sagte er leise und streichelte ihre Hand, »alles okay?«

»Nein, nichts ist okay«, flüsterte sie und stieß dann kratzbürstig hervor: »Ich will nicht, dass Ihre neue Flamme mit meinem Auto nach Berlin fährt und mich hier wie das fünfte Rad am Wagen sitzen lässt. Ich muss mich dann in diese Werkstattbüchse der vieleiigen Zwillinge quetschen, wo ich erstens zwischen all dem technischen Kram keinen Platz habe und wo es zweitens auch noch nach zwei Junggesellen stinkt. Ich finde, das habe ich nicht verdient.« Und in einem letzten Anfall von Trotz setzte sie nach: »Ich will mein Auto wiederhaben.«

Trockau seufzte erleichtert. Es gab kein wirklich ernstes Problem, sondern »nur« einen schweren Fall von gekränkter Eitelkeit. Aber das ließ sich schnell aus der Welt schaffen. Er hatte auch schon eine Idee.

»Hedwig«, begann er vorsichtig, »Katharina ist nicht meine neue Flamme – egal, was ihr euch zusammenreimt.«

Manchmal konnte er wirklich gut lügen. Besonders dann, wenn er sich selbst über die wahren Zusammenhänge nicht im Klaren war. Denn ein guter Lügner muss zuallererst selbst von dem überzeugt sein, was er sagt.

»Sie musste einen eiligen Auftrag ausführen, und weil die – wie hast du sie genannt? – ›Werkstattbüchse‹ zu voll war, habe ich ihr gestattet, deinen Mercedes zu nehmen – auch, weil du deinen Schlüssel beim Garagenwart abgegeben hattest.« Trockau machte eine Pause. Dann fuhr er fort: »Möchtest du deinen Wagen schnell wiederhaben?«

Hedwig nickte.

»Gut, dann schlage ich vor, du fährst morgen mit Boi nach Berlin und holst ihn dir. Einverstanden?«

Hedwig nickte nur und verließ ohne ein weiteres Wort die Suite.

Trockau blieb allein auf der Terrasse zurück. Er brauchte jetzt alles andere als ein von Eifersucht geschwächtes Team. Und er selbst musste einen klaren Kopf behalten.

Er schwenkte den Rotwein, der mit dem Essen aus dem Restaurant gekommen war, in seinem Glas und dachte nach: Der Rothko war mit einiger Sicherheit außer Landes und würde nicht so einfach wiederzubeschaffen sein. Die Versicherung würde in keinem Fall zahlen müssen. Sein Auftrag war, das Bild zurückzubringen – wo auch immer es jetzt war. Er ging noch einmal seinen Plan durch – und fand ihn immer noch gut. Vieles hing davon ab, was ihm der Monsignore an Informationen zugänglich machen würde.

Bis der zu ihm käme, wollte Trockau ein paar Punkte der Medienstrategie für Ko Chan Tha notieren. Welches waren die möglichen Ziele dieser Strategie?

Erstens: Ko Chan Tha war nicht der Mann, den man bestohlen hatte, sondern der Mäzen mit den siebenundvierzig Schätzen, die *nicht* gestohlen worden waren. Der Verlust schmerzte ihn nur als Sammler, nicht aus wirtschaftlichen Gründen. Schließlich nannte er noch eine viel größere Sammlung sein Eigen, die in den nächsten Jahren gezeigt werden würde. So konnte man den Nimbus der Kostbarkeit seiner Sammlung weiter steigern und auf die nächsten Jahre ausdehnen. Vielleicht könnte man daraus sogar so etwas wie ein Wiedererkennungszeichen erschaffen – statt der »Mann mit dem Goldhelm« der »Mann mit dem Goldschatz«.

Zweitens: Wie wäre es, wenn der Platz, an dem das gestohlene Bild hätte hängen sollen, in der Ausstellung leer bliebe? So wäre es präsent, ohne wirklich da zu sein. Das käme dem Gedanken Thas nahe, dass das Fehlen dieses Werkes die anderen erhöhen würde.

Drittens: Könnte man aus der nur konzeptionellen Präsenz einen Diskurs über Rothko, die ihm nachfolgende Pop-Art und die Konzeptkunst lancieren? Ein vielversprechender Ansatz, den

Trockau einigen befreundeten Journalisten aus der Kunstszene stecken wollte.

Er war zufrieden mit seinen ersten Überlegungen und richtete seine Aufmerksamkeit auf das nahende Gespräch mit dem Monsignore.

Seine Spannung stieg. Was würde er ihn von der Beichte wissen lassen? Wie konnte er das Erfahrene in seinen Plan einpassen? Und: Würde es ausreichen?

Mit diesen Gedanken und der restlichen Flasche Rotwein begab er sich ans Fenster der Turmsuite, um mit Blick auf die verschwundene Sonne seinen vatikanischen Freund zu erwarten. »Erwartikan« war dafür wohl ein zu übler Kalauer, dachte er sich und beschloss, dass der Monsignore lieber den restlichen Rotwein trinken sollte – passend zu seinem Vornamen »Rubino« und der Farbe seines Zingulums, das klerikale Zivilisten gerne »Schärpe« nennen.

Die Nacht danach

Singapur, Changi Airport

Mit fünf Minuten Verspätung setzte die Boeing 777-200 auf der Rollbahn des Singapurer Flughafens Changi auf. Vier Stunden Aufenthalt würde Kleiner Bruder hier haben; um neun Uhr fünfzig ging es mit der nächsten Singapore-Airlines-Maschine weiter nach Saigon. Jedes Mal, wenn er in Changi war – und das war jetzt immerhin schon zum vierten Mal der Fall –, musste er daran denken, dass hier im Zweiten Weltkrieg ein übles Kriegsgefangenenlager gewesen war. Er wusste das, weil er das Buch »Rattenkönig« von James Clavell gelesen hatte, mit dem er seinerzeit in Ostberlin seine Deutschkenntnisse trainiert hatte. Clavell, von dem er auch die Weltbestseller »Shogun« und »Noble House Hongkong« gelesen hatte, hatte ihn die Atmosphäre in diesem japanischen Kriegsgefangenenlager so hautnah erleben lassen, dass er Japaner heute noch mit anderen Augen sah.

Jetzt stand hier ein Flughafengebäude mit dem scheußlichsten Teppichbodenmuster, das er jemals gesehen hatte, und einer Milliarde Möglichkeiten, beim Shoppen sein hart verdientes Geld auszugeben. Aber da waren sie bei ihm am Falschen. Die bei diesem Job verdienten hunderttausend Dollar würden in den Kauf eines kleinen Hotels in Vietnam fließen. Er wollte eine Familie gründen, und mit diesem Startkapital würde das klappen.

Kleiner Bruder schaltete das Handy wieder ein und stellte fest, dass sich Hausmanns Stimmung dramatisch geändert hatte: Er schäumte: »Sie unverschämter Rotzlöffel, wenn ich Sie in die Finger kriege, mache ich Sie fertig! Und dann können Sie meine Leute nicht so einfach ausschalten wie Plittwitz. Dann werden *Sie* ausgeschaltet. Und zwar *final*!«

Aha, dann war Plittwitz anscheinend inzwischen aus seiner Betäubung erwacht.

Kleiner Bruder stellte sich vor, wie er mit runtergelassener Hose und gefesselten Händen zum Waschbecken gehüpft war und sich völlig desorientiert und derangiert im Spiegel gesehen hatte.

Ja, er hatte es verbockt. Und das hatte er seinem Chef beichten müssen. Als Hausmann dann gemerkt hatte, dass Kleiner Bruder ihn mit seinen SMS an der Nase herumgeführt hatte, war er wohl ausgerastet.

Damit fiel Hausmann als alternativer Käufer zum alten Cuong leider aus. Aber vielleicht war das ganz gut so. Schließlich war Cuong ein mächtiger Mann in Vietnam, und Kleiner Bruder wollte nicht wegen eines Geschäftes mit irgendeinem Hausmann sein Land verlassen müssen. Das wäre die Million letztlich nicht wert gewesen. Aber vielleicht könnte er mit dem alten Cuong noch einmal über die Prämie sprechen, wo er doch jetzt wusste, was andere für das Bild zahlen würden. Sicherheitshalber wollte er das Handy behalten, damit er Cuong zeigen konnte, was dieser Hausmann ihm geboten hatte.

Kleiner Bruder schlenderte zu einem Massagesessel unweit des kleinen Orchideengartens, der von den Transfer-Passagieren gerne besucht und fotografiert wurde. Er legte das Gesicht in die dafür vorgesehene Öffnung des Stuhls, auf den er sich rittlings setzen musste, und entblößte damit seinen Nacken. Eine schutzlose Haltung, die für einen Mann mit Einzelkämpferausbildung nahezu unmöglich einzunehmen war.

Inzwischen war Kleiner Bruder aber schon so lange raus aus diesem Geschäft, dass er es wieder schaffte. Und so konnte die junge und kräftige Masseurin lange und tief in seinen Nacken hineinkneten, bis sich die Verspannungen langsam lösten.

Gegen neun ging er geschmeidig wie eine Raubkatze – zumindest fühlte er sich so – an den teuren Geschäften des Duty-free-Bereichs vorbei, um zum Gate des Fluges SQ 172 zu gelangen. In den nächsten zwei Stunden und fünf Minuten würde er sich im Singapore-Airline-Kino einen Actionfilm reinziehen und später in Saigon wie verabredet im Sheraton einchecken. Von dort würde er den alten Cuong anrufen – und ihm dann voller Stolz das Bild präsentieren. Vorher aber, dachte Kleiner Bruder, würde er mit ihm über Geld reden.

Die Nacht danach

Kühlungsborn, Ostseehotel, Turmsuite

Als es an Trockaus Tür endlich klopfte, stand ein verschmitzt lächelnder Monsignore Kragenbauer vor der Tür. Trockau begrüßte ihn mit den Worten: »Willkommen, hochwürdigster Herr vom siebten Kontinent!«

»Na, so weit ist der Vatikan ja nun auch nicht weg«, erwiderte Kragenbauer gut gelaunt.

»Das nicht, aber ähnlich unerschlossen und geheimnisvoll geht es bei euch zu.«

»Da könntest du allerdings recht haben.«

»Wie ist es dir ergangen?«

»Nun, das Beichtgeheimnis ist mir sakrosankt, wie du weißt.« Rubino schwieg. Und die Spannung stieg. Trockau verkniff sich ein ungeduldiges »Und?«. Stattdessen brachte er alle ihm zur Verfügung stehende Selbstbeherrschung auf und hüllte sich in

Geduld. Eine Eigenschaft, in der er – wie er zugab – ein ziemlicher Dilettant war.

In der Verhaltensforschung gibt es den Begriff »Übersprungshandlung«, wenn Tiere eine Aktion ausführen, nur um etwas zu tun und eine Pause zu überbrücken.

Trockaus Übersprungshandlung bestand darin, dass er seinem Freund ein Glas Rotwein eingoss.

Anscheinend war das genau das Richtige. Der Monsignore nahm einen großen Schluck und sprach: »Er hat einen Tipp, wer sich für Bilder von Rothko interessieren könnte. Und das Überraschende und Famose daran ist: Dieser Sammler interessiert sich anscheinend genau für das entwendete Bild.«

Mit leicht zur Seite geneigtem Kopf schaute Trockau ihn an. »Monsignore, wie gut ist es doch, dass es Vertreter der katholischen Kirche gibt, die ihr Geschäft verstehen. Du wirst mir vermutlich nicht sagen, um wen es sich dabei handelt, oder?«

»Natürlich nicht, denn das fällt unter das Beichtgeheimnis.«

»Aha. Aber gibt es denn eine Preisvorstellung seitens des auf so wundersame Weise gerade an diesem Bild interessierten Sammlers?«

»Die gibt es in der Tat.«

»Trommelwirbel! Wie viel wäre er denn geneigt zu zahlen? Oder fällt das auch unter das Beichtgeheimnis?«

»Nein, mein Beichtkind hat mich in diesem konkreten Fall davon befreit.«

Pause.

»Jetzt sag schon, alter Freund.«

»Er wäre bereit, sieben Komma acht Millionen Euro zu zahlen.«

Trockau schmunzelte. »Kein schlechter Deal, wenn man die fünfundsechzig Millionen bedenkt, die das Bild ›Nr. 7‹ bei Sotheby's 2007 erzielt hat.«

»Aber sehr viel Geld in Anbetracht der Tatsache, dass es auch eine Fälschung sein könnte.«

»Ach! *Das* kalkuliert der Interessent ein?«

»Zumindest sagt er das. Sonst wäre ja tatsächlich ein zweistelliger Millionenbetrag fällig.«

»Hm … Was hat der Interessent denn mit dem Bild vor?«

»Er gehört zu der Sorte Sammler, die eigentlich der Schrecken eines jeden Künstlers sind: Er will das Bild ganz für sich allein in seiner Sammlung haben und es sich anschauen, wann immer er es wünscht. Vorausgesetzt – es ist noch da.«

»Hochwürdigster Monsignore, nicht nur Gottes Wege sind verschlungen. Auch die der Kunstwelt.« Jetzt war der Moment gekommen, an dem Trockau seinen guten alten Freund hinters Licht führen musste. Denn er hatte ihm nur einen Teil seines Planes erläutert. Und das, was er ihm nicht gesagt hatte, wollte er ihm auch jetzt noch nicht sagen. Trockau tröstete sich damit, dass es nur vorübergehend sein würde. Am Ende, wenn alles überstanden war, würde er ihm das ganze Projekt erklären.

Jetzt aber musste er erst einmal zu einer List greifen. »Hat Schnitzler etwas über seinen Verdacht erzählt, dass das Bild nicht echt sein könnte?«

»Was wäre, wenn es so gewesen wäre?«

Monsignore Kragenbauer war in kanonischem Recht promoviert und daher erstklassig in konjunktivem Denken erprobt. Mit anderen Worten: Er konnte brillant um die Ecke denken und dabei vage bleiben.

»Nun«, fuhr Trockau fort, »er hätte recht gehabt. Das Bild war in der Tat eine Kopie.«

»Ihr wolltet eine Kopie aufhängen?«, fragte Kragenbauer überhaupt nicht mehr kanonisch vage, sondern als Museumsmann zu Recht empört.

»Tja, gerade der Rothko war nicht in einer Schweizer Bank verwahrt gewesen, sondern wegen seiner Größe in einem Lagerhaus im Basler Freihafen, wo auch während der Art Basel viel Kunst gelagert wird. Und von dort bekam ihn der Leihgeber nicht rechtzeitig zur Ausstellungseröffnung heraus. Du verstehst – Zollformalitäten und solches Zeug. Deshalb wollte er erst einmal mit der Kopie beginnen und sie ersetzen, sobald er Zugriff auf das Original hätte. Das wäre eine Frage von ein paar Tagen gewesen. Und keiner hätte was gemerkt. Zumindest hatte sich der Leihgeber das so gedacht, wie er mir unter dem Siegel der Verschwiegenheit erzählte. Aber ich unterliege nicht dem

Beichtgeheimnis und kann es dir daher erzählen«, sagte Trockau grinsend. »Und bedenke dabei bitte: Das Kunsthaus Rostock steht bei der Weltelite der Kunstszene nicht auf Platz eins. Es wäre also mit Sicherheit keinem für die paar Tage aufgefallen.«

Das musste der Monsignore erst mal durchdenken. »Angenommen, es wäre so gewesen«, sagte er schließlich. »Was dann?«

»Dann«, fuhr Trockau in seinem Lügengespinst fort, »wäre jetzt nicht das Original gestohlen worden, sondern die Kopie.«

Er ließ ein bedeutsames Schweigen folgen. Und der Monsignore verstand die Konsequenz.

»Das heißt, mein Beichtkind könnte dem Sammler, wenn es ihn denn gäbe und es tatsächlich eine Vereinbarung mit ihm hätte, den echten Rothko anbieten?«

»Wenn das alles so zuträfe, dann wäre das so«, erwiderte Trockau, um dem Monsignore zu beweisen, dass auch er vage sein konnte.

»Und wozu hast du ihn dann so unter Druck gesetzt und verlangt, dass er gestehen müsse?«

»Wie hätte ich sonst herauskriegen sollen, ob nicht vielleicht er selbst hinter dem Diebstahl steckte? Als ich dann sah, wie er in sich zusammensackte, als ich ihm erklärte, dass genau ›sein‹ Rothko geklaut worden sei, war mir klar, dass ihm das ganz und gar nicht ins Konzept passte. Ich hatte sogar den Eindruck, dass er es mit der Angst zu tun bekam.«

»Das stimmt auch. Er hat mir gestattet, dir zu sagen, dass er erpresst wird.«

»Erpresst? Womit?«

»Mit einer Tätigkeit, die etwas mit der früheren DDR zu tun hat und die er nicht gerne an die große Glocke gehängt sähe. So etwas macht sich nicht besonders gut in den Kreisen, in denen er als Kunstexperte verkehrt.«

»Verstehe. Und wer hat Kenntnis von dieser früheren Tätigkeit?«

Kragenbauer schwieg und widmete sich dem Rotwein.

»Der Auftraggeber?«

Kragenbauer schwieg weiter, setzte das Glas ab und stand auf. Er ging zum Fenster, schaute in die beginnende Nacht hinaus und stellte die Gegenfrage: »Wozu brauchst du mich in dieser ganzen Sache?«

Rubino Kragenbauer, Doktor des kanonischen Rechts und ein in vatikanpolitischen Intrigen geschulter Kleriker, steuerte auf den Kern des Gespräches zu. Jetzt musste Trockau ein sehr kluges Denkmodell anbieten oder ein sehr einfaches. Er hatte sich für das einfache entschieden, weil er sich den Kampf mit dem Florett gegen den Monsignore nicht zutraute.

Deshalb antwortete er: »Der burmesische Leihgeber hat sich entschlossen, das geklaute Bild für die Medienarbeit seiner Ausstellung zu nutzen. Deshalb möchte er …«, hier wollte Trockau gleich im Vorfeld abfedern, dass der Monsignore ein schlechtes Gewissen bekam, an einem Betrug beteiligt zu sein, » … das Original für einen wohltätigen Zweck stiften – oder genauer: das, was er dafür als Gegenwert bekommt. Selbstverständlich sehr diskret. Er kann ja schlecht zugeben, dass der gestohlene Rothko eine Kopie war, wenn er seinen Diebstahl als medienwirksames Spektakel nutzen will. Deshalb verbietet sich auch eine groß angelegte Auktion bei Sotheby's oder Christie's. Du verstehst.«

»Ihr braucht also einen diskreten Vermittler, der Kontakt mit Schnitzlers Interessenten aufnimmt.«

»Wenn du das so nennen willst: ja«, versuchte Trockau den Ball flach zu halten. Und damit sich der Monsignore nicht ausgenutzt fühlte, fuhr er fort: »Als mir der Leihgeber die Sache mit der Kopie gestanden hatte und dass er das Original nun loswerden müsse, habe ich mir gedacht, dass es am schlauesten wäre, dich bei diesem Deal so ins Gespräch zu bringen, wie es mir jetzt wohl geglückt zu sein scheint.«

»Und warum behält der Leihgeber das Bild nicht einfach?«, fragte der Monsignore, während er weiterhin aus dem Fenster in die dunkle Nacht schaute. »Er könnte es sich doch für weitere zehn Jahre in den Keller legen, bis Gras über die Sache gewachsen ist?«

Was sollte Trockau ihm darauf antworten? Die Wahrheit? Er entschied sich für eine Antwort, die in der Nähe der Wahrheit lag: »Weil er nicht in den großen Zeitspannen des Vatikans denkt, sondern jetzt damit etwas Gutes tun will, um sich beim Leben oder wem auch immer für die Chance zu bedanken, die sich aus dem Diebstahl für die Medienarbeit ergibt.«

In der Hoffnung, dass der Monsignore diesem Argument zugänglich war, fuhr Trockau fort: »Verstehst du, er will als der große Sammler kostbarer Bilder bekannt werden. Und das kann er mit diesem Diebstahl in der Presse ganz prima lancieren.«

Kaum hatte Trockau seinen Satz beendet, reagierte der Monsignore, wie Trockau es nicht erwartet hatte.

Er sagte nämlich mit einem breiten Grinsen: »Ein bayerischer Amtskollege würde jetzt über dich sagen ›A Hund is er scho!‹ und dir anerkennend auf die Schulter klopfen. Ich bin von deiner Performance beeindruckt.«

Da sieht man mal wieder, dachte Trockau, was es ausmacht, wenn ein Mensch in der hohen Kunst der Diplomatie geschult ist. Denn mit diesem Satz hatte der Monsignore zu verstehen gegeben, dass er Trockaus Vorschlag ziemlich schlau fand, vermutlich sogar einverstanden mit der Vollstreckung war, ohne ihm auch nur den leisesten Hinweis zu geben, ob er ihn durchschaut hatte oder nicht.

»Hm«, sagte der Monsignore jetzt mit einem wissenden Lächeln, »wenn ich mir das alles so anhöre, dann ist das Geschäft ja noch lange nicht in trockenen Tüchern.«

Bedeutungsschwangere Pause. Wie Trockau sie hasste. Schon bei Ko Chan Tha musste er sie immer aushalten. Und jetzt auch noch beim eigenen Freund.

»Aber«, fuhr Kragenbauer mit Predigtstimme fort, »ich werde wohl oder übel als eine Art Mittler einspringen müssen. Natürlich nur um meinem Beichtkind und deinem burmesischen Sammler zu helfen. Vorausgesetzt, beide wünschen diese Form der Hilfe.«

Und damit hatte er sich als der zentrale Player in die Mitte des Geschehens platziert. Aber so sind sie, dachte Trockau mit einem Schmunzeln – diese gewieften Taktiker aus dem kirchlichen Herzen Roms: Sie machen alles nur aus Pflichtgefühl.

Daraufhin setzte er ein breites Grinsen auf und sagte mit unschuldsvoller Stimme: »Ich könnte dem burmesischen Sammler ja vorschlagen, dass er das Bild einer karitativen Organisation der katholischen Kirche spenden könnte.«

»Du könntest ihm ganz was anderes vorschlagen«, korrigierte ihn der Monsignore, »nämlich dass er das Bild dem Käufer schenkt – wenn der im Gegenzug den auszuhandelnden Betrag einer karitativen Organisation meiner Wahl spendet. Das könnte man auch eine wechselseitige Schenkung nennen. Dadurch komme ich nicht in den Geruch, ein Bild vermakelt zu haben, und der Käufer kommt in den Genuss einer steuerlich abzugsfähigen Spendenquittung. Auf der anderen Seite muss der jetzige Eigentümer des Bildes, der das Bild so großzügig schenkt, keine Einnahme versteuern, weil an ihn ja kein Geld fließt.«

Trockau schaute seinen alten Freund an. »Spätestens jetzt weiß ich, warum ich gerne mit dir Geschäfte mache. Du bist einfach brillant. Kein Wunder, dass du so eine große Nummer in den vatikanischen Museen bist.«

Ob Kragenbauer dabei wohl auch bedacht hatte, dass das Bild eine Fälschung sein könnte, bei der man sich erst dann strafbar macht, wenn man sie als echtes Werk verkauft?, dachte Trockau. Jedenfalls hatte Kragenbauer nun ausgeschlossen, dass er etwas Illegales tat, weil es sich um eine gegenseitige Schenkung handelte, bei der nachweislich kein Geld floss. Und sollte sich jemand später beschweren, dass das Bild gar nicht echt sei, dann wäre es halt ein minderwertiges Geschenk gewesen, das nicht gehalten hatte, was es versprach. Und wie war das mit dem »geschenkten Gaul«? Eben.

Je länger Trockau darüber nachdachte, umso mehr wurde ihm klar, dass der Monsignore all das in kürzestmöglicher Zeit durchdacht hatte – ohne dabei eine Miene zu verziehen. Der Mann hatte das Zeug zum Kardinal.

»Nun«, räusperte er sich ein wenig dramatisch, »wollen wir eine Nacht über das Ganze schlafen und uns morgen noch mal darüber austauschen?«

»Gerne«, sagte der Monsignore und trank mit einem beherzten Schluck das Glas Rotwein auf einen Zug aus.

»Zumal ich annehme«, legte Trockau verständnisvoll nach, »dass du vorher noch einmal mit deinem Beichtkind sprechen willst, um mit ihm das Ergebnis unseres Gespräches zu erörtern?«

»So ist es, mein lieber Balthasar.«

»Dann sag ihm doch, dass der Eigentümer darauf besteht, dass du die Verhandlungen vermittelst.«

»Ich bedanke mich für das Vertrauen.«

»Wenn wir mit alldem fertig sind, wirst du dich noch für ganz andere Sachen bedanken müssen.«

»Im Sinne von ›Danke für die großzügige Spende‹ oder von ›Danke, nie wieder‹?«

»Ich gehe mal von Ersterem aus.«

Damit umarmten sich die alten Freunde in stillem Einvernehmen und wünschten sich eine gute Nacht.

Die Nacht danach

Kühlungsborn, Seebrücke

Am Ende dieses turbulenten Tages wollte Trockau etwas Distanz zwischen sich und das Erlebte bringen. Die Seebrücke schien ihm der ideale Ort dafür zu sein. So ging er über das Wasser hinaus auf die dunkle Fläche, auf der kein Licht leuchtete. Keine Möwe lachte. Nur das Wasser rauschte in unaufhörlich gleichem Rhythmus an den Strand und schwappte an die Pfeiler des langen Landungsstegs.

Trockau setzte sich am Ende des Stegs auf den Boden, ließ die Beine übers Wasser baumeln und atmete die salzige Luft. Obwohl ihm der Kopf von all dem schwirrte, was heute passiert war, so war er dennoch zufrieden. Wenn er ehrlich war, liebte er wegen solcher Tage seinen Job. Und sein Team. Und sogar sich. Denn irgendwie waren sie – wie so oft bei ihrer Arbeit – auf einem guten Weg. Auch wenn sie dabei nur den Sachen anderer Leute hinterherliefen.

Um das Maß voll zu machen, wölbte sich über ihm eine sternenklare Neumondnacht. Eine seltene Gelegenheit an der See mit ihren stetigen Winden und ziehenden Wolken. Und so genoss er die Weitsicht, die auf Erden so schnell abhandenkommt.

Sein Vater hatte ihm einmal gesagt, wenn sie einander über

große Weiten grüßen wollten, dann sollte jeder den mittleren Stern des Schwerts im Sternbild Orion anschauen. Dabei hatte er dem damals Zwölfjährigen den Orion gezeigt mit den drei Sternen, die in kurzen Abständen auf einer Linie lagen und das Schwert symbolisierten.

Jetzt suchte er den Orion und fand ihn. Vielleicht sah sein Vater ihn auch gerade an – wo auch immer er jetzt war.

Er wusste nicht, ob es an der milden Abendluft lag, an der Weite der See oder an dem besonderen Moment. Aber in ihm wuchs das Gefühl, dass er seinem Vater die ungeliebten Vornamen »Anatol Balthasar« verzeihen konnte. Er mochte diese Namen immer noch nicht, aber er spürte die Ahnung, dass sein Vater sie ihm nicht aus Bosheit gegeben hatte, sondern weil er ihm besondere Namen hatte geben wollen. Denn wenn er es sich ehrlich eingestand, dann war sein Vater eigentlich immer stolz auf ihn gewesen. Solange er lebte.

Er blickte weiter über das Dunkel der See, und ihm kam die Songzeile »Best things in life are free« in den Sinn. Versöhnung gehört eindeutig dazu, dachte er. Und ihm fiel auf, dass im Wort »Versöhnung« ein bisschen was von »Sohn« steckt. Ein schöner Gedanke. Auch wenn er wissenschaftlich nicht haltbar war. Aber von seinem Herzen her war er haltbar. Sehr sogar.

Nach einer Weile stand er auf und ging auf das wunderbar erleuchtete Ostseehotel zu. Er würde heute sehr friedlich, tief und auch ein bisschen glücklich schlafen.

Der zweite Tag danach

Kühlungsborn, Ostseehotel, Restaurant »Papageno«

Als Trockau das Restaurant betrat, begrüßte ihn ein aufgeräumter Boi mit »Einen wunderschönen guten Morgen!«. Dabei jonglierte er zwei Teller mit Rührei, Gemüse »und allem Pipapo« durch das Restaurant. Zwei Teller? Zwei Teller!

In bester Laune schleppte er sie an einen Tisch, an dem eine schüchtern lächelnde Hedwig im strahlenden Licht der Morgensonne saß und mit leicht geröteten Wangen zu Trockau hinüberwinkte. Er winkte zurück und freute sich im Stillen, dass seine kleine wohlwollende Intrige offensichtlich auf fruchtbaren Boden gefallen war. Das könnte sogar was werden, dachte er mit einem versonnenen Lächeln, als er an zwei Zeitungen vorbeikam, die hinter dampfenden Tassen heißen Kaffees und angebissenen Marmeladenbrötchen hochgehalten wurden und deren raschelndes Umblättern den Morgen in Falten legte.

Es handelte sich in beiden Fällen um die Rostocker Ostsee-Zeitung, die titelte: »Spektakulärer Kunstraub in unserem Kunsthaus«.

Trockau blieb vor der raschelnden Papierwand stehen, woraufhin sich eine davon prompt mit dem entsprechenden Geräusch senkte und Ernst freigab.

»Morgen, Chef, ich glaube, wir werden gerade berühmt!«

Darauf lugte August hinter dem anderen Exemplar hervor und murmelte, ganz erprobter Morgenmuffel: »Wenn ich gestern schon gewusst hätte, dass das Bild *mehrere* Millionen wert ist, dann hätte ich … Ach nee, daran will ich gar nicht denken.«

Er verschwand wieder hinter seiner Ausgabe, zu der Trockau sagte: »Jedes Bild ist genau so viel wert, wie ein anderer bereit ist, dafür zu zahlen. Alles andere ist Spekulation.«

Und damit war das Tagesziel auch schon umschrieben, dachte er und schlenderte auf die Terrasse, um sein Frühstück dort einzunehmen.

War es nicht herrlich, in frischer Seeluft zu sitzen, den heraufziehenden Tag zu spüren und hinter dem kleinen Hotelgärtchen zu sehen, wie die Buden an der Promenade ihre Läden hochklappten und die Strandkörbe für den Tag fertig machten? Ja, dachte Trockau, es *ist* herrlich. Er war mit sich und der Welt sehr zufrieden. Ob es nun heute noch viel zu tun gab oder nicht.

Er winkte Amelie herbei, gab seine Bestellung auf und ging noch einmal zur Rezeption, um Ko Chan Tha eine Nachricht zukommen zu lassen, dass er ihn heute möglichst schnell zu einer »Medienvorbereitungskonferenz« treffen wolle, um ihm seine konzeptionellen Gedanken zu unterbreiten. Die Nachricht über den Diebstahl war in der Welt. Jetzt hieß es mit dem daraus resultierenden Schwung das angepeilte Ziel zu erreichen. Und zwar »proaktiv« – wie das dynamische Vertreter der Wirtschaftswelt gerne zu nennen pflegen.

Am Frühstückstisch zurück, wollte Trockau die Ruhe des Morgens genießen, so lange es ging. Die leichte Brise aus Südwest würde ihm die erwünschte Klarheit in die Gedanken wehen – und die Möwen hoffentlich sein Frühstück in Ruhe lassen. Wie alle anderen auch.

Mit den Möwen hatte er recht. Mit den anderen nicht. Wenig später schleppte sich ein sehr müde wirkender Marc Schnitzler an seinen Tisch und bat darum, Platz nehmen zu dürfen.

»Bitte, gern«, log Trockau. »Womit kann ich Ihnen dienen?«

»Ich denke, wir werden in der nächsten Zeit eng zusammenarbeiten, und da wollte ich für mein Tun … um Verständnis bitten.«

»Lieber Herr Schnitzler, ich zolle Ihnen meinen Respekt. Entschuldigungen sind nie so ganz einfach über die Lippen zu bringen. Die Botschaft ist angekommen, und ich bitte um dasselbe Verständnis für meinen etwas forschen Weckdienst gestern Morgen.«

»Entschuldigung angenommen.«

»Prima.« In leiserem Ton ergänzte Trockau: »Aber was die Zusammenarbeit betrifft, so denke ich, sollte alles Weitere über den Monsignore laufen, während ich dafür sorge, dass das Objekt der Begierde verfügbar ist. Mehr sollten Sie nicht wissen. Ich glaube nämlich, dass Ihr Nervenkostüm – und damit will ich Ihnen nicht zu nahe treten – für solche Geschäfte nicht gemacht ist.«

»Da schätzen Sie mich völlig richtig ein«, erwiderte Schnitzler.

»Gut, dann sollten wir uns auf diesem Wege nachhaltig voneinander verabschieden. Denn es ist bestimmt nicht gut für Ihre Reputation, wenn uns mögliche Informanten Ihres Interessenten zusammen sehen. Checken Sie aus dem Hotel aus und bleiben Sie in engem Kontakt mit dem Monsignore. Alles Weitere erfahren Sie von ihm.«

»Danke für Ihr Verständnis und Ihre Hilfe. Vielleicht kann ich mich zu einem späteren Zeitpunkt dafür revanchieren.«

»Dieser Zeitpunkt kommt bestimmt«, lächelte Trockau, »aber jetzt muss ich einen unwirschen Eindruck machen, falls uns jemand wider Erwarten beobachten sollte. Also auschecken und abwarten.«

Damit wandte er sich demonstrativ brüsk von Schnitzler ab, griff zur Tageszeitung und schlug sie wahllos auf, um sich mit deutlich zur Schau gestellter Inbrunst der Vorberichterstattung des anstehenden Schlagerspiels zwischen der Eintracht Schwerin und dem Wismarer FC Anker zu widmen, das die Region in prickelnde Vorfreude versetzte.

Als Trockau nach dem Frühstück zur Rezeption ging, sah er auf dem Vorplatz, wie Boi Hedwig die Tür zu seinem Wagen aufhielt, sie dann schwungvoll zuwarf und leichten Schrittes auf die Fahrerseite tänzelte. Trockau grinste und schaute dem Wagen nach, wie er vom Vorplatz fuhr. Er spürte die gute Stimmung im Wageninnern noch im Strahlen der Rücklichter. Gute Fahrt nach Berlin, ihr beiden, dachte er. Vielleicht kommt ihr ja auch mit ein und demselben Auto wieder, weil Hedwig erkennt, dass sie mit Boi viel besser fährt als allein.

Er drehte sich um und sah Ko Chan Tha, wie er ebenfalls den beiden nachsah.

»Läuft da was?«, fragte der Burmese schmunzelnd.

»Wer weiß?«, antwortete Trockau. »Aber zwischen uns sollte was laufen.«

»Wie bitte?«

»Unser Draht sollte heißlaufen – was den Umgang mit den Medien betrifft. Lassen Sie uns auf einen Kaffee in den Konferenzraum gehen und das weitere Vorgehen besprechen.«

»Deswegen bin ich hier.«

Eine Stunde später synchronisierten sie das Ergebnis der Kommunikationsstrategie im Kunsthaus mit Guggenstrom. Allen Beteiligten war klar, dass die Hängung der Bilder an diesem Wochenende fertiggestellt werden musste, notfalls auch in Nachtschichten. Denn wenn am Montag die Medienlawine hereinbrechen sollte, musste die Ausstellung so gut wie fertig hängen – um zur Vorberichterstattung durch interessierte Journalisten genutzt zu werden.

Heute würden erst einmal die Onlinemedien informiert und geschaut werden, ob ein Interview mit dem Direktor ausreichte und wie intensiv sie nachfassten. Für die zweite Welle hielt sich Ko Chan Tha bereit – und für die dritte Trockau. In jedem Fall bereitete das Museum ein elektronisches Foto des gestohlenen Rothkos vor, sodass die Medien das Bild weltweit kommunizieren konnten. Eine Information, die Trockau in einer stillen Minute Katharina aufs Handy schickte. Sie musste wissen, dass sich nun jeder ein Bild von dem Rothko machen konnte. Gerade weil es dasselbe Bild war, das sie von ihm als Kopiervorlage erhalten hatte. Deshalb musste sich ihre Kopie besonders streng an diese Vorlage halten.

Als sich Direktor Guggenstrom emotional gefasst hatte und das Ganze nicht mehr als Katastrophe, sondern als kommunikative Mega-Chance für die Ausstellung begriff, begann er – ganz klassisch – mit einem Telefonat bei der Deutschen Presse Agentur »dpa«.

Der zweite Tag danach

Saigon, Tan Son Nhat International Airport

Gegen halb sechs abends hatte Kleiner Bruder seinen Koffer vom Gepäckband genommen, unbehelligt die Zollkontrolle passiert und war danach in ein Taxi mit Richtung Sheraton gestiegen.

Nach einer halben Stunde fuhr der Wagen vor dem Portal vor. In zwei, drei Jahren wird das auch länger dauern, dachte er, als er ausstieg. *Noch* fuhren hier in Saigon alle Moped. Doch wenn es mit dem wirtschaftlichen Aufbau des Landes so weiterging, dann würden sich hier die Autos bald Stoßstange an Stoßstange durch die Stadt schieben.

Kleiner Bruder bezog sein Zimmer im siebenunddreißigsten Stock und stellte sich erst einmal unter die Dusche. Danach wollte er den ehrwürdigen Cuong im Rex anrufen und einen Termin mit ihm für die Übergabe absprechen.

Nach zwanzig Minuten unter dem heißen Strahl stieg er dampfend aus der Duschkabine, trocknete sich ab und schlüpfte in den Hotelbademantel. Er verließ das Bad, um seinen Anruf bei Cuong zu führen, als ihn fast der Schlag traf: Sein Koffer lag aufgeklappt auf dem Bett. Leer.

Ihm wurde so schwindelig, dass er sich an dem Schreibtisch festhalten musste, auf dem das Telefon stand. Weg! Die Früchte seiner Arbeit waren einfach weg! Er lief zur Tür, schaute auf den Flur, aber natürlich war niemand zu sehen. Er war ruiniert.

Als das Telefon klingelte, spürte er, wie sein Herz zu rasen begann.

Kleiner Bruder konnte sich nicht entschließen, den Hörer abzunehmen. Er fragte sich, wer außer dem Concierge wissen konnte, dass er in diesem Zimmer wohnte. Nach dem achten Mal Läuten nahm er ab.

»Gute Arbeit, Kleiner Bruder.«

»Oh … ehrenwerter Cuong.« Kleiner Bruder fürchtete, jeden Augenblick das Bewusstsein zu verlieren. Diese Schande, das Bild des alten Cuong bis hierher gebracht zu haben – und es sich dann auf den letzten Metern aus dem Hotelzimmer stehlen zu lassen! Das war schrecklich. Er hatte mehr als sein Gesicht verloren. Er war so gut wie tot.

Wie betäubt hörte er sich sagen: »Ich fürchte, ich muss Ihnen eine unerfreuliche Nachricht überbringen, ehrenwerter Cuong.«

»Na, die muss aber schon sehr unerfreulich sein, wenn sie den Rothko aufwiegen will.«

»Ja, um genau den geht es, ehrenwerter Cuong.«

»Sag ich doch: Er ist famos. Und bestens hier angekommen. Wir müssen ihn natürlich wieder auf einen Rahmen spannen, aber das kriegen wir schon hin.«

»Ich fürchte, ich verstehe nicht ganz. Der Rothko ist mir aus meinem Hotelzimmer geklaut worden. Hier in Saigon!«

»Nein, Kleiner Bruder, nicht geklaut. Ich habe ihn nur schon mal abholen lassen.«

Kleiner Bruder fühlte sich, als ob ihn jemand mit einem sehr breiten und sehr schweren Gummihammer vor den Kopf geschlagen hätte.

Der Rothko war gar nicht geklaut? Sondern genau da, wo er ihn morgen hätte abliefern wollen? Er musste sich setzen.

Dann dämmerte es ihm: Der alte Fuchs wollte sich auf den letzten Metern nicht die Butter vom Brot nehmen lassen und hatte die Initiative ergriffen. Natürlich hatte er seine Leute am Flughafen und im Hotel gehabt, die ihm sagten, dass Kleiner Bruder jetzt hier war.

»Also, Kleiner Bruder, wenn du morgen früh mit deiner Morgentoilette fertig bist«, schloss der alte Cuong sein Telefonat, »kommst du zu mir und erzählst mir alles. Jetzt wünsche ich dir einen angenehmen Abend.«

Die Tage danach

Deutschland

Um die Eröffnung der Ausstellung herum war die Resonanz in der Presselandschaft phantastisch gewesen. Die Boulevardpresse schoss sich am Montag mit ganzer Wucht ein. BILD titelte am ersten Tag mit weißen Lettern auf schwarzem Grund: »Teuerstes Bild der Welt weg?«. Und dann klein: »25 Mio/qm futsch«.

Die BILD-Zeitung hat ja bisweilen geniale Schlagzeilen. Diese war nicht genial, aber immerhin gut. Das Fragezeichen stellte ganz raffiniert einerseits den Diebstahl in Frage, andererseits aber auch, ob es sich wirklich um das teuerste Bild der Welt handelte, und reizte drittens die Neugier der Leser mit dem hohen »Quadratmeterpreis«.

Am nächsten Tag schaffte sie eine fast-geniale Schlagzeile: »Ko k. o.?«. In dem Artikel machten sie sich Sorgen, ob Ko Chan Tha den Verlust verschmerzen würde, und lieferten gleich die Antwort mit, indem sie auf den Gesamtwert der restlichen Bilder in Höhe von dreihundert Millionen Euro verwiesen. Trockau wusste nicht, wie sie auf diese Zahl kamen, denn von ihm hatten sie sie nicht. Aber letztlich war es Ko Chan Tha recht. Das verlieh der Ausstellung die Aura von unvorstellbarer Kostbarkeit.

Andere Medien hieben in dieselbe Kerbe. Die »Tageschau« berichtete am Montagabend von dem Diebstahl, und das »heute journal« brachte am Dienstag einen Bericht von der Ausstellungseröffnung mit dem Ministerpräsidenten. Der hatte es sich nicht nehmen lassen, die Ausstellung in einem ersten Rundgang – unter großer Beteiligung der Presse – zu besuchen. Flankiert wurde er von einem der stellvertretenden Bundestagspräsidenten, der die besten Wünsche von Angela Merkel ausrichten ließ. Sozusagen von Nachbar zu Nachbar, da ihr Wahlkreis »Stralsund nur einen Steinwurf entfernt läge«, so seine Worte.

Die Feuilletons der überregionalen Zeitungen erörterten in den folgenden Tagen die Sicherheitssituation in deutschen Museen und begrüßten die Initiative, die die Versicherung übernommen hatte, dem Rostocker Kunsthaus eine völlig neue, hochkomplexe und nach dem neuesten Stand der Technologie konzipierte Sicherheitsanlage zu stiften (dazu wurde sie zwar erst mit absolutem Hochdruck in den beiden Tagen vor der Eröffnung hochgerüstet, doch darüber verlor niemand ein Wort).

Die ZEIT machte in ihrem Feuilleton die leere Wand, an der das gestohlene Bild hätte hängen sollen, zum Thema. Sie wies darauf hin, wie das in den Medien allerorten gezeigte und inzwischen bestens bekannte Bild Mark Rothkos im Kopf des Betrachters den Leerraum ausfüllte. Und setzte noch einen drauf, indem sie darüber nachdachte, wie ein unvorhersehbares Ereignis – wie der Akt der Entwendung und die damit verbundene weltweite Berichterstattung – eine Ikone der Malerei erzeugen könne, vor der die Besucher inzwischen Schlange standen, obwohl dort nur ein leerer Rahmen hing.

Andere Blätter erörterten die Frage, ob in einer Informationsgesellschaft »ars in absentia« nicht stärker sei, als wenn man alles an der Museumswand en détail sehen könnte. In diesem Zusammenhang machte natürlich auch der Begriff »das Bild im Kopf« die Runde, und die Konzept-Kunst erfreute sich einiger Querverweise.

Interessanterweise nutzte eine Journalistin ihren Artikel zu einer kritischen Auseinandersetzung mit der »Over-Exposure« von Bildwelten in einer Mediengesellschaft und pries das rarste Gut dieser Gesellschaft – nämlich die Aufmerksamkeit der Menschen. Als Konsequenz wurde in den Frauenzeitschriften das Thema »Geheimnis« in den darauffolgenden Wochen zum Renner.

Kurzum: Das Fehlen des Bildes machte die Ausstellung zum Publikumserfolg. Und damit ging Ko Chan Thas Rechnung auf.

Der Mann machte Trockau richtig Spaß. Besonders wie er mit asiatischer Gelassenheit, die manchmal schon an Weisheit grenzte, die Mechanismen der hiesigen Gesellschaft durchschaute – und für seine Zwecke nutzte. Trockau freute sich darüber, dass sie durch die Medienarbeit einen guten Draht zueinander gefunden hatten, denn von diesem Burmesen würde man in Zukunft sicher noch sehr viel hören.

Der dritte Tag danach

Saigon, Hotel Rex, Rooftop-Bar

Um Punkt neun Uhr trat der alte Cuong an den Tisch, an den der Keeper Kleinen Bruder gesetzt hatte, weil Cuong dort immer sein Frühstück einnahm.

Kleiner Bruder musste ihm alles erzählen. Haarklein. Als er zu der Stelle mit Plittwitz und dessen Auftraggeber Hausmann kam, hörte Cuong noch konzentrierter zu und stellte nur wenige Zwischenfragen, dann brach er in schallendes Gelächter aus. Die Jungs vom Personal des Rooftop-Gardens sahen erstaunt zu ihm herüber, weil sie den alten Cuong noch nie so hatten lachen sehen.

»Das hast du hervorragend gemacht«, japste er, als er wieder Luft bekam. »Du hast Hausmann ausgetrickst, den alten Halunken. Er wollte dir das Bild klauen, weil er mir das Geld dafür nicht zahlen wollte. Das wird teuer für ihn werden! Wo ist dieses Handy?«

Kleiner Bruder reichte es ihm über den Tisch. »Der Akku ist leider leer.«

»Das macht nichts, dann laden wir ihn wieder auf.«

»Und der PIN-Code?«

»Für solche Probleme habe ich jemanden. Jetzt zu dir. Wir hatten hunderttausend Dollar als Honorar ausgemacht. Die Arbeit war schwerer, als ich geplant hatte – und du hast den Job ausgezeichnet erledigt. Was hattest du mit den hunderttausend Dollar vor?«

»Ich wollte mir damit ein kleines Hotel an der Halong-Bucht kaufen.«

»Halong-Bucht? Dafür reicht das Geld nicht. Die Preise sind inzwischen viel zu hoch. Wie wäre es mit Hoi An? Wie du sicherlich weißt, gehört das Städtchen zum Weltkulturerbe und ist nach der Halong-Bucht *der* Ort, zu dem die Reisenden pilgern. Ich habe dort ein kleines Hotel. Das bekommst du zu den hunderttausend Dollar dazu, wenn …«, er machte eine bedeutsame Pause, »wenn du mir auch weiterhin für solche Aufträge zur Verfügung stehst.«

Kleiner Bruder musste darüber nicht lange nachdenken. Jetzt konnte er sein kleines Hotel eröffnen, eine Familie gründen und hätte immer noch hunderttausend Dollar übrig. Die Aufträge des alten Cuong würden dabei das Salz in der Suppe des Alltags sein.

»Es ist mir eine Ehre, Ihr Angebot annehmen zu dürfen!«, sagte er hocherfreut und verneigte sich dabei tief.

Weitere Tage danach

Deutschland

In all dem Medienrummel um den »Rostocker Rothko« (BILD) ging folgende Meldung aus dem Lokalteil der Rostocker Ostsee-Zeitung unter:

Dänen lügen nicht?

Elektrikermeister Alfons P. (Name von der Redaktion geändert) aus Grimmen (Nordvorpommern) erhielt kürzlich eine Mahnung der Ko-

penhagener Flughafenverwaltung, innerhalb von drei Tagen 1378 Euro zu bezahlen. Die Dänen warfen ihm vor, sein Auto habe auf einem Parkplatz des Kopenhagener Flughafens die zulässige Parkzeit um mehrere Tage überschritten. Es sei deshalb sichergestellt worden und koste pro Tag eine Aufbewahrungsgebühr von 224 Euro. Sollte der Fahrzeughalter den angemahnten Betrag nicht innerhalb der gesetzten Frist begleichen, würde man den Wagen versteigern, um die Kosten der Aufbewahrung zu decken.

All das überraschte den soliden Handwerker sehr, da er seit drei Jahren nicht mehr in Kopenhagen gewesen war und jeden Tag mit seinem eigenen Auto zur Arbeit fuhr. In seiner Garage musste er allerdings feststellen, dass sein Roomster ein ihm unbekanntes Kennzeichen hatte – was ihm bisher nicht aufgefallen war. Wie sich bei der Polizei herausstellte, gehörte die Nummer einem Unternehmer aus Frankfurt an der Oder, der vor einigen Tagen zu Geschäftsverhandlungen in Posen gewesen war. Bei der Rückfahrt wurde er an der Grenzstation angehalten, weil er als Deutscher versucht haben sollte, einen Audi A8 mit polnischem Kennzeichen über die Grenze zu fahren. Wie sich anhand der Fahrzeugpapiere herausstellte, handelte es sich bei dem A8 jedoch um einen in Deutschland zugelassenen Wagen.

Der Frankfurter Unternehmer nahm den Vorfall nach überstandener Prozedur und Weiterfahrt mit einem vorläufigen deutschen Kennzeichen mit Humor: »Man kennt ja genügend Witze, dass Polen deutsche Autos klauen – anscheinend gibt es jetzt einige Nummernschilder zu viel dort, die sie so exportieren.«

Die örtliche Polizei will dem rätselhaften Nummerntausch auf den Grund gehen.

Zehn Tage danach

Luzern, Villa Zumbühl

Die Villa lag auf einem kleinen Hügel oberhalb der Stadt und hatte einen sagenhaften Ausblick auf den Vierwaldstätter See. In diesem Quartier wohnte das alte Geld der Stadt, so auch in der

Villa, die eine Anwaltskanzlei unter ihrem ausladenden Walmdach beherbergte. Die Straße war ruhig, die Platanen säuselten im milden Maienwind, und durch die blitzblanke Frühlingsluft wehte eine am Klavier gespielte Sonate von Beethoven herüber.

Als Monsignore Kragenbauer, der vom Chauffeur des Bischofs von Basel hierhergefahren worden war, ausstieg, hörte er, wie eine alte Dame laut und vernehmlich auf einem der Nachbargrundstücke fragte:

»Wie heißen Sie?«

Den dann ausgesprochenen Namen verblies der Wind, weil er deutlich leiser gesagt worden war, als es die alte Dame zu tun pflegte, die offensichtlich nicht mehr gut hörte. Ihre Antwort wiederum war gut und deutlich zu verstehen:

»Und? Arbeiten Sie für Lohn oder sind Sie wer?«

Der Monsignore lächelte. Die Dame schien nicht nur alt zu sein, sondern steinalt. Ihre Wertvorstellungen kamen vermutlich aus dem vorletzten Jahrhundert, ging es ihm durch den Kopf, als er den blank polierten Messingklingelknopf in der Sandsteinpforte drückte. Sie führte zu dem Haus, in dem sein Gesprächspartner auf ihn wartete.

Die schwere Eingangstür am Ende des kleinen Gartenweges öffnete sich einen Spalt, und von drinnen wurde der elektrische Türöffner für das Gartentor bedient. Der Monsignore schritt über makellos saubere Steinplatten, die einen Rasen durchteilten, der jedem Grün eines Golfsclubs zur Ehre gereicht hätte.

Die Tür öffnete sich ganz, und ein freundlich lächelnder älterer Herr mit weißem Haar erschien. Er ging keinen Schritt auf den geistlichen Würdenträger zu, sondern blieb auf der Schwelle stehen. Nicht weil er gebrechlich gewesen wäre, sondern als Ausdruck seines Selbstverständnisses. Als der Monsignore vor ihm stand, trat er beiseite und ließ ihn eintreten.

»Monsignore Kragenbauer, es ist uns eine Ehre, Sie kennenzulernen.« Er streckte Kragenbauer eine große, fleischige, aber feste Hand entgegen. »Ich bin Dr. Zumbühl und vertrete die Interessen des Käufers.«

»Grüß Gott«, erwiderte Kragenbauer und drückte Zumbühl seinen Saturno in die Hand, den traditionellen Hut, der – wie der

Name nahelegt – wie der halbierte Saturn samt ihn umkreisender Asteroidenschicht aussieht und nur noch selten von vatikanischen Würdenträgern getragen wird.

Zumbühl legte den Saturno auf der Hutablage der Garderobe ab und ging seinem Gast durch eine altehrwürdige Eingangshalle voraus. Sie wurde dominiert von einem mannshohen steinernen Kamin, auf dessen oberem Sims die Wappen der Inhaberfamilie prangten. Am Ende der Halle betraten sie einen dunkel getäfelten Konferenzraum mit einem langen Tisch aus heller Kirsche. Die Fenster des Raumes, in dem kein Stäubchen auf den polierten Oberflächen zu liegen schien, schauten auf den See und flankierten die offene Verandatür. Sie führte hinaus auf eine herrliche Terrasse.

Als sie hinaustraten, konnte sich der Monsignore gut vorstellen, wie im Spätsommer hier Rosen rankten und dem Ganzen eine Anmutung verliehen, die die meisten Menschen wohl »paradiesisch« nennen würden. Eine Sandsteinbalustrade begrenzte den kleinen Terrassenbereich und gab den Blick auf den Vierwaldstättersee frei, der im Mittagslicht träge dalag.

»Darf ich Ihnen ein Glas Cidre anbieten«, fragte Dr. Zumbühl, »oder lieber Holundersaft?«

»Cidre wäre sehr angenehm«, antwortete Kragenbauer. »Danke.«

Der Gastgeber verschwand für einen kurzen Moment und überließ den Kirchenvertreter der überwältigenden Aussicht.

Kragenbauer nahm auf einem der Stühle aus blank poliertem Teakholz Platz und hatte den Eindruck, dass hier *alles* blank poliert war. Da er neben der Theologie auch Psychologie mit Schwerpunkt Psychoanalyse studiert hatte, wusste er, dass so viel demonstrative Sauberkeit auf einem inneren Bedürfnis nach Reinigung beruhte. Zum Beispiel weil derjenige, der diesen Zwang zur Sauberkeit auslebte, überall Schmutz spürte. Meistens nur in der Vorstellung. Manchmal aber auch real.

Dr. Zumbühl selbst machte nicht den Eindruck, als litte er unter einem besonderen Zwang zur Sauberkeit. Aber vielleicht ging es seiner Frau so. Möglicherweise weil sie die »Nebenwirkungen« der Geschäfte ihres Mannes aus der Welt putzen wollte?

Zu weiteren Überlegungen kam der Monsignore nicht, weil Dr. Zumbühl durch die Terrassentür trat und ihm vis-à-vis Platz nahm.

»Meine Gattin wird uns gleich eine Erfrischung reichen.«

Wie aufs Stichwort betrat eine feingliedrige ältere Dame die Terrasse, ein silbernes Tablett in der Hand mit zwei Kristallgläsern und einer Flasche Cidre in einem silbernen Eiskübel darauf. Als sie das Tablett abgestellt hatte, gab sie dem Monsignore die Hand und machte eine Art Knicks, wie es früher bei kirchlichen Würdenträgern zur Begrüßung üblich gewesen war.

Old school, registrierte Kragenbauer, was ihn – zugegebenermaßen – für die Dame des Hauses einnahm. Putzzwang hin oder her.

Mit einem nervösen »Herzlich willkommen« lächelte sie ihn an und verschwand so schnell und lautlos, wie sie gekommen war. Interessanterweise verschloss sie die Verandatür hinter sich. Als ob sie von dem Gespräch nichts mitbekommen wollte. Vielleicht schloss sie auf diese Weise ihren Mann auch unbewusst aus. In jedem Fall erschien es Kragenbauer merkwürdig. Passte aber gut zu dem auf Hochglanz polierten Ambiente und ließ ihn seine Vermutung bestätigt sehen, dass die Herrin des Hauses wohl diejenige war, die die Auswirkungen der Arbeit ihres Mannes mit einem erhöhten Putzbedürfnis zu kompensieren trachtete.

»Monsignore«, begann Dr. Zumbühl, »wir kennen beide den Grund Ihres Besuches. Lassen Sie uns deshalb gleich in medias res gehen. Sie haben das Bild?«

»Ich habe das Bild ebenso wenig, wie Sie das Geld dafür haben«, antwortete Kragenbauer mit der Präzision des Dr. jur. canonici. »Wir sind beide als Stellvertreter für unsere Klienten hier und sollten uns möglichst rasch und konstruktiv über die Schenkungsmodalitäten verständigen, damit unsere Klienten anschließend ihren Teil dazu beitragen können, dass zustande kommt, was die beiden Parteien beabsichtigen.«

»Sehr schön. Kommen wir zu Punkt eins, der meinen Klienten besonders interessiert: Warum will Ihr Klient nicht verkaufen, sondern es als eine Spende für einen wohltätigen Zweck verwenden?«

Der Monsignore lächelte feinsinnig. »Nun«, begann er, »das hat etwas mit meiner Person zu tun. Ich habe meinem Klienten klipp und klar gesagt, dass ich kein Kunsthändler bin und mich auch nicht für einen solchen Handel instrumentalisieren lasse. Wenn ich die Vermittlung übernehmen solle, dann zu meinen Bedingungen. Und die bestehen in der von Ihnen erwähnten Spende an eine karitative Organisation, mit der ich im Rahmen meiner seelsorgerischen Tätigkeit zu tun habe. Genau das möchte ich auch Ihrem Klienten mitteilen: Es findet hier kein Verkauf statt, sondern zwei Schenkungen. Mein Klient schenkt Ihrem Klienten das Bild, und Ihr Klient schenkt unserer Organisation den ausgehandelten Betrag.«

»Das haben wir verstanden und begrüßen es, zumal mein Klient seine Schenkung steuerlich geltend machen kann und er überdies ein Herz für Kinder hat.«

»Das freut mich zu hören«, antwortete der Monsignore sibyllinisch.

»Trotzdem ist die Frage noch nicht beantwortet, warum der Verkäufer … pardon … Ihr Klient so selbstlos ist und auf eine solche Summe so großzügig verzichtet?«

»Sehen Sie«, und hier lächelte der Monsignore erneut feinsinnig und undurchsichtig, »ich fürchte, da habe *ich* ihm keine andere Wahl gelassen. Wie gesagt: Ich vertrete sehr klare Interessen für die mir ans Herz gelegten Kinder, nicht für meinen Klienten.«

»Das habe ich verstanden. Und das ehrt Sie auch. Aber warum hat er diese Konditionen angenommen?«

»Dr. Zumbühl, als Seelsorger lerne ich jeden Tag Neues über die Seele des Menschen, weshalb ich mir abgewöhnt habe, sie mit meinem begrenzten Verstand interpretieren zu wollen. Sie sollten diese Frage deshalb besser an meinen Klienten richten …«

» … den wir aber nicht sprechen können, sondern nur Sie – und dieses ›nur‹ soll kein Ausdruck unserer Geringschätzung sein, sondern Ihrer Exklusivität.«

»Ich verstehe Sie schon richtig. Nun, ob mein Klient die erhaltenen Millionen behält, verschenkt oder am Spieltisch verjubelt, ist seine Sache. Nicht meine und auch nicht die Ihre.«

Der Tonfall hatte eine Idee an Schärfe zugenommen, doch der

Monsignore fand das ganz angenehm, weil ihm in dieser Idylle inzwischen überhaupt nicht mehr idyllisch zumute war, sondern ihm ein wenig der Sinn nach Säbelrasseln stand. Keinesfalls eine unchristliche Assoziation, wenn man die Geschichte der Kirche betrachtet.

»Lassen Sie uns deshalb über die Echtheit des Bildes reden«, fuhr er fort. »Sie haben Marc Schnitzler an Ihrer Seite, der weit und breit als *die* Koryphäe in der Beurteilung der Werke von Mark Rothko anerkannt ist. Er kann sich gerne …«

»Sehr geehrter Monsignore – wenn Sie gestatten, dass ich Sie hier kurz unterbreche –, Herr Schnitzler ist zwar *der* Rothko-Experte, da haben Sie völlig recht, aber mein Klient möchte mehr als nur eine Stimme dazu hören.«

»Lieber Dr. Zumbühl, das ist der Grund, warum ich solche Vermittlungen nur mache, wenn es sich nicht um ein ›Geschäft‹, sondern um wohltätige Zwecke handelt. Denn bei jedem Handel ist Vertrauen notwendig, sonst kann – und sollte – man es lassen. Das gilt auch für die beiden Schenkungen. Ich halte deshalb fest, dass Ihr Klient Zweifel an der Qualität und Echtheit des Bildes hat und er dem Urteil des von ihm engagierten Experten keinen großen Wahrheitsgehalt entgegenbringt. Ist das korrekt?«

»Nun, verehrter Monsignore, das ist etwas hart formuliert, aber wie ich bei der Recherche zu diesem Gespräch Ihrer Biografie entnommen habe, sind Sie in Deutschland aufgewachsen, und unsere deutschen Nachbarn lieben solche schnörkellos klaren Aussagen anscheinend. Deshalb antworte ich mit Ja.«

»Hat Ihr Klient einen Vorschlag, wie er vorgehen will, um sich einen Eindruck von der Echtheit des Bildes zu verschaffen?«

»Nun, er möchte keinen ›Eindruck‹, er möchte ›Klarheit über die Echtheit‹, Monsignore Kragenbauer. Mein Klient überweist ja auch nicht ›vermutlich echte Euros‹, sondern definitiv echte Euros.«

»Der Punkt geht an Sie, womit ich also wieder auf meine deutsche Klarheit zurückschwenke: Wie will Ihr Klient die Echtheit prüfen?«

»Er will das Bild erstens in der Ausstellung sehen, und zweitens möchte er einige Untersuchungen daran durchführen lassen.«

Der Monsignore stutzte. »Wie stellt er sich das vor?«

»Er möchte, dass das Bild in der Ausstellung gezeigt wird und dass sich die Kunstwelt darüber auslässt, ob es das echte Bild ist. Man weiß ja nie, was unter dem Mantel des Diebstahls mit dem Bild passiert ist.«

»Interessanter Gedanke. Ich hatte Ihnen, glaube ich, noch nicht gesagt, dass das gestohlene Bild eine Kopie war und das, über das wir hier sprechen, das Original.«

»So lautet die Legende, ja.«

»Dr. Zumbühl, vergessen Sie den Begriff ›Legende‹. Das sind die Tatsachen. Wenn Sie die nicht interessieren, nehme ich das zur Kenntnis. Aber seien Sie mir nicht böse, wenn ich darauf nicht eingehe. Also: Da Ihr Klient will, dass das Bild ausgestellt wird, entstehen Kosten – die Ihr Klient übernehmen wird. Im Voraus. Auf ein Konto unserer Wahl. Die Koordinaten entnehmen Sie bitte dieser Karte.«

Damit schob er ihm eine diskrete Karte mit allen erforderlichen Angaben über den Tisch. »Dafür erhält Ihr Klient für vierundzwanzig Stunden ein Vorkaufsrecht. Danach werden auch andere Interessenten zu dem Schenkungsprozess zugelassen. Wenn Ihr Klient nichts gegen diese Konditionen einzuwenden hat, werde ich das meinem Klienten so ausrichten. Sollten Sie nichts mehr von mir hören, besteht das Interesse meines Klienten an dem Austausch der Schenkungen nicht. Ansonsten werde ich Ihnen eine kurze Nachricht schicken. Ach, noch etwas: Ich rufe Sie an und teile Ihnen mit, wann das Vorkaufsrecht beginnt.«

Dr. Zumbühl nickte als Zeichen, dass er verstanden hatte.

»In diesem Sinne«, fuhr der Monsignore fort, »wird nun jeder von uns mit seinem Klienten sprechen, wobei ich Ihrem empfehlen würde, etwas Geduld mitzubringen, bis das Bild gehängt werden kann – weil es sich noch in Ihrem schönen Land befindet. Mehr will ich dazu nicht sagen. Ich bedanke mich für den vorzüglichen Cidre und wünsche Ihnen und Ihrer Gattin einen ganz wunderbaren Frühlingstag in Ihrem zauberhaften Heim.«

»Herzlichen Dank, Monsignore. Ich darf Sie zur Tür begleiten.«

Am Eingang verabschiedeten sie sich in distanziert höflicher

Form voneinander. Kragenbauer setzte auf dem Weg zur Gartenpforte, auf dem er dieses Mal vom Hausherrn begleitet wurde, den Saturno auf, stieg in den wartenden Wagen, grüßte noch einmal huldvoll aus dem Fond und ließ sich davonfahren.

Dr. Zumbühl schaute ihm noch eine Weile nach. Als er die Haustür hinter sich schloss, fragte ihn seine Frau mitfühlend:

»Und? Ist alles gut gegangen, Schatz?«

»Ich weiß nicht.« Er ging mit gesenktem Blick in den ersten Stock, wo sein Klient gemeinsam mit Marc Schnitzler wartete und das Gespräch in bester Sendequalität mit angehört hatte. Der Klient hieß Erich Hausmann und wollte wissen, welchen Eindruck Zumbühl »von diesem Kirchenaffen« habe. Schließlich habe er ihm direkt gegenübergesessen, weshalb er ihn besser einschätzen könne, als das von hier oben möglich sei.

»Und? Werden Sie es machen?«, fragte Zumbühl diplomatisch, nachdem er seinen Eindruck von Kragenbauer geschildert hatte.

»Richten Sie dem ehrwürdigen Kirchenvertreter aus«, antwortete Hausmann mürrisch, »dass wir die Kosten übernehmen. Wenn die Kunstwelt das Bild als echt anerkennt, können wir einen guten Schnitt machen. Und als Geldanlage ist es immer eine Bank. Oder was meinen Sie, Schnitzler?«

Der meinte gar nichts, sondern lächelte nur – zerzaust und verschwitzt wie üblich.

So ein Vollidiot, dachte Hausmann; laut sagte er: »Eigentlich müsste ich das Ganze selbst in die Hand nehmen.« Doch das ging nicht, weil ihn gerade in Rostock noch der eine oder andere aus den glorreichen Zeiten der DDR kannte. Die Gefahr, entdeckt zu werden, war zu groß. Er musste die Sache wohl oder übel aus der Ferne steuern. Aber zumindest die Drohung, dass er das Ganze eigentlich selbst in die Hand nehmen müsse, in den Raum zu stellen, hielt er für durchaus angebracht. Damit diese Lakaien nicht dachten, sie könnten ihm auf der Nase herumtanzen.

Elf Tage danach

Rostock, OstseeRadio

An diesem Tag wurde das Interview mit »A. B. Trockau, dem Versicherungsagenten, der mit dem Auffinden des verschwundenen Rothkos beauftragt worden ist« gesendet. Zumindest lautete so die kurze Charakterisierung Trockaus durch den jungen Journalisten des Lokalradiosenders, der ihn mit großer Ausdauer belagert hatte, um ihn zu einem Interview zu bewegen. Bis es ihm schließlich gelungen war:

»Herr Trockau, ist der ›Rostocker Rothko‹, wie das Bild in den Medien genannt wird, aus Ihrer Sicht unwiederbringlich verschwunden?«
»Wenn ich das mit Ja beantworten müsste, hätte ich Ihrer schönen Stadt Rostock bereits den Rücken gekehrt und mich neuen Aufgaben zugewandt.«
»Sie sind aber weiterhin hier. Dann besteht also noch Hoffnung?«
»Die Hoffnung stirbt grundsätzlich zuletzt. So wie in jedem Krieg als Erstes die Wahrheit stirbt. Solange in meinem Beruf die internationalen Netzwerke funktionieren, so lange ist man nicht abgehängt. Auch wenn das Bild noch nicht wieder da hängt, wo es hängen sollte.«
»Haben Sie denn konkrete Hinweise, wo es jetzt ist?«
»Sehr konkrete.«
»Erzählen Sie uns doch bitte etwas mehr!«
»Ich stehe in Verhandlungen mit einem Konsortium von Spezialisten, das uns behilflich war zu verhindern, dass das Diebesgut ins außereuropäische Ausland verfrachtet wurde. Das passierte buchstäblich in letzter Minute. Nun heißt es, das Bild wieder nach Deutschland zurückzuschaffen, was sich als nicht ganz einfach herausstellt, da es nicht gerade – wenn Sie den Vergleich gestatten – die Größe eines Porträts von Dürer hat, das in einen Aktenkoffer passt. Der Rothko muss daher so transportiert werden, dass er unversehrt hier wieder ankommt. Und sicher! Gehen Sie deshalb davon aus, dass hier die höchste Sicherheitsstufe herrscht. Einen ersten Eindruck davon bekommen Sie, wenn Sie sich nachts Ihr Kunsthaus anschauen.«
»Darüber haben wir berichtet. Das ganze Haus ist nachts in Flutlicht getaucht. Und ein Spezialeinsatzkommando bewacht es innen wie außen vierundzwanzig Stunden am Tag.«

»Und das ist nur das, was Sie als Laie sehen können.«
»Es reicht also nicht, Ihnen auf Schritt und Tritt zu folgen, um so den Standort des Bildes zu finden und es in einem zweiten Anlauf zu stehlen?«
»Das wäre keine gute Idee. Es sei denn, Sie wollen die harte Seite unseres Geschäftes kennenlernen. Die ganz harte Seite. Wir haben vom Innenministerium eine Sonderregelung erhalten, nach der wir vorgehen können, wenn wir es für erforderlich halten. Und wir haben aus den USA das passende Personal dafür bekommen. Glauben Sie mir: Sie wollen nicht wirklich wissen, was demjenigen passiert, der uns in die Quere kommt.«
»Keine weiteren Fragen.«
»Kluger Junge!«

Trockau musste übers ganze Gesicht grinsen, als er das Interview im Autoradio hörte. Er war gerade auf dem Weg zu der Besprechung mit dem Helikopterpiloten auf dem kleinen Flughafen Rostock-Laage. Trockau fand sich in dem Interview gar nicht schlecht, wie er den Bruce Willis gab. Auch wenn er ein bisschen zu dick aufgetragen hatte. Aber dadurch verschaffte er Katharina die Zeit, die sie brauchte, um ihre Arbeit endgültig zu Ende zu bringen. Und es war die richtige mediale Vorbereitung für seinen Helikopterauftritt.

Dreizehn Tage danach

Rostock, Kunsthaus

Gegen zehn Uhr fuhren vier Polizeiwagen auf das weitläufige Parkgelände um den Schwanenteich unweit des Kunsthauses. In jedem saßen vier Beamte, die die vier Eckbereiche des Geländes besetzten und sicherstellten, dass niemand die Wiese betrat. Denn wenig später landete dort ein sehr großer und sehr schwarzer Helikopter und wirbelte unglaublich viel Staub auf. Der junge Reporter, der das Interview mit Trockau geführt hatte und in der Nähe des Kunsthauses wohnte, lief zum Ort des Geschehens und berichtete später, dass es sich bei dem Helikopter um einen Sikorsky Black Hawk des österreichischen Bundesheers gehandelt habe. Und obwohl vonseiten des Innenministeriums keine Bestätigung dieser Information zu erhalten war, bestand er auf der Richtigkeit seiner Aussage, da er ein begeisterter und kenntnisreicher »Avioniker« sei. Zumindest bezeichnete er sich selbst so.

Später berichtete er mit dramatischer Stimme: *»Als die Rotorblätter des Helikopters zur Ruhe gekommen waren, entstieg Special Agent Trockau dem Heli und ging gemeinsam mit dem Piloten zum Kunsthaus, wo sie vom Direktor bereits erwartet wurden, aufgeregt flankiert von seinem Sicherheitschef Stuvenbarg. Während sie im Museum verschwanden, nahm die Zahl der Menschen am Rande des kleinen Parkareals stetig zu. Leider war keine Presse für die Dauer ihres Aufenthaltes im Museum zugelassen. Als der Special Agent nach kurzer Zeit zusammen mit Direktor Guggenstrom, Sicherheitschef Stuvenbarg und dem Piloten das Museum wieder verließ, war die Menschenmenge in und um das Parkareal auf einige hundert Schaulustige angewachsen …«*

Während Trockau mit seinen beiden Begleitern den Hubschrauber bestieg, fuhr der Kleinlastwagen eines Partyservices hinter dem Kunsthaus vor. Seine Aufgabe war es, belegte Platten und andere Köstlichkeiten für eine der vielen Exklusivführungen abzuliefern, die seit Tagen im Museum stattfanden.

Als der Helikopter mit großem Getöse der Turbine startete und alle Augen auf diesen Riesenwirbel gerichtet waren, wurde eine Kiste aus dem Kleinlastwagen in das Museum getragen. Größe circa ein Meter fünfzig mal zwei Meter fünfzig. Allerdings schenkte diesem Vorgang niemand seine Aufmerksamkeit, da der sehr böse aussehende Black Hawk mit einem aufgeregten Stuvenbarg, einem bestens gelaunten Direktor Guggenstrom und Trockau in den blauen Himmel über Rostock abhob.

Als sie über der Ostsee außer Sicht waren, hatte der »Rothko« seinen alten/neuen Bestimmungsort erreicht. Katharina, die den Party-Laster gefahren hatte, übergab den Schlüssel an ihren Beifahrer, der den Wagen wieder zu dem Leihwagenunternehmen nach Berlin zurückbringen würde, wo auch die aufgeklebten Buchstaben »Party Service« entfernt werden würden.

Katharina packte mit Ernst in dem leeren Museum, das erst in einer Stunde seine Pforten öffnen würde, die weiße Kiste aus; gemeinsam hängten sie den »Rothko« an die Stelle, die bisher leer geblieben war. Dann verwischten sie die Transportspuren, genehmigten sich einen Espresso und betrachteten den Neuzugang.

»Großartige Arbeit«, meinte Ernst.

»Ja, der alte Rothko hatte es schon drauf – vor mehr als fünfzig Jahren.«

»Wie jetzt? Ist das der echte?«

»Na, Ernst, warum haben wir dieses ganze Manöver denn wohl gemacht? Für eine Kopie? Das hätten wir auch billiger haben können.« Katharina war in Hochform.

»Ich werd nicht wieder! *Das* ist also der geklaute Rothko! Wie hat Trockau den doch noch gekriegt?«

»Das sind die Strategien und Verbindungen Ihres Chefs, die Sie doch eigentlich besser kennen sollten als ich, Ernst. Sie arbeiten schließlich schon viel länger mit ihm zusammen und wissen, worauf sein legendärer Ruf gründet.«

Ernst schaute sie kurz von der Seite an, schaute dann wieder auf das Bild, verlagerte sein Gewicht ein wenig auf die Zehenspitzen und zurück und sagte beiläufig: »Da haben Sie recht. Die Verbindungen, die dieser Mann hat, sind wirklich faszinierend. Darüber habe ich mich schon mehr als einmal gewundert.«

»Ja, ich muss zugeben, er fasziniert mich auch.« Dann blickte sie zu Boden und schaute ihn wie Prinzessin Diana zu ihren besten Zeiten verschämt von unten an. »Ich finde das Arbeiten mit Ihnen und Ihren Kollegen wirklich sehr anregend.«

»Nun«, antwortete Ernst mit einem aufgeräumt großmütigen Lächeln, »das freut mich sehr.« Und es freute ihn tatsächlich, dass er in Zukunft mit dieser attraktiven jungen Frau mehr zu tun haben würde.

Es dauerte nicht lange und die drei Helikopterpassagiere fuhren in Trockaus BMW wieder hinter dem Museum vor. Seine Laune und die von Guggenstrom waren bestens, weil sie den Helikopterflug einfach wunderbar fanden. Stuvenbarg hingegen blickte etwas missmutig drein. Er hatte die große Hatz auf die Bösewichter erwartet – aus dem offenen Black Hawk beim Klang von Wagners »Walkürenritt«, wie er es im Film »Apocalypse Now« gesehen hatte. Allerdings war der Hubschrauberflug bereits auf dem Flughafen Rostock-Laage zu Ende gewesen.

Grummelig ging Stuvenbarg durchs Museum, »um seine Arbeit wieder aufzunehmen«, als er den Rothko an der bisher leeren Wand hängen sah.

Das Bild war wieder da! In *seinem* Museum. Und es war hineingelangt, ohne dass er dabei gewesen war. Im Gegenteil: Man hatte ihn mit diesem dämlichen Helikopterflug rausgelotst, um ungestörten Zugang zum Museum zu haben.

Wutentbrannt stapfte er zu Guggenstrom, der mit Trockau noch vor dem Museum stand.

»Was soll das, Herr Guggenstrom!«, stieß er hervor. »Der Rothko ist wieder da, und ich bin darüber nicht informiert worden.«

»Wie bitte?«, fragte Guggenstrom arglos, um nicht zu sagen ungläubig. »Was reden Sie denn da?«

»Kommen Sie mit«, Stuvenbarg ging voraus, »Sie werden gleich sehen, dass da, wo sonst nichts hing, jetzt ein Bild hängt!«

Guggenstrom folgte Stuvenbarg mit gerunzelter Stirn. Man merkte ihm an, dass er am Verstand seines Mitarbeiters zweifelte. Doch als sie um die letzte Ecke bogen, klappte ihm der Unterkiefer runter. Mit offenem Mund stand er da, bewegte sich nicht von der Stelle und starrte auf das Bild, als ob er eine Marienerscheinung hätte. Trockau stand hinter ihm und fürchtete, dass ihn der Schlag getroffen haben könnte. Er versuchte, einen Blick auf sein Gesicht zu erhaschen, und sah, dass Guggenstrom ganz langsam den Mund schloss, mit der Zunge die Lippen benetzte und schluckte.

»Wo kommst du denn her?«, flüsterte er leise – wie in Zwiesprache mit dem Bild.

Trockau antwortete ebenso leise, noch immer hinter ihm stehend: »Er wurde heute Morgen angeliefert. Es ist mir gelungen, ihn mit vielen Beziehungen und einigem Geld zu beschaffen. Ich hatte dem Lieferanten absolute Diskretion zugesichert, deswegen kam er an, als die Aufmerksamkeit aller auf unseren Helikopterflug gerichtet war. Ich bitte dafür um Verständnis und Nachsicht.«

Guggenstrom drehte sich stocksteif um die eigene Achse und flüsterte: »Überhaupt nicht!« Dann schlug er Trockau mit einem lauten Klatsch auf die Schulter. »Sie Teufelskerl!«, lachte er und riss ihn an seine Brust. »Sie sind ja die absolute Geheimwaffe!«

Worauf Trockau nur verlegen lächelnd über Guggenstroms Schulter zu Boden blicken konnte, während der ihn sichtlich bewegt weiter umarmte.

Gegen Mittag wurde im Kunsthaus eine provisorische Pressekonferenz abgehalten, an der wegen der Kurzfristigkeit nur die regionalen Medien teilnehmen konnten.

Als sich in der Folge die Nachricht lauffeuerartig herumsprach, standen den ganzen Nachmittag die Telefone im Kunsthaus nicht mehr still, und am nächsten Tag war die Neuigkeit allerorten zu lesen: Der »Rostocker Rothko« war gefunden worden.

Daraufhin machten sich viele Kunsthistoriker und Rothko-Fans auf den Weg und unterzogen das Bild einer eingehenden Untersuchung – war es doch heute zum ersten Mal seit über vierzig Jahren zu sehen. Das Original wurde mit der einzig existierenden Abbildung verglichen und für »sehr beeindruckend« befunden. Der Keilrahmen des Rothkos mit allen Stempeln, Beschriftungen und Zeichen wurde fotografiert und in die USA zu den Erben gemailt. Die Kunsthistoriker sprachen von einem »ganz besonderen Meisterwerk« aus der Hand des großen amerikanischen Expressionisten, und diejenigen, die im Museum selbst einen Blick auf die Leinwand werfen konnten, waren ob der »einzigartig transzendenten Ausstrahlung« dieses Werkes tief bewegt.

Selbst Katharinas Vater, der das Original vor seiner »Entführung« – wie es die Presse inzwischen nannte – als Einziger gründlich untersucht hatte, konnte »nur erneut« seine uneingeschränkte Wertschätzung und Achtung diesem Bild gegenüber zum Ausdruck bringen. Für ihn war es dasselbe Bild, das er schon einmal eingehend begutachtet hatte. Und für seine Tochter war es sein unbewusster Ritterschlag. Weder Trockau noch sie ließen Boi etwas merken. Trockau spürte allerdings die innere Freude der Tochter über dieses nicht als solches gemeinte Lob des Vaters.

Bois Aussage konnte natürlich nicht in der Presse verwendet werden, doch gab sie Trockau die notwendige Sicherheit, um den Monsignore die nächsten Gespräche führen zu lassen. Er rief ihn an und ließ ihn wissen, dass er seinem Gesprächspartner mitteilen solle, ab kommender Montagnacht null Uhr begönnen die vierundzwanzig Stunden für das Vorkaufsrecht.

Am folgenden Wochenende gab es im Rostocker Kunsthaus einen wahren Besucheransturm. Vor dem Eingang bildete sich eine Schlange, die einmal um das ganze Gebäude herumreichte. Die Bedienungen der Cafeteria fuhren Sonderschichten, um all den Menschen mit Getränken die Wartezeit zu erleichtern. Das Haus feierte Umsatzrekorde, und Trockau hoffte, dass auch die Stadtväter den ganzen Rummel zur Kenntnis nahmen und die Renovierung des Hauses auf ihre Agenda setzten.

Fünfzehn Tage danach

Berlin, Flughafen

Um Schlag sieben Uhr fünfzig trafen Marc Schnitzler und Dr. Zumbühl mit der Air Berlin 8121 aus Zürich in Tegel ein; um acht Uhr fünfundvierzig mieteten sie sich einen Leihwagen.

»Herr Schnitzler, fahren Sie«, sagte Zumbühl, als sie den Wagen erreicht hatten. »Ich bin von zu Hause die hundertzwanzig Stundenkilometer Höchstgeschwindigkeit gewöhnt, da brauchen wir vielleicht zu lange.«

Das traf sich durchaus mit den Absichten Schnitzlers, denn der wollte Zumbühl zeigen, wie man auf deutschen Autobahnen fährt. Dieser fromme Wunsch verkehrte sich jedoch in sein Gegenteil: Um neun Uhr waren sie zwar bereits auf der A 111

Richtung Hamburg unterwegs, doch zwanzig Minuten später standen sie wegen eines Unfalls kurz vor der Abzweigung zur A 10 im Stau.

Gegen zehn hatten sie endlich die A 24 erreicht, von der sie um zehn Uhr fünfundvierzig auf die A 19 Richtung Rostock wechselten. Von nun an hatte Schnitzler freie Fahrt. Und machte Gebrauch davon. Radarfotos waren ihm egal. Es ging um sehr viel mehr. Wenn er jetzt versagte, bekäme er die Stasi-Mappe nie. Um Punkt zwölf Uhr standen sie vor dem Rothko.

»High Noon«, murmelte Schnitzler und bat Direktor Guggenstrom, der neben ihm stand, das Bild von der Wand nehmen zu lassen, um einen Blick »hinter die Kulissen« werfen zu können.

»Natürlich, lieber Herr Schnitzler. Herr Trockau hat mich schon informiert, dass Sie im Laufe des Vormittags …«

»Prima«, unterbrach ihn Schnitzler nicht sonderlich freundlich, »aber ich bin ein wenig in Eile. Wir haben nur bis heute Abend vierundzwanzig Uhr ein Vorkaufsrecht, und bis dahin gibt es viel zu klären.«

»Natürlich«, erwiderte Guggenstrom und hob gemeinsam mit Stuvenbarg das Bild vorsichtig von der Wand, stellte es auf einen kleinen Rollwagen und schob es von der Wand weg in Richtung Tageslicht. Schnitzler kauerte sich hinter das Bild, prüfte die Markierungen und Notizen auf dem Keilrahmen und fotografierte sie. Er roch an der Leinwand, strich vorsichtig mit dem Finger über die Innenseite des Keilrahmens und schaute sich den Staub an, der sich dort in vielen Jahren angesammelt hatte. Dann schob er das Bild so, dass er es von hinten gegen das Licht betrachten konnte.

»Die Leinwand ist echt«, bemerkte er. »Jetzt würde ich noch gerne eine Farbprobe vom Bildrand nehmen.«

»Wie bitte?«, fragte Guggenstrom entgeistert. »Eine Farbprobe vom Bildrand? Das geht nicht so einfach, da muss ich erst Herrn Trockau fragen.«

»Dann tun Sie das bitte.«

In diesem Augenblick betrat ein modisch gekleideter Herr den Raum von links. Gleichzeitig mit Trockau, der – von rechts kommend – in Begleitung einer sehr attraktiven Blondine auftauchte.

Den modisch gekleideten Herrn hätte man früher als Stutzer bezeichnet. Heute nennt man solche Exemplare »fashion victim«: Der Mann trug einen extrem engen Anzug, und obwohl er ziemlich schlank war, sah er darin ein bisschen so aus, als ob er ihn von seinem kleinen Bruder geklaut hätte. Das wurde noch dadurch verstärkt, dass die Hosen zu kurz waren und sich unter den Armen Spannfalten zeigten. »Ärmlich« wäre der falsche Ausdruck für diesen Eindruck gewesen, weil der Anzug ziemlich teuer aussah. Außerdem waren die Schuhe auf Maß gefertigt, ebenso wie das Hemd, zu dem die zu kurze Krawatte ganz und gar nicht passte.

Nach Trockaus Geschmack war die Erscheinung dieses Herrn überhaupt nicht. Aber er war nun mal nicht mehr dreißig, und »Gentlemen's Quarterly« gehörte nicht zu seinen monatlichen Lektüre-Musts, sonst hätte er vielleicht erkannt, wie viel Aufmerksamkeit dieser Mann auf seine Garderobe verwendet hatte.

Die Begleitung an Trockaus Seite war alles andere als ein »fashion victim«. Vielmehr zeichnete sie sich durch natürliche Eleganz aus: schwarzes Kostüm, cremefarbene Seidenbluse samt Perlenkette, Schuhe von Marc Jacobs und eine dunkle Sonnenbrille, die sie ins blonde Haar geschoben hatte. Außerdem flirtete sie ganz offensichtlich mit Trockau.

Das konnte man von dem Herrn in dem zu engen Anzug keineswegs sagen. Im Gegenteil. Er machte einen porentief übellaunigen Eindruck, gegen den Stuvenbarg charmant und zuvorkommend wirkte.

Die elegante Dame an Trockaus Seite lächelte strahlend und griff auf dem Weg zwischen der Tür und der Gruppe um Marc Schnitzler mehrmals in ihre blonde Mähne, um sie von einer Schulter auf die andere umzuschichten. Trockau hatte irgendwo mal gelesen, dass Frauen ihren Nacken nur dann entblößten, wenn sie im Zustand der Paarungsbereitschaft seien. Ob das auch bei Frau Dr. Kaltenberg so war, wollte er gar nicht so genau wissen. Zumindest jetzt nicht. Denn jetzt ging es ums Geschäft.

Der Neuankömmling in dem zu engen Anzug trat auf Trockau

zu, schenkte dessen Begleitung ein knappes Lächeln und stellte sich vor: »Arthur von Altenburg.«

Er reichte ihm die Hand. Ein kräftiger Händedruck, der gar nicht zu dem Jüngelchen-Outfit mit den zu kurzen Hosen passte, stellte Trockau fest.

»Ich vertrete eine Gruppe von Investoren, die am Kauf des Rothko interessiert ist. Ich nehme an, Sie sind Herr Trockau, der die Auktion veranstaltet?«

Trockau machte einen etwas verdutzten Eindruck, weil Altenburg offensichtlich bestens informiert war.

»Darf ich fragen, wie diese Investorengruppe heißt?«, versuchte er seine Überraschtheit zu überspielen.

»Es handelt sich um einen Zusammenschluss interessierter Anleger, die gerade dabei sind, einen Kunstfonds zu gründen, und hier die Gelegenheit sehen, ein erstes, sehr interessantes Stück zu erwerben.«

»Aha«, erwiderte Trockau. »Da ist also nichts mit Namen, die man überprüfen kann. Das soll mir recht sein. Konkurrenz belebt das Geschäft – und hebt die Preise. Besonders wenn es sich um eine Auktion handelt. Und das hier *ist* eine Auktion oder genauer die Vorbesichtigung für eine Auktion …« Trockau machte eine Pause, dann fügte er hinzu: »Denn Herr Schnitzler und sein Begleiter«, er zeigte auf die beiden, »haben bis heute Abend vierundzwanzig Uhr ein Vorkaufsrecht.«

Marc Schnitzler nahm dieses Wort zum Anlass, Trockau mit Dr. Zumbühl bekannt zu machen. Woraufhin Direktor Guggenstrom ebenfalls die Gelegenheit wahrnahm und Trockau fragte: »Der Herr Schnitzler möchte eine Farbprobe von dem Rothko nehmen. Gestatten Sie ihm das?«

»Einen wunderschönen Tag wünsche ich erst einmal dem Hausherrn und allen hier Anwesenden«, sagte Trockau. »Ich darf kurz die Vorstellung übernehmen: Herr von Altenburg hat sich ja bereits selbst vorgestellt, die Vorstellung von Dr. Zumbühl hat Herr Schnitzler übernommen. An meiner Seite hier ist Frau Dr. Kaltenberg. Sie ist Kunsthistorikerin und arbeitet für den Kunstfonds einer renommierten Schweizer Bank, der großes Interesse daran hat, den Rothko als Geldanlage zu kaufen. Aber natürlich haben Sie, Herr Dr. Zumbühl – oder besser Ihr Klient – natürlich bis heute Nacht null Uhr das uneingeschränkte Vorkaufsrecht. Doch ich habe mir gestattet – für den Fall, dass Sie davon keinen Gebrauch machen wollen, im Sinne einer geräuschlosen Abwicklung –, dem Wunsch von Frau Dr. Kaltenberg zu entsprechen, heute einen Blick auf das Bild werfen zu dürfen.«

Frau Dr. Kaltenberg bedachte Trockau mit einem dankbaren Blick und fokussierte dann ganz unverhohlen die anderen Bieter. Die blonden Haare verliehen ihr weniger eine engelhafte Ausstrahlung als vielmehr die Kälte einer nordischen Winternacht. Diese Wirkung wurde noch verstärkt durch die schwarze schmale Brille, die ihr etwas Strenges gab.

»Sie müssen also für Ihre Gebotsabgabe Gas geben, lieber Herr Dr. Zumbühl. Sie sehen, nach Ablauf der Frist stehen andere Interessenten bereits auf der Schwelle. Ab heute Nacht null Uhr sind Sie und Ihr Klient einfache Auktionsteilnehmer, wodurch auch für Sie eine Starters-Fee anfällt.« Trockau wusste, dass Schweizer die deutsche Eigenart, aufs Tempo zu drücken, nicht sonderlich schätzen.

»Frau Dr. Kaltenberg«, fuhr Trockau fort, »hat ihre Fee schon deponiert. Erst nach Eingang dieser Fee, die Sie natürlich zurückbekommen, wenn der Deal nicht zustande kommen sollte, und einer beglaubigten Bankgarantie über die Liquidität von zehn Millionen Euro wird das Geschäft wirksam. Fehlt das, gilt es so, als ob Sie kein Gebot abgegeben hätten, und die anderen Interessenten kommen zum Zuge.«

Trockau wandte sich an den Herrn in dem zu engen Anzug. »Das gilt übrigens auch für Sie und Ihre Auftraggeber, Herr von Altenburg.«

Wie Schnitzler es schaffte, gepflegt den Raum zu betreten und nach nur wenigen Minuten verschwitzt und zerstrubbelt auszusehen, konnte keiner sagen, aber der Mann wirkte nach Trockaus kurzer Erklärung derangiert.

Altenburg hingegen lächelte kalt, faltete die Hände vor dem flachen Bauch, warf sich in die Brust, reckte sein Kinn für einen Moment in die Höhe und sagte: »Das machen wir selbstverständlich sofort nach dieser Unterredung.«

»Und ich muss kurz mit unserem Auftraggeber telefonieren«, sagte Zumbühl eilfertig. »Diese Konditionen sind mir neu.«

Die Konditionen waren in der Tat neu. Aber Trockau wollte den Druck deutlich erhöhen, was ihm auch gelang: Zumbühl führte sein Telefonat mit einer für einen Schweizer Rechtsanwalt ausgesprochen nervösen Stimme; am Ende nickte er nur noch beflissen.

»Auf welche Bank müssten wir morgen die Starters-Fee telegrafisch überweisen?«, fragte er jetzt und hielt die Sprechmuschel des Handys zu.

»Auf dasselbe Konto bei der Deutschen Bank in Frankfurt, auf das Sie auch die Kosten für die Ausstellung des Bildes überwiesen haben.«

»Und die Bankgarantie? Reicht da ein Fax?«

»Das sollte telegrafisch von Bank zu Bank gesendet werden.«

»Fee und Bankgarantie sind – wenn nötig – morgen früh da«, erläuterte Zumbühl das Ergebnis seines Gespräches, nachdem er aufgelegt hatte.

»So«, fuhr Trockau aufgeräumt fort, »was war jetzt mit der Farbprobe? Sie, Frau Doktor, hatten ja auch darum gebeten. Da Sie Kunsthistorikerin *und* Restauratorin sind, schlage ich vor, Sie kratzen – im Beisein von Herrn Dr. Zumbühl und Herrn Altenburg – von der umgeschlagenen Leinwand auf der Rückseite des Bildes, also da, wo die Leinwand auf dem Rahmen fixiert ist und dem Bild kein Schaden zugefügt werden kann, vorsichtig ein bisschen Farbe ab, die Sie dann jeweils untersuchen lassen. Wäre dieses Prozedere für Sie in Ordnung, meine Herren?«

Dr. Zumbühl schaute unsicher zu Schnitzler. Der nickte, ebenso wie Altenburg.

»Dann soll Frau Dr. Kaltenberg zur Tat schreiten, und Sie, meine Herren, schauen ihr über die Schulter, ob die Stellen, an denen sie die Farbprobe entnimmt, in Ihrem Sinne sind. Einverstanden?«

Wieder nickten die Anwesenden, und so geschah es. Frau Dr. Kaltenberg krümelte von der Rückseite des Bildes einige Farbproben in drei Reagenzgläser, die sie mit Korken verschloss und Trockau reichte. Der nahm sie und hielt sie hinter seinen Rücken.

»Herr Guggenstrom, darf ich Sie als Unparteiischen bitten: Schauen Sie, ob ich die Gläser hinter dem Rücken vertausche?«

»Sie wechseln Sie von einer Hand in die andere«, berichtete Guggenstrom. »Jetzt stoppen Sie.«

»Wer bekommt als Erster seine Probe, Herr Guggenstrom?«

»Frau Dr. Kaltenberg, schlage ich vor.«

Trockau mischte die Gläser noch einmal. Bei der nächsten Zuteilung bekam Altenburg eine Probe, und Dr. Zumbühl nahm die dritte.

»Ist hinter meinem Rücken alles korrekt abgelaufen, Herr Guggenstrom?«

»Keine Einwände.«

»Moment«, erhob sich Dr. Zumbühl. »Wir hätten gerne auch noch eine Probe des Holzrahmens. Wir möchten ihn dendrochronologisch untersuchen lassen, um sicherzugehen, dass der Rahmen ebenfalls echt ist.«

Dagegen hatte Trockau keine Einwände, woraufhin die beiden Herren selbst eine Probe vom Holz nehmen durften. Trockau fügte – seiner sehr sicher – hinzu: »Wir haben hier auch noch eine Kopie des Schreibens samt Originalfotografie, die wir den Erben von Mark Rothko geschickt hatten, als wir uns Gedanken über die Herkunft des Bildes gemacht haben und sichergehen wollten, dass alles mit rechten Dingen zugeht. Die Antwort der Rothko-Erben, die darin ihre Freude zum Ausdruck bringen, dass das Bild wieder aufgetaucht ist, liegt ebenfalls bei.«

Dr. Zumbühl machte einen zufriedenen Eindruck. Altenburgs Reaktion konnte Trockau nicht einschätzen. Er verzog keine Miene. Ob er nicht wusste, wovon Trockau redete, oder ob das ganze Vorgehen seinen Erwartungen entsprach, war nicht zu erkennen.

»Gut. Meine Dame, meine Herren, untersuchen Sie nun Ihre Proben. Wir treffen uns morgen Punkt zwölf Uhr mittags im Ostseehotel in Kühlungsborn. Falls Sie, Herr Dr. Zumbühl, es bis heute vierundzwanzig Uhr schaffen, haben Sie natürlich Vorrang. Bitte bringen Sie morgen alle Ihre Gebote mit. Schriftlich und in verschlossenen Briefumschlägen. Und informieren Sie Ihre Auftraggeber, dass es sich dabei zunächst um das erste

Gebot handelt. Danach erfährt jeder Auktionsteilnehmer, wer das höchste Gebot abgegeben hat und wie hoch es ist. Jeder hat dann vierundzwanzig Stunden Zeit, sein Gebot nachzubessern. Die finale Entscheidung und damit das Auktionsende wird also bis Mitte der Woche unter Dach und Fach sein. Sobald das der Fall ist, wird zur selben Stunde die Schenkungsurkunde unterschrieben und der Eigentümerwechsel unter Aufsicht eines Rostocker Notars korrekt beglaubigt. Und noch einmal: Sollte Dr. Zumbühl innerhalb der Frist sein Gebot abgeben, ist der morgige Termin natürlich hinfällig. Damit darf ich mich von Ihnen verabschieden.«

Schnitzler und Dr. Zumbühl waren nach Trockaus kleiner Ansprache als Erste aus dem Raum gestürmt. Dann folgte Altenburg, Frau Dr. Kaltenberg ging als Letzte sehr elegant und selbstbewusst. Zurück blieben Guggenstrom, Stuvenbarg und Trockau.

***

Schnitzler fuhr mit Dr. Zumbühl zu einem nahe gelegenen landwirtschaftlichen Untersuchungsinstitut, das über Geräte für die Atomabsorptionsspektroskopie, kurz AAS, verfügte. Das Institut war, wie der Name nahelegte, eher auf landwirtschaftliche Fragestellungen spezialisiert, doch Hausmann hatte dafür gesorgt, dass ein kunstsachverständiger Naturwissenschaftler aus Bern nach Rostock gereist war. Er sollte die Analyseprotokolle der Absorptionsspektroskopie lesen und mit den Analysedaten seiner Zunft vergleichen, um ein Urteil über die Echtheit zu fällen. Außerdem kannte er sich in der Altersschätzung von Hölzern aus, sodass er ein valides Urteil abgeben konnte.

***

Trockau fühlte sich nach der kleinen Vorstellung völlig entspannt. Katharina hatte ihre Rolle als kühle Finanzanlegerin Dr. Kaltenberg exzellent gespielt und natürlich nur Farbproben abgeschabt, die noch von der Originalleinwand stammten. Diese

Proben hatte sie bei ihrer »Restauration« so geschickt platziert, dass man sie nur erkannt hätte, wenn man den Bilderrahmen komplett abgenommen hätte. Dann wäre offensichtlich geworden, dass die Farbreste der alten Originalleinwand auf der neuen Leinwand bloß aufgebracht waren. Aber das hatten sie erfolgreich verhindert, zumal Katharina die Ränder der neuen Leinwand so geschickt manipuliert hatte, dass sie wie die einer alten Leinwand aussahen, was alle Beteiligten in Sicherheit wog. Auch und gerade Trockau, der wusste, dass alle Analysen genau das erbrachten, was sie erbringen sollten. Außerdem konnte er die Herkunft des Bildes durch die vorliegenden Kaufbelege und das freudige Schreiben der Erben über das Wiederauftauchen des verschollenen Bildes beweisen. Die kunsthistorische Einordnung war durch Schnitzlers Sachverstand (wenn er denn neutral urteilen konnte) sichergestellt. Dass auch der Keilrahmen »wasserdicht« war, war ihm schon fast keinen Gedanken mehr wert.

Vielleicht hätte er sich nicht ganz so sicher sein sollen. Aber er war es und saß mit dem ganzen Team entspannt auf dem Balkon der Turmsuite. Sie tranken Weißwein und diskutierten in bester Laune, ob Katharina die blonde Haarfarbe besser stünde als das Kastanienbraun, das ihr der liebe Gott oder die Natur (je nach Glaubensrichtung) mitgegeben hatte.

Fünfzehn Tage danach

Rostock, Untersuchungsinstitut

Der Kunstsachverständige, ein gewisser Professor Dr. Inderbitzin aus der Schweiz, verließ als Erster das Institut. Korrekt gekleidet, wie man es von einem Schweizer Experten mit internationaler Reputation erwartete. Er durchschritt den kleinen Vorgarten, der den Altbau von der Straße trennte, atmete auf diesem kurzen Weg die angenehme Maienluft ein und trat mit einer gewissen Unternehmungslust durch das Gartentor auf den

Gehweg. Wenige Meter links vom Tor stand eine dunkelblaue Limousine der Marke Mercedes, die in der Dunkelheit schwarz glänzte.

Im gleichen Augenblick, als der Professor durch das Tor schritt, um sich nach rechts zu wenden und auf einem erfrischenden Abendspaziergang zu überlegen, was er mit dem angebrochenen Abend anfangen könne, trat ihm ein in Schwarz gekleideter Mann entgegen. Er grüßte mit einem freundlichen »Guten Abend!«, nahm den Professor fest beim Arm und schob ihn in Richtung der dunklen Limousine.

Fast gleichzeitig öffnete sich der Wagenschlag des Mercedes, und ein Mann in zu engen und zu kurzen Hosen stieg aus.

»Herr Professor«, begann er und ging einen Schritt auf ihn zu. »Darf ich Sie zu Ihrem Hotel bringen?« Er wies mit einer einladenden Handbewegung ins Wageninnere.

Professor Inderbitzin sah sich einer ihm ungewohnten Situation gegenüber. Rechts von ihm stand der Mann, der aus der schweren Limousine gestiegen war und an dem er nicht mehr vorbeikam. Hinter ihm versperrte der Mann, der ihn angesprochen und zu dem Wagen gedrängt hatte, den Rückweg und schob ihn sanft, aber unmissverständlich zum Wagen, und vor ihm bildete die geöffnete Tür des Fonds eine Barriere, die ihm die Flucht nach vorn unmöglich machte. Ihm blieb nichts anderes übrig, als in den dunklen Wagen zu steigen, während er mit leichtem Protest murmelte: »Ich kenne Sie doch gar nicht.«

Als der Mann mit den zu kurzen Hosen neben ihm Platz nahm, während der andere draußen verhinderte, dass der Professor wieder aussteigen konnte, sagte er schon etwas lauter: »Ich wollte eigentlich einen kleinen Abendspaziergang machen!« Doch ehe sich ernst zu nehmender Protest von seiner Seite rühren konnte, fuhr die Limousine an, und die Verriegelungsknöpfe in den Türen senkten sich mit einem leisen »Plopp«.

»Darf ich mich vorstellen«, begann der Träger zu kurzer Hosen, »mein Name ist Arthur von Altenburg. Aber ich könnte genauso gut auch anders heißen. Mein Name spielt keine Rolle. Entscheidend ist, was ich tue.«

»So? Ist es das«, gab der Professor mit der für Schweizer so typischen Wiederholung einer Aussage und leicht kritischem Unterton zurück.

»So ist es, Herr Professor. Oder … was ich nicht tue. Und für wen ich arbeite.«

Der Professor hatte seine Worte wiedergefunden und sagte fast höhnisch: »Und? Für wen arbeiten Sie? Für den Kaiser von China?«

»Sehr mutig, Herr Professor. Aber schließlich sind Sie ja auch ein wehrhafter Schweizer mit internationaler Reputation. Ich hingegen vertrete nur ein kleines Anlegerkonsortium – um diese Frage zu beantworten –, das am Kauf des Rothko interessiert ist … Wenn er denn echt ist. Ist er das, Herr Professor?«

»Ich denke, ich bin Ihnen zu keiner Expertise verpflichtet. Meine Auftraggeber habe ich soeben mündlich informiert und wollte meine Schlussfolgerungen gleich im Hotel schriftlich zusammenfassen. Sie werden verstehen, dass ich nur demjenigen diese Ergebnisse zugänglich machen kann, der mir mein Honorar bezahlt.«

Arthur von Altenburg, oder wie auch immer er in Wirklichkeit heißen mochte, lächelte verständnisvoll: »Verehrter Herr Professor, seien Sie gewiss, dass Sie unser Honorar für Ihre Dienste gar nicht kennen wollen. Oder besser, was wir für Sie vorgesehen haben, wenn Sie uns *nicht* an Ihrem unschätzbaren Wissen teilhaben lassen wollen. Wir zahlen nämlich grundsätzlich nur, wenn jemand nicht das liefert, was wir bestellt haben. Dann allerdings prompt. Und – wie sagt man heute so schön? – auch sehr nachhaltig.«

»Soll das eine Drohung sein?«

Angesichts der schmierig glatten Entschlossenheit, die dieser Altenburg verströmte, verließ den Professor der erst gerade aufgekeimte Mut wieder.

»Wenn Sie so wollen«, war die lakonische Antwort. »Aber verehrter Herr Professor, vergessen Sie einfach für einen Moment ihre schweizerische Korrektheit. Wir sitzen hier zu dritt in einem Auto, keiner hört zu – außer Ihnen und mir. Unser Fahrer gehört zu mir und stellt für Ihre Reputation keinerlei Gefahr dar. Nennen Sie uns kurz und verständlich das Ergebnis Ihrer

Untersuchung, dann liefern wir Sie wie versprochen bei Ihrem Hotel ab, und danach sehen wir uns nie wieder. Darauf gebe ich Ihnen mein Wort. Und ich lebe in einer Welt, die es gewohnt ist, ihr Wort zu halten. Also: Sie reden, und dann können Sie im Hotel in Ruhe einen Kleinen auf den Schreck heben. Wie hört sich das an?«

Altenburg blickte den Professor freundlich an, der es vorzog, aus dem Fenster zu schauen. Der Wagen hatte gerade zum zweiten Mal eines der blauen Schilder passiert, die den Weg zur Autobahn an die polnische Grenze anzeigten.

»Wohin bringen Sie mich?«

»Das hängt von Ihnen ab. Entweder ins Hotel – dazu müssten wir allerdings umkehren, was ich jedoch mit großer Freude veranlassen würde. Oder dorthin, wo sich ein Interview-Spezialist mit Ihnen in aller Ruhe und Abgeschiedenheit unterhalten wird.«

Inderbitzin hatte seine Entscheidung getroffen. Er wollte so schnell wie möglich aus diesem unwirtlichen Auto aussteigen. »Wie Sie vielleicht wissen«, begann er, »kann man mit einer forensischen Analyse, die auf einer Atomabsorptionsspektroskopie basiert, nicht die Echtheit eines Bildes beweisen. Aber man kann eine Fälschung ausschließen, indem man aus den Profilen der analysierten Farben deren Zusammensetzung herausdestilliert und daran feststellt, ob es diese Farben zum Originalzeitpunkt der Entstehung dieses Bildes schon gab.«

»Und?«, fragte Altenburg.

»Natürlich gab es die verwendeten Farben schon. Das Bild ist erst um die vierzig bis fünfzig Jahre alt. Solche Analysen macht man eigentlich nur bei sehr alten Bildern. Deswegen habe ich mich auch gefragt, was das Ganze soll. Aber wenn ich einen Auftrag bekomme, der so hoch dotiert ist, dann übernehme ich ihn selbstverständlich. Auch wenn er keinen Sinn ergibt. Schließlich ist der Kunde König, auch bei uns Wissenschaftlern.«

»Also ist der Rothko echt.«

»Die verwendeten Farben stammen aus der angegebenen Zeit. Mehr kann ich nicht sagen. Ob dieses Bild von Rothko oder einem seiner Zeitgenossen stammt, muss ein Kunsthistoriker entscheiden. Ich kenne mich nur mit der Chemie der Farben aus.«

»Auch gut«, sagte Altenburg. Und zum Fahrer gewandt: »Fahr uns zum Hotel.«

Der Wagen machte einen U-Turn, und Altenburg fuhr fort: »Sehen Sie, Professor Inderbitzin, das war doch gar nicht so schlimm. Sie haben uns etwas gesagt, was sowieso nicht so supergeheim war, und jetzt können Sie morgen mit der nächsten Maschine nach Bern fliegen, sich dort ein Taxi nehmen und zu Ihrer Frau Annagreth und Ihrer Tochter Theres fahren – oder Sie machen vorher noch einen kleinen Stopp bei Nathalie in Zürich. Ganz wie es Ihnen beliebt.«

Der Professor schluckte, als er gewahr wurde, wie gut dieser Altenburg über sein Privatleben informiert war. Was wusste er noch?

»Wie auch immer«, setzte Altenburg hinzu, »Sie haben es hinter sich, und wir haben nichts von Ihnen gehört, sondern Sie haben sich standhaft geweigert, uns etwas zu erzählen. So werden wir es sagen, sollte uns jemand fragen.«

Er legte eine Pause ein, dann schaute er den Professor an. »Aber glauben Sie mir: Uns fragt niemand.« Damit lächelte er still in sich hinein.

Als sie vor dem Hotel angelangt waren, stieg Altenburg aus und hielt dem Professor höflich den Wagenschlag auf. Inderbitzin ging ohne ein Wort mit hochgezogenen Schultern an ihm vorbei.

Als sich die Limousine wieder in den Straßenverkehr eingefädelt hatte, sagte Altenburg zu seinem Fahrer: »Jetzt brauchen wir noch diesen Rothko-Experten. Wie heißt der doch gleich?«

»Schnitzler«, sagte der Fahrer.

»Frag Gio, ob er noch in dem Institut ist.«

Gio, der im tiefen Süden Kalabriens auf den Namen Giovanni getauft worden war, teilte ihnen mit, dass Schnitzler und »der andere Schweizer« kurz nach dem Professor das Institut verlassen hätten und nun in einer Kneipe unweit des Instituts säßen.

»Gut. Gio soll die beiden weiter im Auge behalten. Wir müssen Schnitzler allein in die Finger bekommen, ohne den Schweizer Anwalt. Wir können keine Zeugen gebrauchen.«

Damit glitt der dunkle Mercedes durch die Straßen Rostocks

in Richtung polnischer Grenze, wo Altenburg auf den Namen Müller ein Haus gemietet hatte.

Fünfzehn Tage danach

Rostock, Restaurant »Peppone«

Schnitzler und Dr. Zumbühl hatten einige Zeit nach Professor Inderbitzin das Institut verlassen, nachdem sie die finanziellen Fragen geregelt hatten, die sich aus der Nutzung der institutseigenen Geräte ergeben hatten. Sie waren hundert Meter zu Fuß gegangen und saßen nun beim Italiener »Peppone«. Das Restaurant trug zwar den Namen des Gegenspielers von Don Camillo, dem kommunistischen Bürgermeister des fiktiven Örtchens Boscaccio, dennoch hing über ihrem Tisch ein gemaltes Bild mit einer Szene aus »Der Pate« mit Marlon Brando.

Nun saßen sie auf eine schnelle Nudel unter dem Paten, der auf sie herabschaute, während sie »Rigatoni à la Don Camillo« aßen – kurze Nudeln mit viel Sepia in klerikalem Schwarz.

Zumbühl und Schnitzler, die – für einen Italiener unverständlich – gleich bei der Bestellung die Rechnung mitverlangt hatten (»Wir haben es eilig!«), unterhielten sich über das Bild. Nicht über das mit Marlon Brando, sondern über den Rothko.

»Inderbitzin kann nur ausschließen, dass es eine Kopie neueren Datums ist«, sagte Dr. Zumbühl. »Die Farben stammen aus der Zeit Rothkos. Zu mehr war er nicht zu bewegen. Was sagen Sie als Rothko-Experte zu diesem Bild? Ist es ein Rothko oder nicht?«

»Wenn ich ehrlich sein soll, spricht alles für die Echtheit. Die Kaufbelege, der Rahmen und natürlich die Komposition mit diesen Farben, alles so wie der SPIEGEL einmal über die Bilder Rothkos geschrieben hat – ich zitiere: als ob sie ›den Heiligenschein der russischen Ikonografie ins Sphärische transzendierten‹. Besser könnte ich es selbst nicht formulieren. Und dennoch … Mein Bauch sagt mir, dass da was nicht stimmt.«

»Aber in Ihrer Eigenschaft als Rothko-Experte haben Sie in Sachen Echtheit keine Bedenken?«

»Nein, das scheint mir alles in Ordnung. Nur dieses Bauchgefühl, *das* sollten Sie Ihrem Klienten bitte auch noch kurz beschreiben.«

»Würde es Ihnen etwas ausmachen, wenn Sie Ihren Standpunkt zu Echtheit und Umständen Herrn Hausmann selbst beschreiben würden«, fragte Dr. Zumbühl. »Wir telefonieren ohnehin gleich mit ihm, weil Sie sein Gebot mit nach Kühlungsborn nehmen müssen, um es diesem Trockau noch vor Ablauf der Frist in die Hand zu drücken.«

»Na gut«, murmelte Schnitzler, »geben Sie ihn mir. Ich sprech mit ihm.« Und dachte, während Dr. Zumbühl Schnitzler das Handy reichte, auf dem die Nummer schon gewählt war: Typisch Rechtsanwalt – immer schön raushalten, außer bei der Rechnungsstellung!

»'n Abend, Herr Hausmann«, begann er, als Hausmann sich meldete. – »Aus meiner Sicht *ist* es ein echter Rothko. – Professor Inderbitzin kann ausschließen, dass es aus seiner Sicht eine Fälschung ist. – Eigentlich schon, aber ich finde die Umstände dennoch ... – Gut, wenn Sie meinen. Dann halte ich mich da raus. – Mach ich. Ich bin schon auf dem Weg zum Ostseehotel, und dort klingel ich diesen Trockau aus dem Bett. – Gut, ich gebe Ihnen Dr. Zumbühl.«

Dr. Zumbühl erhielt die Anweisung über die Höhe des Gebotes, schrieb sie auf einen Zettel und nickte. »Gibt es das auch als Bankbürgschaft? – In Ordnung, dann faxen Sie es doch zu Herrn Schnitzler ins Hotel. Der kann es Trockau dann gleich persönlich aufs Zimmer bringen. – Ja, natürlich, er nimmt sich den Nachtportier als Zeugen mit. Gute Nacht, Herr Hausmann!«

Na toll, dachte Schnitzler, ich muss heute Nacht die Kohlen aus dem Feuer holen, und der Herr Anwalt kann sich ausschlafen. Schweigend fuhr er eine neue Gabel mit schwarzen Rigatoni ein. Dass Dr. Zumbühl im Ostseehotel kein Zimmer mehr bekommen hatte, weil Trockau für diese Nacht alle freien Zimmer aufgekauft hatte und deshalb nur noch für Schnitzler ein Zimmer im Ostseehotel frei gewesen war, wusste Schnitzler natürlich nicht.

Was er ebenso wenig ahnte: Er würde heute Abend noch sein blaues Wunder erleben.

Fünfzehn Tage danach

Außerhalb Rostocks, »Haus Müller«

Gio hatte sich auf dem Handy gemeldet, kurz nachdem Altenburg und sein Fahrer Nicolo in der kleinen Datscha angekommen waren und ihre achteckige Espressomaschine auf die Flamme des Gasherdes gestellt hatten. Während sie auf Gio warteten, kippten sie die braune Bitterkeit herunter und schwiegen sich an.

Gio hatte ihnen gesagt, dass Schnitzler nach dem Abendessen ein Taxi gerufen habe, das ihn nach Kühlungsborn bringen sollte. Das hätte das Taxi auch bestimmt gemacht, wenn der Fahrer nicht Gio gewesen wäre. Als Schnitzler merkte, dass der Wagen in die falsche Richtung fuhr, protestierte er; daraufhin hielt Gio an, stieg aus und langte ihm eine. Als Schnitzler sich empört zur Wehr setzen wollte, hielt Gio ihm einen Lappen unter die Nase, woraufhin Schnitzler die Gegenwart davonschwimmen sah. Jetzt lag der Experte bewusstlos im Kofferraum von Gios Taxi und war auf dem Weg in die Datscha.

Altenburg brütete vor sich hin und dachte: Es könnte schwierig werden, herauszufinden, ob Schnitzler die Wahrheit sagt. Vielleicht müsste er ihm ein bisschen Angst einjagen.

Als Gio mit Schnitzler den Raum betrat – Gio hatte ihn locker über die Schulter geworfen –, trug Schnitzler einen Stoffbeutel über dem Kopf und machte einen etwas leblosen Eindruck.

»Gio, was hast du mit ihm gemacht? Du wirst ihm doch nicht den Schädel eingeschlagen haben?«

»Nein. Natürlich nicht. Aber er wollte nicht mitkommen. Da hab ich ihm das Riechfläschchen gegeben.«

In diesem Fläschchen bewahrte Gio ganz klassisch Äther auf, um notfalls geräuschlos seine »Transportgeschäfte« durchführen zu können. Für ihn war das unkompliziert, doch hatte das

»Transportgut« nach dem Wiedereintritt in die belebte Welt mit Kopfschmerzen und/oder Übelkeit zu kämpfen. Das machte Schnitzler zunächst nicht besonders zugänglich, und es dauerte seine Zeit, bis Altenburg mit ihm reden konnte. Aber Zeit hatte er – im Gegensatz zu Schnitzler – reichlich.

Zuerst versuchte es Altenburg mit einem Glas Wasser – ins Gesicht geschüttet. Keine Reaktion.

Dann mit einem Fläschchen Ammoniak – unter die Nase gehalten. Schnitzler schüttelte sich und kam allmählich wieder zu sich.

Schließlich flößte er ihm eine ihrer Espressobomben ein. Das brachte Schnitzler dazu, ansprechbar zu sein.

Obwohl Gio ihm für die Herfahrt einen Stoffbeutel über den Kopf gezogen hatte, sah er nicht derangierter aus als sonst. Doch fiel das den Herren nicht auf, da sie ihn nicht so gut kannten.

Inzwischen war es dreiundzwanzig Uhr fünfundzwanzig geworden.

»Lieber Dr. Schnitzler … Sie sind doch Doktor, oder?«

»Ja, natürlich. Der Kunstgeschichte«, nuschelte er. »Aber um das zu erfahren haben Sie mich nicht hierhergeholt, oder?«

»Genau, lieber Doktor! Was ich wirklich wissen will, ist Ihre Meinung zu dem Bild, das wir alle kaufen möchten. Wenn es echt ist. Daher meine Frage: Ist es echt?«

Schnitzler versuchte, sich zu orientieren, immer noch etwas benommen von dem Äther. Er sah sich im Raum um, dann seine Gesprächspartner an. Man konnte ihm am Gesicht ablesen, dass er sich in diesem Moment dafür entschied, kooperativ zu sein. Denn alles andere – daran zweifelte er nicht – würde sein Wohlbefinden nachhaltig beeinträchtigen.

»Meine Herren, das ist nicht so einfach zu entscheiden. Ein Elefant ist ein Elefant. Das kann man sehen. Aber bei einem Bild muss man aus verschiedenen …«

»Herr Doktor! *Keinen* Vortrag. Echt oder nicht?«

»Pfhhhhhhhh. Also ich denke, ja. Will Ihnen aber auch sagen, dass ich die ganzen Umstände merkwürdig finde.«

»Welche Umstände?«

»Na, dieses ›Gestohlenwerden‹, kurz danach ›Wiedergefundenwerden‹, dann ›Nicht-wiederhaben-Wollen‹ – sondern ›Verschenken‹ und ›Das-Geld-Spenden‹. Das hat – aber das habe ich heute Abend irgendwo schon einmal gesagt – für mich einen Hautgout. Also … ich meine, das stinkt.«

»Ich weiß, was ein Hautgout ist, Herr Doktor. Also: echt?«

»Aus meiner Sicht schon.«

»Aber wir sollen nicht kaufen?«

»Ich würde es nicht machen.«

»Warum denn nicht, wenn er doch echt ist? Damit ihn die anderen kriegen?«

»Nein, weil …«

»Weil?«

»Ich habe es Ihnen doch gesagt …«

»Weil er zu preiswert ist?«

»Das wird die Auktion erst zeigen. Aber alles unter vierzig Millionen ist in der Tat günstig.«

»Und da sollen wir nicht kaufen. Wenn er sogar ›günstig‹ ist? Herr Doktor, sagen Sie uns die Wahrheit? Oder wollen Sie uns reinlegen?«

»So ein Schmarrn!«

»Ich rede keinen Schmarrn!« Altenburgs Stimme war leise geworden. Nicolo und Gio wussten, dass die Sache jetzt leicht aus dem Ruder laufen konnte.

»Sehen Sie, Herr Doktor …« Es war mucksmäuschenstill. Schnitzler atmete plötzlich ganz flach, um Altenburg besser hören zu können. »Sie sind eine international anerkannte Kapazität. Und wir sind ein international operierendes Unternehmen. Wir werden uns in den nächsten Jahren sicherlich noch öfter über den Weg laufen. Und ich würde mich freuen, wenn wir uns ab sofort auf Sie und Ihr Urteil verlassen könnten.«

Altenburg ließ drei Sekunden verstreichen – was eine lange Zeit sein und sehr viel Bedeutsamkeit in eine Aussage legen kann.

»Für immer!«

Noch mal drei Sekunden.

»Oder soll ich Ihnen jetzt schon mal zeigen, wie wir unsere Enttäuschung zum Ausdruck bringen?«

»Lieber Herr Altenburg, ich würde es vorziehen, wenn wir

einander … vertrauen«, stammelte Schnitzler und kam ins Schwitzen.

»Sehr schön, Herr Doktor«, sagte Altenburg. »Dann verlassen wir uns als Erstes darauf, dass diese Unterredung vertraulich bleibt?«

»Gar kein Problem«, ließ Schnitzler fast schon erleichtert vernehmen.

»Das wäre mir sehr recht. Denn sehen Sie«, Altenburgs Stimme blieb leise, »in unserem Gewerbe ist es sehr schwierig, langfristige Vertrauensbeziehungen aufzubauen. Irgendwie steigt immer einer aus. Der eine durch Verrat. Wir oft aus Zorn über eine vermutete oder tatsächliche Illoyalität. Das ist schade.« Er streichelte Schnitzler über den Kopf, der ihn leicht wegzog, was bei Altenburg nicht wirklich gut ankam. »Deshalb wäre es sehr schön, wenn wir uns – ganz unentgeltlich natürlich – auf Ihren Rat verlassen könnten. Glauben Sie, dass Sie das hinbekommen?«

»Ja, natürlich. Wieso nicht. Wenn wir beide das wollen, dann klappt das. Klar. Natürlich. Bestimmt.« Schnitzler merkte, dass er aus Angst ins Plappern geriet. Hielt deshalb inne und sagte mit klarer Stimme: »Ja, das kriegen wir hin!«

»Wunderbar«, sagte Altenburg wieder in der normalen Zimmerlautstärke und strahlte. »Dann bringt Gio Sie jetzt ganz komfortabel – und ›konventionell‹ – in Ihr Hotel zurück, und niemand wird je von unsrer Begegnung erfahren. Geben Sie mir doch zum Abschied noch Ihre Handynummer, falls ich noch eine Frage habe.«

Schnitzler tat wie ihm geheißen und verabschiedete sich förmlich und sichtlich erleichtert. Er wandte sich der Tür zu, die von Gio breitbeinig versperrt wurde.

Kurz bevor er Gio erreicht hatte, richtete Altenburg noch einmal das Wort an ihn: »Übrigens, Herr Doktor, wenn wir Ihnen einen Gefallen tun können, lassen Sie es uns wissen. Wir sind genauso zuverlässig wie Sie. Vielleicht sogar noch einen Tick zuverlässiger.« Damit lächelte er ihn an und gab Gio ein Zeichen, die Tür freizugeben. »Ach und noch etwas …«

Schnitzler blieb, wo er war, weil Gio noch immer vor der Tür stand und sie mit seinem massigen Körper versperrte.

»… ich möchte mich in aller Form bei Ihnen entschuldigen.«

»Wofür?«, fragte Schnitzler, der in Gedanken schon durch die Tür war und dachte, dieser bedrohlichen Situation entronnen zu sein.

»Sehen Sie, der Weg von der Pizzeria hierher, die kleine Diskussion, ob wir einander vertrauen können, und jetzt der Weg bis nach Kühlungsborn – so etwas«, Altenburg machte eine kleine Pause und lächelte Schnitzler an, »kostet Zeit. Dafür möchte ich mich entschuldigen.«

Erst jetzt schaute Schnitzler auf die Uhr – und erblasste. Es war dreiundzwanzig Uhr achtundfünfzig. Er würde es niemals schaffen, Hausmanns Gebot innerhalb der vereinbarten Frist abzuliefern. Wie sollte er das Hausmann erklären? Der würde vermuten, dass er das mit Absicht gemacht hatte, und die Stasi-Akten niemals rausrücken. Er war geliefert.

Schnitzler reagierte blitzschnell. Er sprang auf Gio zu und versetzte ihm mit der flachen Hand eine Ohrfeige. Gio schaute ihn erst verdutzt an, griff dann aber reflexartig Schnitzlers Rechte, die gerade dabei war, mit der Rückhand noch einmal zuzuschlagen, und hieb ihm mit der Faust mitten ins Gesicht. Schnitzlers Kopf schnellte nach hinten, Blut schoss aus seiner Nase, und er ging zu Boden.

Entgegen den Prügelorgien, die man aus Actionfilmen kennt, bei denen sich die Protagonisten meist halb totschlagen und danach mit nur kleinen Blessuren aufstehen, obwohl die inneren Blutungen bereits den Sterbevorgang einleiten müssten, sackte Schnitzler nach diesem einen Schlag lautlos zu Boden und rührte sich nicht, während das Blut aus seiner Nase auf sein Hemd tropfte.

»Gio! Du Vollidiot! Musst du denn immer gleich so hart zuschlagen?« Mit einem Satz war Altenburg bei Schnitzler und versuchte, ihn in eine stabile Seitenlage zu drehen, damit ihm das Blut nicht die Kehle runterlief und ihn erstickte.

»Er hat mich geschlagen!«, versuchte sich Gio zu verteidigen.

»Ja, das habe ich gesehen. Aber du musst doch nicht so hart zurückschlagen. Der Typ ist Kunsthistoriker – nicht Boxer. Ich weiß nicht, ob wir dich bei solchen Aufträgen noch mal mitnehmen, wenn du gleich so grob bist!«

Betreten schaute Gio zu Boden: »'tschuldigung.«

»Los, wir verarzten ihn, und dann fährst du ihn nach Kühlungsborn und legst ihn auf einer der Bänke auf der Strandpromenade ab und machst dich aus dem Staub. Verstanden?«

»Alles klar!«

Als Gio mit seinem bewusstlosen Paket aus dem Haus war, hoffte Altenburg, dass er Schnitzler nicht wieder im Kofferraum ablegen würde. Aber er wollte sich auch nicht um alles kümmern. Also hielt er Nicolo dazu an, die kleine Datscha zu räumen, weil sie ihren Zweck erfüllt hatte. Morgen würde er allein sein Angebot abgeben.

***

Als Schnitzler mitten in der Nacht auf einer Parkbank zu sich kam und den Portier im Ostseehotel rausklingelte, sah er schrecklich aus: Das linke Auge war blau geschwollen, und eine breite Spur dunkelrot verkrusteten Blutes zog sich von der Nase bis auf sein vormals weißes Hemd. Der Portier zuckte erschrocken zusammen, als er Schnitzler so sah, den er aus den Tagen zuvor als zivilisierten Gast kannte. Noch mehr erschrak er aber, als Schnitzler nicht nach medizinischer Versorgung, sondern nach einer Kamera verlangte. Er brauche Beweisfotos, begründete er seinen Wunsch.

Sechzehn Tage danach

Luzern, Hotel Schweizerhof, Deluxe-Suite

»Ja?«, meldete sich eine unsympathische Stimme am Telefon.

»Genosse Hausmann«, sagte der alte Cuong. »Du willst ein Bild kaufen von diesem miesen Burmesen?«

»Ich will den Rothko, Genosse Cuong«, erwiderte Hausmann. »Von wem, ist mir egal. Und wenn ich mich recht erinnere, hast du mich auf die Idee gebracht. Aber du konntest ja nicht liefern, und deshalb habe ich mich selbst umgeschaut.«

»Genosse, da bist du falsch informiert. Ich bin der Einzige, der liefern kann.«

Hausmann konnte nicht sehen, wie der alte Vietnamese höhnisch grinste, und vernahm stattdessen nur den verächtlichen Schmatzlaut, den der Alte hören ließ.

»Genosse, *ich* habe das Original.«

Hausmann war immer ein linientreuer Sozialist gewesen. Diese Haltung hatte sich sogar noch verstärkt, seitdem er die »verschwundenen« SED-Milliarden verwaltete, aber er war nicht blöd. Zumindest sah er das so, als er sagte: »Oh, Genosse Cuong, du behauptest, den Rothko zu haben? Da sagt mein Experte aber was anderes.«

»Dein Experte ist eine Niete – so sagt man doch bei euch, oder?«

»Ganz langsam. Er und mit ihm die gesamte Kunstwelt ist der Meinung, dass es sich bei dem Rothko, für den ich mich interessiere, um den echten Rothko handelt.«

»Wie kann er echt sein, wenn ich den echten habe?«

Hausmann schwieg einen Augenblick. Er wusste, dass der Alte das Hotel Rex nicht mehr verließ. Weil er es nicht mehr konnte. Gesundheitlich. Kein Wunder, bei dem Klima. Und nun wollte er das Bild haben? Wie sollte das nach Saigon gekommen sein? Vermutlich steckte er einfach hinter den anderen Bietern und wollte ihn nur listig ausbooten.

Und so antwortete Hausmann amüsiert: »Na, dann brauchst du ja auch nicht mehr mitzubieten.«

»Würde ich auch nie tun. Wertloser Stoff. Kann nur eine Kopie sein. Aber ich habe dich gewarnt, Genosse. Schimpf nachher nicht auf mich.« Damit unterbrach Cuong die Leitung.

Sechzehn Tage danach

Saigon, Hotel Rex

Der alte Cuong schüttelte den Kopf. Hausmann war für ihn immer schon ein Dummkopf gewesen. Viel zu sehr auf Linie.

Ein richtiger Apparatschik. Vermutlich hielt er sich für ungeheuer klug. Das waren schon immer die Dümmsten gewesen. Sie dachten fortwährend, alle Welt wolle sie hintergehen, weshalb sie immer das genaue Gegenteil von dem machten, was man ihnen sagte. Bei diesem Gedanken hielt Cuong inne und wählte Hausmann noch einmal an.

»Na, Genosse Cuong«, Hausmann hatte die Nummer offenbar auf dem Display erkannt, »hast du noch was vergessen?«

Cuong spürte den leichten Spott in Hausmanns Stimme. Als wollte er sagen: »In deinem Alter kein Wunder!«

»Ja«, sagte Cuong. »Ich habe noch einmal darüber nachgedacht, was du gesagt hast. Du solltest doch kaufen. Ich würde bis zwölf Millionen bieten. Vielleicht hätte ich einen Käufer, der bereit wäre, vierundzwanzig Millionen dafür zu zahlen.« Und damit beendete er die Verbindung endgültig.

Er kontrollierte, ob die Leitung auch wirklich unterbrochen war. Dann gestattete er sich einen verächtlichen Lacher.

»So ein Wasserbüffel«, sagte er laut. Wenn er immer das Gegenteil von dem tut, was man ihm sagt, dann hält er sich jetzt entweder raus, dachte er. Oder er kauft erst recht. Im ersten Fall habe ich mich für das letzte Geschäft mit ihm erkenntlich gezeigt und bin mit ihm quitt. Und wenn er doch kauft, wird er seinen Posten verlieren.

Sechzehn Tage danach

Kühlungsborn, Ostseehotel, Konferenzraum

Punkt zwölf Uhr kamen die Parteien wie vereinbart zusammen und gaben in zugeklebten Briefumschlägen ihre Gebote ab, wie gefordert als einen von ihrer Bank mit allen Siegeln und Bestätigungen garantierten Betrag. Demnach hatten die Herren um von Altenburg mit acht Komma fünf Millionen Euro die Nase vorn. Katharina hatte ein Gebot über sieben Komma acht Millionen abgegeben, und Dr. Zumbühl war – immerhin – mit acht Komma eins Millionen Euro ins Rennen gegangen. Das war der Betrag, den Hausmann für das Bild ausgeben wollte. Er hatte geschäumt, als Zumbühl ihm letzte Nacht die Nachricht überbracht hatte, dass Schnitzler auf dem Weg ins Hotel entführt und überfallen worden war. Am Ende hatte er aber eingesehen, dass mit Toben und Schimpfen nichts zu gewinnen war. Jetzt wollte er nur noch den Rothko.

Wie verabredet verkündete Trockau das Ergebnis und gab allen Beteiligten weitere vierundzwanzig Stunden für ihr finales Gebot. Danach würde er die gesamten Überschreibungs- und Schenkungsformalitäten abwickeln, und das Geschäft wäre beendet. Die Spannung stieg. Nicht nur bei Trockau.

Sechzehn Tage danach

Luzern, Hotel Schweizerhof, Deluxe-Suite

»Dieser gottverdammte Altenburg«, fluchte Hausmann, als Zumbühl ihm das Ergebnis berichtete. »Der macht mir noch das ganze Geschäft kaputt. Aber dafür wird dieser Lackaffe zahlen.«

»Ich denke, wir sollten ergebnisorientiert vorgehen«, riet ihm Zumbühl vom Zimmer seines Rostocker Hotels aus. »Wenn Sie das Bild haben wollen, müssen Sie deutlich höher gehen.«

Ein nicht ganz uneigennütziger Ratschlag. Definierte sich doch seine »Anwaltsgebühr« aus der verhandelten Gesamtsumme. Und damit das nicht so auffiel, fügte er hinzu: »Ich schlage vor, sofern Sie meinen Rat wollen, die Zehn-Millionen-Grenze zu überschreiten. Dieser Altenburg sonnt sich bestimmt schon im Erfolg, weil er nicht weiß, dass Sie über zig Millionen verfügen können.«

Hausmann schaute grimmig den Telefonhörer an, als wolle er sagen: Wenn du wüsstest! Erst hatte dieser Schnitzler die Frist vergeigt und sich von irgendwelchen Typen in der Nacht zusammenschlagen lassen. Dann versuchte der alte Halunke aus Vietnam, ihn zu linken. Und jetzt trieb dieser dämliche

Lackaffe den Preis in die Höhe – und sein Anwalt sekundierte ihm auch noch dabei. Alle Welt war gegen ihn. Aber da hatten sie sich den Richtigen vorgeknöpft! Dieser Braten würde erst aus der Röhre genommen, wenn *er*, Erich Hausmann, ihn essen konnte.

»Gut«, sagte er. »Ich erhöhe!«

Siebzehn Tage danach

Kühlungsborn, Ostseehotel, Konferenzzimmer

Am nächsten Tag um zwölf Uhr betraten Altenburg und Dr. Zumbühl die Lobby des Ostseehotels. Jeder hatte einen kleinen Aktenkoffer bei sich, wobei Dr. Zumbühl von Schnitzler erwartet wurde, der mit der verbundenen Nase seinen Gesamteindruck von »derangiert« auf »demoliert« heruntergeschraubt hatte. Katharina alias Dr. Kaltenberg war deutlich früher eingetroffen und saß in kühler Distanz zu den beiden abseits.

Im Konferenzraum begrüßte Hoteldirektor Mayrhuber die Beteiligten und ließ zwei Damen aus dem Service Champagner in kühl gestellten Gläser ausschenken. Eine der beiden Damen war auf Trockaus Wunsch Amelie, die ihm, ehe sie mit ihrer Kollegin den Raum verließ, verschwörerisch zuzwinkerte.

Trockau wusste, dass es jetzt zur Entscheidung kam. Würde Zumbühls Klient sein Gebot so aufstocken, dass alles korrekt ablaufen konnte? Schließlich war der Notar, der die Auktion auf seine Rechtmäßigkeit hin kontrollieren und beurkunden sollte, kein Schauspieler, sondern echt. Darauf hatte Monsignore Kragenbauer bestanden.

Jetzt musste alles gut gehen.

Erst dann würde Trockau den viel wichtigeren zweiten Schritt unternehmen können: mit großem Aufwand und allem, was die Medienlandschaft hergab, die Schenkung des Rothkos in der Kunstwelt bekannt machen. Denn dadurch, so kalkulierte Trockau, würde der Besitzer des gestohlenen – aber echten –

Rothko Zweifel bekommen und versuchen, sein Exemplar auf dem Kunstmarkt anzubieten. So würde Trockau ihn aus seinem Bau locken – und hoffentlich erwischen. Aber erst einmal musste die Auktion erfolgreich über die Bühne gehen.

Als die Auktionsteilnehmer unter sich waren, übergaben der Schweizer Dr. Zumbühl, der aalglatte Altenburg sowie die blonde Frau Dr. Kaltenberg Trockau die Briefumschläge mit ihren Geboten. Er nahm sie entgegen und erklärte, dass er sich nun mit dem anwesenden Notar, der am Morgen aus Rostock gekommen war, in einen Nebenraum zurückziehen und die Briefumschläge öffnen würde.

Als Erstes kam der Umschlag von Altenburg dran. Als Trockau ihn öffnete, musste er den Satz lesen: »Wir haben unserem ersten Gebot nichts hinzuzufügen.« Das bedeutete acht Komma fünf Millionen Euro – wie am Tag zuvor.

Dann öffnete Trockau den Briefumschlag von Frau Dr. Kaltenberg. Sie hatte ihr Gebot auf acht Komma eins Millionen Euro erhöht, was Trockau nicht überraschte.

Das letzte Gebot war das von Dr. Zumbühl. Trockau atmete einmal tief durch, warf einen Blick zum Notar, der professionell desinteressiert und blutleer neben ihm stand, und öffnete den Umschlag. Darin stand, dass Zumbühls Klient neun Komma acht Millionen Euro einer karitativen Organisation zur Verfügung stellen würde. Seine Bank hatte eine Bürgschaft beigelegt und wartete auf die Anweisung, den Betrag auf das Treuhandkonto zu überweisen, das allen Interessenten angegeben worden war.

Der Notar prüfte die Unterlagen, registrierte sie in seinem Protokoll und bestätigte den Eingang. Dann wechselten Trockau und er wieder in den Konferenzraum.

Trockau ging auf Dr. Zumbühl zu. »Herr Dr. Zumbühl, ich darf Ihnen gratulieren und herzlich für die großzügige Spende Ihres Klienten danken. Wenn Sie jetzt so liebenswürdig sein würden, den Betrag telegrafisch anweisen zu lassen. Den anderen Herrschaften darf ich für Ihre Teilnahme danken und sie auf ein Glas Champagner einladen.«

Altenburg stampfte mit dem Fuß auf und wollte laut losfluchen, als ihn zwei Angestellte des Ostseehotels, die sich für eventuelle

Einsätze im Hintergrund bereitgehalten hatten, packten und ihn behutsam, aber energisch aus dem Raum führten.

»Sie werden noch von mir hören. Das ist doch alles ein abgekartetes Spiel. Vaffanculo …« Mehr hörte Trockau nicht, da hinter Altenburg die Tür ins Schloss gefallen war.

Katharina spielte ihre Rolle als enttäuschte Dr. Kaltenberg gut, verzichtete mit leicht pikierter Miene auf den Champagner und verabschiedete sich höflich, aber erkennbar verschnupft.

So blieb Trockau nur übrig, mit Schnitzler, Monsignore Kragenbauer, seinem Team und Dr. Zumbühl anzustoßen, der auf seine schweizerisch zurückhaltende Art stolz auf diesen Erfolg war.

Plötzlich meldete sich eine Stimme, die zuvor noch niemand gehört hatte. Und deren Besitzer niemand sah. Gespenstische Stimmung machte sich breit.

»Hallo?«, rief die Stimme.

Trockau und seine Gäste schauten sich verblüfft an. Dr. Zumbühl, der sich in Trockaus Abwesenheit an seinem Laptop zu schaffen gemacht hatte, eilte zu dem Computer.

»Haben Sie alles mitverfolgen können?«, fragte er den Bildschirm, auf dem nur die Maske eines Skype-Anschlusses zu sehen war.

»Natürlich«, kam es kalt zurück. »Veranlassen Sie alles Notwendige. Ich will, dass das Bild umgehend abtransportiert wird«, sagte die Stimme herrisch.

Trockau sah den elektronischen Gesprächspartner zwar nicht, antwortete aber: »Gerne. Wir haben noch die Transportbox von Hasenfeld und werden das gleich morgen in die Wege leiten.«

»Nein«, widersprach die Stimme, »das muss heute erledigt werden. Ich habe bereits mit einer entsprechenden Spedition Kontakt aufgenommen. Der Wagen steht am Kunsthaus.«

»Gut. Sie sind der neue Eigentümer. Wenn Sie die Leihgabe für die Ausstellung beenden wollen, dann ist das Ihr Recht. Ich werde Herrn Guggenstrom bitten, alles in die Wege zu leiten. Allerdings – und diese Einschränkung *muss* sein – mache ich das erst, wenn das Geld auf dem Konto eingegangen ist.«

»Das dürfte jetzt gerade der Fall sein«, sagte die schnarrende Kälte aus dem Laptop.

Hedwig rief umgehend bei der Bank an, die den Eingang bestätigte. Während sie noch telefonierte, ging Schnitzler zu dem Laptop und sagte mit eigenartig belegter Stimme und ohne einen Blick auf irgendeine andere Person im Raum zu verschwenden: »Ich will das Dossier.«

»Zumbühl«, schnarrte es daraufhin aus dem Laptop. »Geben Sie dem Mann, was er will.«

Der korrekte Schweizer griff in seinen Aktenkoffer und übergab Schnitzler eine alte, vergilbte und ziemlich zerlesene Akte. Schnitzler drückte sie mit beiden Armen fest an seine Brust und verließ grußlos den Raum. Mit seinem Nasenverband, den ständig zerzausten Haaren und der zerfledderten Akte in Händen sah er wie der Buchhalter einer Geisterbahn aus, der aus dem Kettenkarussell geflogen war.

In das konsternierte Schweigen, das diesen merkwürdigen Abgang begleitete, sagte Trockau: »Gut, dann steht dem Abtransport nichts mehr im Wege.«

Kragenbauer wollte sich bei Dr. Zumbühl gerade für die Zusammenarbeit bedanken, als die Stimme aus dem Computer sagte: »Übrigens sollten Sie achtgeben, wer Ihre Reputation als Verkäufer in Frage stellt. Ein früherer Geschäftspartner von mir behauptet nämlich, *er* habe das Original des Bildes.«

Trockaus Adrenalinpegel schnellte in weniger als einer Zehntelsekunde von null auf hundert. Gleichzeitig musste er sich hart am Riemen reißen, um nicht erfreut zu klingen. Mit gepresster Stimme schaffte er es gerade noch, »Ach was?« zu sagen.

Dann fuhr die Laptopstimme fort: »Sie haben doch sicherlich gute Drähte zu Interpol oder einer anderen international operierenden Polizei, die sich mit so etwas befasst. Es handelt sich dabei um einen gewissen Hieu Cuong, der in Saigon im Hotel Rex wohnt. Sie sollten diesem Herrn mal auf die Finger schauen. Schließlich kann Ihnen diese Laus ziemlich folgenreich über die Leber laufen. Ich denke, er hat eine Kopie des Rothko, tut aber so, als ob er den richtigen hätte. Ziemlich frech, der Typ. Wenn Sie ihn hopsnehmen, bestellen Sie ihm schöne Grüße von mir!«

Damit ertönte der skypetypische Plumpston, und die Leitung war tot.

Dieser Hinweis kam für Trockau völlig unerwartet. Er hätte niemals gedacht, dass er ihn ausgerechnet von dem Mann erhalten würde, den er auf so kunstvolle Art hinters Licht geführt hatte.

Trockaus Ziel war es gewesen, mit dieser Versteigerung auf dem Kunstmarkt Verwirrung zu stiften, die ohne Zweifel entstehen würde, wenn zweimal der gleiche Rothko zum Verkauf angeboten werden würde. Doch schien dieses komplizierte Um-die-Ecke-Spiel nicht mehr nötig zu sein. Denn jetzt lag dieser Hinweis auf dem Tisch. Von Hausmann höchstpersönlich. Grandios.

Was, dachte Trockau, erwartete Napoleon doch gleich von seinen Generälen? Genau: Fortune bei ihren militärischen Operationen.

Diese Fortune hatte sich nun auch bei ihm in voller Schönheit gezeigt. Jetzt würde er zugreifen.

Doch zuerst musste der versteigerte Rothko vom Hof.

Guggenstrom konnte sich nur schweren Herzens von dem Bild trennen. Es hatte ihm und seinem Haus immerhin die Aufmerksamkeit der wichtigsten Medien des ganzen Landes verschafft. Er nannte es sein »Schlüsselbild«, weil es der Schlüssel zum ersten bundesweiten Erfolg des Kunsthauses gewesen war – auch wenn die Abwesenheit dieses Bildes mehr bewirkt hatte, als wenn es planmäßig von vornherein gezeigt worden wäre. *Das* hatte Trockau von Ko Chan Thas Weltsicht lernen dürfen. Und war froh darüber. Zumal *er* sich sehr leicht von diesem Bild trennen konnte. Ja, es fiel ihm sogar ein kleiner Stein vom Herzen, als der Wagen von Hausmanns Spedition endlich vom Rasenstück des Kunsthauses auf die Linzer Straße einbog.

Ko Chan Tha, der Gefallen an der Medienarbeit gefunden hatte, beraumte für den kommenden Tag eine Pressekonferenz an. Sie wurde zahlreich wahrgenommen, und der Burmese berichtete gemeinsam mit Monsignore Kragenbauer von der großzügigen Spende, die ein Unbekannter für das Bild an eine Kinderschutzorganisation gespendet habe. Es sei für ihn als Buddhisten eine Ehre gewesen, dieses Bild für einen wohltätigen Zweck zu stiften.

Und der Monsignore dankte im Namen aller Kinder, denen mit diesem Betrag nun geholfen werden könne.

Siebzehn Tage danach

Kühlungsborn, Ostseehotel, Turmsuite

Am Abend dieses denkwürdigen Tages wartete in Trockaus Suite ein reichhaltiges Buffet auf die Akteure. Anwesend waren neben Katharina und Trockau ihr Vater Boi, seine neue Freundin Hedwig (die beiden waren in der Tat mit *einem* Auto aus Berlin zurückgekommen und seitdem unzertrennlich), August und sein Bruder Ernst sowie Monsignore Kragenbauer.

Trockau hatte sich nicht lumpen lassen und neben dem Besten aus der Küche auch einige eisgekühlte Flaschen Champagner in die Suite liefern lassen, von denen er gerade eine öffnete, als es an der Tür klopfte. Alle Gespräche erstarben mit einem Schlag, und »Frau Dr. Kaltenberg« verschwand im Bad, denn niemand konnte wissen, wer da vor der Tür stand.

Trockau ging durch die erschrockene Stille zur Tür, öffnete – und sah sich Arthur von Altenburg und seinen beiden Kumpanen gegenüber. Trockau wurde blass, und sein Gehirn arbeitete fieberhaft daran, was er jetzt sagen solle. Dabei schien er der Einzige zu sein, der nicht wusste, dass diese Herren keineswegs zufällig vor der Tür standen. Denn kurz nachdem sein Team die drei erkannt hatte, erfüllte donnerndes Gelächter den Raum.

»Chef«, sagte Ernst prustend, »machen Sie sich locker, die Herren gehören zu uns. Wir dachten uns, Katharina bräuchte noch ein bisschen Verstärkung, und haben sie gebeten mitzumachen.«

Damit gingen die drei an Trockau vorbei und wurden herzlich von seinem Team begrüßt. Trockau kam sich vor, als ob er im falschen Film gelandet wäre, als er die Tür zu seiner Suite wieder hinter sich verschloss.

Die beiden Bodyguards Nicolo und Gio entstammten im normalen Leben einer italienischen Seitenlinie der weitläufigen

Familie von Ernst und August. Und Altenburg stellte sich als Sohn aus … na ja, es war keine Ehe … also aus einer früheren »Beziehung« von Hedwig heraus. Weshalb sich Boi sehr für ihn interessierte. Sozusagen aus »familiären« Gründen.

Als Trockau die Zusammenhänge durchblickte, sagte er lachend: »Ihr wart großartig – wenn auch ein bisschen zu schlagfertig!«

»Sorry, Chef«, sagte Gio, »aber der Typ hat mir eine geknallt – da hab ich rot gesehen.«

Trockau lächelte und sagte dazu nichts, weil er ohnehin der Meinung war, dass Schnitzler diese kleine Abreibung zu Recht bekommen hatte.

Achtzehn Tage danach

Kühlungsborn, Ostseehotel, Restaurant »Papageno«

Am nächsten Tag war Trockau zum Frühstück mit Ko Chan Tha verabredet. Der Burmese freute sich, dass alles so glänzend abgelaufen war, und fragte Trockau, mit dem er einen immer vertrauteren Umgangston pflegte, welche denn nun die nächsten Schritte zu »seinem« Rothko seien.

Trockau lachte. »Tja, verehrter Ko Chan Tha, manchmal gehört auch ein bisschen Glück zu meiner Arbeit. Ich will Ihnen erklären, wieso: Der ganze Rummel, den wir um den Diebstahl veranstaltet haben, hat nicht nur Ihnen und Ihrer Sammlung genutzt, sondern auch dem Dieb gegolten. Denn der wähnte sich im Besitz eines echten Schatzes. Diese Annahme wollte ich brechen. Deswegen kam mir die Möglichkeit, einen ›neuen‹ Rothko zu erschaffen, sehr gelegen, weshalb wir seinen Fund auch so groß gefeiert haben. Mir ging es darum, dass derjenige, der ›Ihren‹ Rothko hat, fortan verunsichert ist – ebenso wie die Kunstwelt –, damit er ihn nicht ohne Weiteres versilbern kann. Ich hatte mich allerdings auf eine ziemlich mühsame Recherche nach diesem derzeitigen ›Besitzer‹ eingestellt, um ihm dann den ›wertlosen‹ Rothko abkaufen zu können. Aber nun sagte Hausmann gestern, dass es in Saigon einen gewissen Cuong gäbe, der behauptet, den echten Rothko zu besitzen. Und weil der Dieb ›Ihres‹ Rothko vermutlich der Vietnamese ist, den Ihre Leute von der burmesischen Botschaft haben entkommen lassen, gehe ich stark davon aus, dort ›Ihren‹ Rothko zu finden. Deshalb muss ich dringend nach Ho-Chi-Minh-Stadt.«

»Gut«, sagte Ko Chan Tha. »Ich übernehme sämtliche Kosten. Wissen Sie, ich selbst möchte das nicht tun, weil ich glaube, dass dieser Cuong und mein Mentor sich kannten und … nicht im Guten geschieden sind … sagt man das so auf Deutsch?«

»Sie beherrschen unsere Sprache exzellent. Ich habe übrigens bereits einen Flug gebucht«, sagte Trockau. »Heute Abend geht's los!«

Ehe sich Trockau auf den Weg zum Flughafen machte, musste er noch eine letzte Frage loswerden: »Was heißt eigentlich Ko Chan Tha?«

Der Gefragte lächelte und sagte: »In Burma gibt es keine Vor- und Nachnamen wie bei Ihnen. Familiennamen würden Menschen zu Gruppen – also Familien – zusammenfassen. Das wollen wir nicht. Bei uns ist jeder Mensch einzigartig.«

»Hat der Name also eigentlich keine Bedeutung, die wir verstehen könnten?«

»Doch. In unserem Land gibt man seinen Kindern Namen, damit ihnen Gutes widerfährt. So heißt ›Ko Chan Tha‹ ›der junge Mann, der sehr reich werden soll‹.«

Zweiundzwanzig Tage danach

Saigon, Hotel Rex

Und so kam es, dass Trockau zum ersten Mal in seinem Leben in das faszinierende Ho-Chi-Minh-Stadt reiste, dessen Zentrum Saigon genannt wird.

Dort begegnete er im Hotel Rex, wo er sich einquartiert hatte, dem alten Cuong, nachdem Trockau ihn wissen ließ, dass er ihm eine Geschichte über den Rothko zu erzählen habe. Sofort war das Interesse des alten Schlitzohrs geweckt, der mit seinem Rothko nicht wirklich zufrieden war. Bis jetzt war es ihm nämlich nicht gelungen, aus den zwei Quadratmetern Leinwand wirtschaftlichen Profit zu schlagen.

Nachdem sich Hausmann entschlossen hatte, die Kopie zu kaufen statt Cuongs Original, hatte Cuong das Bild bei einer seiner Banken als Sicherheit hinterlegen wollen. Doch sprang keine darauf an, weil die einschlägigen Experten den Rummel um den Rothko in Deutschland mitbekommen hatten.

Jetzt wollte ein Deutscher ihn zu genau diesem Rothko und Hausmann sprechen. Das würde interessant.

Im Laufe des Gesprächs erzählte der alte Mann Trockau die Geschichte aus seiner Sicht. Danach war er der rechtmäßige Besitzer eines Rothko, den er zusammen mit einem burmesischen Partner vor vierzig Jahren erworben hatte. Nachdem dieser Partner verstorben sei, befände sich dieses Bild nun bei ihm, auch wenn der Erbe des Partners Anteile daran einfordere. Er habe aber keine Chance, diese Ansprüche in die Tat umzusetzen. So weit die Legende des alten Cuong. Trockau spürte darin sehr deutlich den Groll des alten Cuong auf Ko Chan Tha.

Im Gegenzug erzählte Trockau seinen Teil der Geschichte, worin Hausmann eine prominente, aber keineswegs glorreiche Rolle spielte. Darüber amüsierte sich der alte Cuong ganz außerordentlich.

»Was finden Sie daran so komisch?«, wollte Trockau wissen.

»Weil ich diesen Hausmann kenne – und weiß, wo das Original ist.«

»Wo denn?«

»Bei mir hinterm Schrank.«

Damit schlurfte er glucksend – was wohl so etwas wie ein Lachen sein sollte – durch seine Suite und zog hinter einem alten chinesischen Hochzeitsschrank den Rothko hervor.

Als Trockau ihn sah, musste er sich sehr zusammenreißen, um

nicht seiner Begeisterung für die Schönheit des Bildes freien Lauf zu lassen. Er vergegenwärtigte sich, dass er zurzeit der Einzige in diesem Raum war, der *wusste*, dass das der einzig echte Rothko war. Der alte Cuong *glaubte* es nur zu wissen. Das wollte Trockau umgehend ändern.

Es gehörte zu seinen langjährigen Erfahrungen mit der Wiederbeschaffung abhandengekommener Kunstwerke: Wer andere Leute beklaut, geht davon aus, dass andere das auch mit ihm tun würden. Also ist es ein Leichtes, die Saat des Misstrauens in deren Herz zu senken – und den alten Cuong wissen zu lassen, dass er nicht im Besitz des Originals war.

Und während Trockau scheinheilig fragte: »Und das soll der echte Rothko sein?«, dachte er an die Erklärung, die er Monsignore Kragenbauer aufgetischt hatte, wieso der geklaute Rothko nicht der echte war. Wenn dieser erfahrene Vatikankenner die Geschichte geglaubt hatte, dann wäre es nicht unwahrscheinlich, dass auch die alte Schildkröte, die vis-à-vis neben dem Rothko stand, sie glaubte.

»Natürlich!«, erwiderte der Alte, immer noch glucksend.

»Oder ist das nur das Bild, das Ihnen jemand aus dem Rostocker Kunsthaus mitgebracht hat?«

»Wie?«

»Verehrter Herr Cuong«, hob Trockau an, »ich will Ihnen jetzt nicht die Freude nehmen oder irgendjemanden anschwärzen, obwohl ich eigentlich sauer auf den Dieb sein müsste, weil er das Museum beklauen wollte. Aber es gibt so etwas wie eine göttliche Gerechtigkeit. Denn er hat das falsche Bild mitgenommen …«

»Wie meinen Sie das?«, fragte der alte Cuong mit ernster Miene – und Trockau merkte, wie ihn diese Bemerkung irritierte.

Und nun band Trockau dem alten Cuong denselben Bären auf, den er auch seinem Freund Monsignore Kragenbauer aufgebunden (und in der Zwischenzeit wieder abgebunden) hatte. Nämlich, dass der erste Rothko eine Kopie war, die der Burmese stellvertretend für den noch im Basler Freilager wegen Formalitäten festgehaltenen echten Rothko hängen wollte, um ihn später mit dem Original auszutauschen. Aus diesem Grund habe der

Dieb aus dem Rostocker Kunsthaus leider den falschen Rothko mitgenommen.

Der Alte schaute Trockau mit seinen tiefgründigen Augen an, ohne ein Zeichen einer emotionalen Regung. Trockau wusste nicht, was als Nächstes passieren würde. Würde er ihn rausschmeißen? Oder den Sicherheitsdienst des Hotels kommen lassen? Das Bild vor Wut zerstören oder ihn mit einer Waffe bedrohen? Vielleicht hatte der alte Cuong auch gute Beziehungen zum Saigoner Polizeichef, und Trockau würde die nächsten zwei Monate in einer vietnamesischen Gefängniszelle verbringen.

Unendlich langsam zeigten sich immer mehr Fältchen in Cuongs Augenwinkeln – und plötzlich lachte er schallend los. Als er sich wieder eingekriegt hatte, sagte er: »*Das* ist eine Geschichte für einen Zen-Meister!«

Trockau stimmte in das Gelächter mit ein – wenn auch aus purer Erleichterung und weniger aus philosophischer Einsicht.

Nun wollte es Trockau nicht bei seiner Erkenntnis über den Zusammenhang von Gut und Böse, Richtig und Falsch belassen, sondern eine Brücke zwischen Ko Chan Tha und dem alten Cuong bauen – und den herrlichen Rothko aus seinem Saigoner Exil hinter dem Schrank befreien. Deshalb fragte er:

»Was haben Sie jetzt damit vor?«

»Das … weiß ich noch nicht«, antwortete der Alte, und Trockau meinte, eine Spur Ratlosigkeit aus seinen Worten herauszuhören.

»Wir haben in den Medien ja ziemlich viel Wirbel um ›unseren Rothko‹ gemacht«, gab er zu bedenken.

»Ich werde Ihnen nichts vormachen: Eigentlich wollte ich diesen Rothko als Sicherheit für die Finanzierung eines Geschäftes hinterlegen. Aber keine Bank in Saigon geht darauf ein. Weil die entsprechenden Experten Ihren Rummel mitbekommen haben und die Kunstwelt davon ausgeht, dass Ihr Rothko der echte ist. Was ja wohl auch zu stimmen scheint.«

Mehr Schein als Sein, dachte Trockau, während er dem alten Cuong Folgendes vorschlug: »Als Zeichen einer Art Wiederannäherung und vielleicht auch Versöhnung würde Ihnen Ko Chan Tha anbieten, Ihre Kosten für den – nennen wir es mal –

›Transport des Bildes aus Deutschland‹ zu ersetzen. Was sagen Sie dazu?«

»Hm«, war das Einzige, was der alte Mann dazu verlauten ließ. Er machte eine Pause, in der er das Bild anschaute – und offensichtlich bereits im Kopf zu rechnen begann. Das Ergebnis, das er äußerte, war: »Gefallen tut's mir sowieso nicht so richtig!«

»Dann mache ich Ihnen einen Vorschlag«, setzte Trockau nach. »Ich sorge dafür, dass Sie Ihre Investition wiederbekommen, dann nehme ich das Bild mit, zeige es Ko Chan Tha – damit er weiß, wofür ich das Geld ausgegeben habe –, und Sie haben wieder Platz hinter Ihrem Schrank. Wie hört sich das für Sie an?«

Der alte Cuong zeigte Trockau nach einigem Zögern mit dem für Asiaten typischen seitlichen Nicken des Kopfes, dass ihm der Gedanke gefiel. Aufhängen würde er das Bild sowieso nicht. Sonst würde es ihn nur ständig an den Fehlschlag dieser Mission erinnern. Wenn die Langnase ihm dafür einen vernünftigen Preis bezahlen würde, bekäme er wenigstens die Spesen und den Lohn zurück, den er Kleinem Bruder großzügig überlassen hatte. Und vielleicht sogar ein bisschen mehr. Also begannen sie zu feilschen.

Am Ende einigten sie sich auf dreihundertfünfundsiebzigtausend US-Dollar. Das war zwar viel mehr, als der alte Cuong an Unkosten gehabt hatte, aber nachdem Trockau ihn so hinters Licht geführt hatte, konnte er ihn nicht auch noch im Preis drücken. Trockau war zwar ein Schlawiner, aber kein Unmensch.

Zum Schluss seines fernöstlichen Columbo-Auftritts fragte er ganz unbefangen, woher sich derjenige, der dem alten Cuong das Bild aus Deutschland »besorgt« hatte, so gut mit der Sicherheitstechnik im Kunsthaus ausgekannt habe.

Da lachte der alte Vietnamese. »Haben Sie schon mal den Namen Stoovenback gehört?«

Trockau fiel fast das Glas mit dem Long Island Icetea aus der Hand. Womit er sich eingestehen musste, dass er eben doch nicht Columbo war. Der hatte seine Emotionen nämlich immer im Griff. Bei Trockau waren in diesem Moment alle gut lesbar in seinem Gesicht präsent, was den alten Vietnamesen wieder ausgesprochen amüsierte.

Deshalb setzte er glucksend noch einen drauf: »Vielleicht habe ich ja auch nur einen Scherz gemacht.«

Damit schaute er Trockau so vergnügt an, dass er wirklich nicht wusste, ob Guggenstroms Wachhund tatsächlich das Leck gewesen war – oder nur für den Scherz des alten Cuong herhalten musste. Andererseits: Woher sonst sollte Cuong Stuvenbargs Namen kennen?

In den nächsten Tagen genoss Trockau Saigon noch ein wenig. Es dauerte einige Zeit, bis seine Bank den Betrag an den alten Cuong überwiesen hatte. Die dreihundertfünfundsiebzigtausend Dollar würde ihm Ko Chan Tha erstatten, wie er es ihm in seinem Gespräch vor dem Abflug zugesichert hatte.

Damit war der Original-Rothko frei und konnte das Licht der Welt sehen. Auch wenn er wohl nie mit dem Urteil anerkannter Experten versehen werden würde, ein »echter« Rothko zu sein. Bei diesem Rothko musste der Betrachter eben selbst erkennen, was er sah!

Und so brachte Anatol Balthasar Trockau das Bild von Mark Rothko aus Vietnam zurück in die Schweiz und übergab es in Zürich seinem rechtmäßigen Eigentümer Ko Chan Tha.

Der stellte daraufhin in seiner asiatischen Sicht der Dinge fest: »Auch Bilder haben ein Leben. Manchmal sogar ein sehr aufregendes.«

Trockau konnte ein Lied davon singen. Mit vielen Strophen.

Epilog

Trockau hatte wieder einmal die Erfahrung gemacht, dass die Wirklichkeit schräger sein konnte als jede Fiktion. Und dass es ihm gelungen war, eine Lösung zu finden, mit der am Ende alle Beteiligten zufrieden waren.

Ko Chan Thas nächste Ausstellungen wurden Riesenerfolge, und er wurde zu einem großen Player in der Szene.

Die Versicherung hatte bei der ganzen Geschichte keinen Schaden genommen, sondern einen sehr wohlhabenden Neukunden gewonnen.

Direktor Guggenstrom hatte von Trockau keinen Hinweis auf das Nachmittagserlebnis seiner Frau mit Schnitzler bekommen, weil Trockau ja auch gar nichts Genaues wusste. Aus dem gleichen Grund behielt er auch Cuongs Hinweis auf Stuvenbarg für sich. Sein Museum wurde seit dieser Ausstellung weiterhin gut besucht, und die Stadtväter von Rostock spendierten eine gründliche Renovierung, weil sie endlich begriffen hatten, wie wichtig ein solches Haus für die Tourismuswirtschaft einer Stadt ist.

Monsignore Kragenbauer hatte eine stolze Spende für seine Straßenkinder bekommen und konnte viel Gutes damit tun.

Marc Schnitzler war mit einem blauen Auge (und einer gebrochenen Nase) davongekommen und um die Erfahrung reicher, dass der Ruf eines Experten sehr viel mit Überparteilichkeit und Unerpressbarkeit zu tun hat. Seitdem hielt er sich an diese Erkenntnis, wie Trockau berichtet wurde.

Der alte Cuong hatte sein Mütchen an dem Ziehsohn seines ehemaligen burmesischen Geschäftspartners gekühlt, auch wenn diese Rache nicht so vernichtend ausgefallen war, wie er es sich erhofft hatte. Dafür waren beide jetzt wieder in »speaking terms«, wie es Diplomaten gerne ausdrücken. Seine Freude über Hausmanns Fehlgriff hatte Trockau ihm zwar mit seiner kleinen Lügengeschichte vermiest, aber erstens war er der Auftraggeber des Diebstahls, der nun auch nicht ganz ungesühnt bleiben durfte, und zweitens änderte das nichts an der Tatsache, dass Hausmann trotz allem den gefälschten Rothko erstanden hatte. Aber das konnte er natürlich den alten Cuong nicht wissen lassen.

Kleiner Bruder konnte seinen Traum von einem kleinen Hotel in Vietnam verwirklichen – und Trockau hoffte, dass er ihm nie wieder in einem anderen Fall begegnen würde. Aber da er weder wusste, wie er wirklich hieß, noch, wie er aussah, würde dieser Wunsch reine Theorie bleiben.

Hausmann wurde in Chile gesichtet, wo er eine recht ansehnliche Hazienda gekauft und das Reiten erlernt haben sollte. Es gab Leute, die sagten, er würde dort jeden Morgen auf dem Rücken eines seiner Pferde gesehen, wie er durch die Weiten Patagoniens ritt. Vielleicht verlief es sich ja mal eines Tages. Das Pferd. Mit ihm auf dem Rücken. Der Welt würde dadurch kein wirklicher Verlust entstehen.

Und selbst das Bild hatte einen Vorteil von der ganzen Entwicklung. Vierzig Jahre lang hatte es keine einzige Menschenseele gesehen, sondern war nur im klimatisierten Dunkel eines Schweizer Banktresors gelegen. Seit seiner Wiederbeschaffung hing es in Ko Chan Thas sehr geräumiger Schweizer Villa an einem prominenten Platz und erfreute dort seinen Eigentümer jeden Tag aufs Neue. Dort würde es für immer hängen bleiben. Denn dieses Bild – mit all seinen Narben – war zu Ko Chan Thas Glücksbringer geworden.